태극꽃
피는
정원

태극꽃 피는 정원

이유빈
소설

바른북스

목차

우연 · · · 7

계기 · · · 35

오늘도 · · · 59

만세운동 · · · 83

장마철 · · · 111

봄날이 온다 · · · 133

봄날이 간다 · · · 159

상해에서 · · · 175

세월이 가면 · · · 203

잠들 수 없는 밤 – 1 · · · 229

잠들 수 없는 밤 – 2 · · · 257

함성 들리는 날 – 1 · · · 287

함성 들리는 날 – 2 · · · 313

태극꽃 피는 정원 · · · 337

우연

1926년, 봄에서 여름으로 넘어가는 5월 29일. 경성 잔화터 뒷산.

탕!

유리는 막사의 근처에서 사격 연습을 하고 있었다. 10살 치고는 꽤 좋은 사격 실력이었다. 총알은 볏짚으로 묶여 있는 허수아비의 가슴을 정확히 맞추었다. 집중하여 중심을 맞추고 있던 유리의 뒤로 화영과 정우가 걸어왔다. 유리는 인기척을 느끼고 몸을 뒤로 돌려 긴 총을 겨누었다. 경계하는 유리의 눈빛은 친구들인 것을 확인한 뒤에 풀렸다.

"…아."

유리가 총을 내려놓고 차분하게 친구들 쪽으로 걸어갔다. 화영의 손에는 김밥이 들려 있었다. 정우는 갈색 물통에 가득 담긴 물을 흔들었다. 유리가 그들의 쪽으로 뛰어갈 때마다 풀들이 흔들렸다. 초록 풀들이 흔들리며 유리의 다리를 감아주었다. 화영은 가져온 큰 천을 바닥에 깔며 김밥을 놓았다. 정우는 신발을 벗고 앉아 물을 놓았다.

"나 여기에 있는 거, 어떻게 알았어?"
화영이 보자기를 풀고 김밥을 꺼냈다.
"네가 서점, 막사 아니면 여기지 뭐."
정우가 젓가락을 챙겨주며 말했다.
"사격하고 있었어?"
유리가 김밥을 먹으며 고개를 끄덕였다.
"응, 재밌어."
10살짜리 여자아이가 사격을 좋아하다니, 그들의 입장에서는 신기할 뿐이다. 유리는 자기 몸은 자기가 지킬 줄 알아야 한다며 연습에 매진하고 있었다. 화영이 목을 한 바퀴 돌리며 기지개를 켰다.
"난 방금까지 낮잠 자다가 왔는데, 넌 참 부지런하다…. 아침 6시부터."
정우가 손을 뒤로 짚으며 기대었다. 바람이 불어 정우의 머리카락을 들었다 놓았다 했다.
"그, 오늘 누구 한 명 온다고 했던 것 같은데?"
유리가 생각이 난 듯 정우를 보았다.
"맞네!"
화영이 짧은 머리카락을 쓸어 넘기며 말했다.
"언제 온다고 했지?"
정우가 김밥을 한 개 집어 먹었다.
"오전 7시, 한 시간 남았어. 이거 맛있네."
김밥에 들어간 당근과 우엉, 밥이 적절히 어우러져 있었다. 유리는 물통에 든 물을 한 모금 마시고는 다시 총을 잡았다. 화영이 일어나는 유리를 보고 말했다.

"조금 쉬었다가 하지?"

"괜찮아."

유리가 일어난 자리에서 가장 멀리 떨어진 허수아비를 겨냥했다. 허수아비는 일본 헌병의 옷을 입고 있었다. 화영과 정우는 숨죽여 보았다. 유리는 속으로 숫자를 세었다.

'1, 2.'

탕-

유리가 쏜 총알로 허수아비의 머리를 맞추었다. 화영과 정우가 감탄사를 내뱉었다. 화영이 박수를 쳤다.

"완벽해."

정우는 살짝 소름이 돋는다는 표정으로 유리와 허수아비를 번갈아 가며 보았다.

"역시, 백발백중."

10살 여자아이가 쏜 총이라고는 믿기지 않을 만큼의 장거리였다. 유리는 그렇지 않아도 키가 또래 아이들보다 조금 작고 체구가 작아 여러모로 무언가를 할 때 발목이 잡혔다. 유리는 이러한 자신의 단점을 극복하려고 총을 잡은 바도 있다. 유리는 만족한 듯한 표정으로 뒤돌아 화영과 정우를 보았다. 유리는 남은 김밥을 보았다. 김밥은 총 3개가 남아 있었다.

"나랑 너희들이랑 한 개씩 먹으면 되겠네."

유리가 무릎을 꿇고 김밥을 한 개 먹었다. 화영과 정우도 한 개씩 입에 넣고 짐을 정리하기 시작했다. 유리가 남은 물을 다 마셨다.

물이 적당히 시원했다. 화영이 천을 접고 정우가 음식 접시들을 정리하는 동안 유리는 총을 재정비하며 등에 돌려 매었다. 화영이 천을 마저 다 접고 산 너머를 보았다. 이 산을 끝까지 넘어가면 형무소가 나온다. 화영은 아직 무서워 가보지 못했다. 그건 정우도 마찬가지였다. 그들 중 유일하게 산을 넘어가 본 사람은 유리뿐이었다. 유리가 산 너머를 응시하는 화영에게 넌지시 물었다.

"아직 산 너머가 궁금해?"

화영은 고개를 저으며 시선을 돌렸다.

"아니, 그냥 본 거야. 형무소 따위는 궁금하지도 않아."

정우도 작게 고개를 끄덕였다. 유리는 형무소에서 죽은 사람들의 시체가 산으로 버려지는 장면을 잠시 회상하였다. 불과 4달 전으로, 올해였다. 고문을 받아 살이 뭉그러진 젊은 남성이 산에 버려지는 장면을 유리는 두 눈으로 똑똑히 보았다. 단순히 궁금해서 한 번 가본 것이었지만 아직도 그 충격은 유리의 마음에 깊이 남아 있다. 유리는 눈을 질끈 감으며 생각을 떨쳤다.

'이미 지난 일.'

정우가 시계를 꺼내어 확인했다. 이런저런 이야기들을 나누다 보니 벌써 6시 30분이었다.

"지금 산 내려가면 50분이야. 남자아이 만날 수 있겠네."

유리가 동의하며 총과 폭탄이 있는 가방을 들며 걸음을 옮겼다.

"그래, 가자."

산을 내려가다 보니 바람이 살랑살랑 불어왔다. 기분 좋은 바람이었다. 유리는 가벼운 미소를 지었다.

'괜찮네.'
화영이 걷다가 발견한 꽃을 유리에게 물어보았다.
"유리야, 이건 무슨 꽃이야?"
유리가 꽃을 보고 바로 대답했다.
"어성초."
정우가 바로 답이 나오는 유리를 보고 신기해했다. 유리는 평소 꽃과 식물에 관심이 많아 물어보면 거의 바로 답이 나온다.
화영이 천을 바라보았다. 흰 백색의 천은 어딘가 삭막해 보였다. 화영이 손으로 태극기를 그리며 말했다.
"이 천에 태극기가 그려지면 좋겠다."
유리가 화영이 한 말을 생각하며 뒤를 돌아 화영을 보았다.
"그러면 돗자리가 태극기인 거야?"
정우가 태극기 돗자리를 상상하며 웃었다.
"괜찮은데? 나중에 해볼래?"
정우의 제안에 화영이 눈을 빛냈다.
"좋아."

*

산을 거의 다 내려가 막사가 보일 때 유리가 걸음을 멈추고 뒤를 돌아 바위를 가리켰다. 유리가 가리킨 바위는 엄청나게 거대했다. 오래되어 조금 부서진 느낌도 드는 바위는 그들의 몸을 가리기에 충분했다. 유리의 바위 뒤에 숨으라는 손짓으로 다짜고짜 숨은 화영과 정우가 작은 목소리로 물었다.

"왜 그래?"

유리가 조용히 하라 손짓하며 반대쪽 손가락으로 어떤 남자아이를 가리켰다. 그 아이는 비싸 보이는 옷을 멀끔히 차려입고 있었다. 고동색 빛이 도는 머리카락을 가진 남자아이다. 그들이 고작 남자아이를 이렇게나 경계하는 이유는 친일파의 아들일 수도 있기 때문이다. 지난번에는 친일파 백작의 아들과 같이 놀았던 아이가 독립단의 정보를 털어놓는 바람에 한차례 위기가 닥친 적이 있었다.

남자아이는 큰 소나무를 보고 있었다. 소나무는 푸릇푸릇하게 뻗어 있어 우직해 보였다. 그들이 남자아이를 계속해서 지켜보던 그때, 멀리서 **김창욱** 대장이 걸어와 남자아이를 부르는 듯 보였다. 남자아이는 김창욱 대장에게 깍듯이 인사하며 안부를 물었다. 유리는 멀리에서 봐서 자세한 내용을 듣지는 못했지만 느낌은 알 것 같았다. 화영은 괜찮다고 판단했는지 유리를 보았다. 유리는 화영과 눈이 마주치자 정우를 보았다. 정우는 어깨를 으쓱하며 작은 목소리로 말했다.

"지금 나가?"

화영은 고개를 끄덕였다. 유리가 나가자는 신호를 보내었다. 유리와 화영, 정우가 순서대로 바위에서 나왔다. 정우가 바위에서 자연스럽게 나와 아무 일도 없었다는 듯 김창욱 대장에게 손을 흔들며 인사했다.

"대장님! 안녕하세요."

김창욱 대장이 아이들을 발견하고 반갑게 인사했다.

"어, 그래 안녕!"

그 남자아이도 뒤를 돌아보며 살짝 미소 지었다. 그들은 내리막 길을 빠르게 내려가 김창욱 대장이 있는 곳으로 갔다. 김창욱 대장이 남자아이의 어깨를 감싸며 말했다.

"다들 자기소개 하자."

"안녕, 나는 **지현중**이야. 너희랑 동갑."

현중은 밝게 웃으며 자신을 소개했다. 김창욱 대장이 현중에게 간단히 말을 해두었나 보다. 현중의 소개가 끝난 뒤 화영, 정우, 유리 순서대로 소개하기 시작했다.

"난 **서화영**."

"**유정우**야."

"**이유리**."

김창욱 대장은 박수를 한 번 치며 아이들을 모았다.

"자자, 나머지 인사들은 천천히 하고 애들 불러서 회의 한번 하자. 요즘 재정 상태가 좋지 않아서. 현중이는 애들 따라가면 돼."

"예."

유리가 김창욱 대장에게 가지고 있던 권총을 반납했다. 김창욱 대장이 남은 총알을 세었다. 총알은 딱 한 발만 남아 있었다. 총알 10개를 들고 간 유리는 그중 딱 9발만 쏘았다. 김창욱 대장이 유리를 어이없다는 표정으로 보았다.

"넌… 맨날 애매하게 한 발만 남기더라?"

유리가 해맑게 웃었다.

"남은 한 발은 산 내려올 때 무슨 일 생기면 쏴야죠."

"어이구, 그래라. 8시에 연무장으로 내려와."

김창욱 대장은 말을 마치고 막사 쪽으로 걸어갔다. 화영은 김창욱 대장이 걸어가자마자 현중에게 질문을 폭탄처럼 퍼부었다.

"너 현중이라고 했나? 어디서 왔어? 여기엔 왜 왔어?"

유리가 화영을 말리며 현중을 보았다.

"화영이는 진정하고, 너는 천천히 대답하고. 그리고 막사로 가면서 얘기하자."

정우가 현중의 옆에 서며 걸어갔다. 화영은 현중에게 궁금한 것들이 많은지 눈을 반짝반짝 빛냈다. 현중이 천천히 질문들에 답했다.

"난 부산에서 살다가 1년 전에 경성으로 올라왔어."

정우가 부산에서 살았다는 말에 질문했다.

"부산?"

"응, 9살 때까지. 아버지가 부산에서 글 쓰셨어."

시장에서 온갖 소문과 이야기를 전해 듣는 화영은 과거 들었던 이야기를 상기시켜 보며 시장 아주머니들이 말하던 이야기를 떠올렸다.

"너, 혹시 지명백 대감 아들이야?"

지명백 대감은 부산에서 제일가는 선비였다. 그러다 어느 잘나가는 경성 친일파가 백작으로 신분을 높여주어 경성으로 와 밀정 노릇을 한다는 소문이 있었다. 정우도 오며 가며 많은 소문을 들었기에 알고 있는 내용이었다. 정우가 내용을 확인하려 다시 물었다.

"…진짜 맞아?"

"응."

현중이 담담하게 말했다.
"응, 맞아. 지명백 대감 아들이야. 정확해."
친일 백작의 아들이 잘 먹고 잘살 수 있는데 굳이 힘든 독립운동의 길로 들어오려는 것 자체가 이해하기 힘들었던 화영은 생각에 잠겼다. 10살로 어리고, 장남이어서 잘만 하면 일본으로 유학까지 가서 비싸고 좋은 것들만 먹고 입을 수 있다. 아이들이 사실을 확인하자마자 현중이 말을 덧붙였다.
"아버지가 친일파야. 독립운동하시는 분들 정보 다 팔아넘겼어. 경성 의열단 알지? 몇 년 전에 해산했잖아. 그거, 다른 친일파 한 명이랑 내 아버지 때문에 그런 거야. 일본 앞잡이야."
유리는 오해를 받을만한 이야기를 굉장히 담담하게 풀어 나가는 현중이 조금 어색했다. 현중은 불편한 기색 하나 없이 자세한 이야기를 해주었다.
"음…. 못 믿겠어?"
유리가 전보다 차가워진 말투로 현중을 흘겨보았다.
"그건, 나중에 보면 알겠지."
방금 전 설명을 하던 현중의 말투와 눈빛에는 진심이 서려 있었기에 유리는 눈치챌 수 있었다. 현중이 정보를 팔만한 아이는 아니라고. 평소에도 사람을 잘 보고 거르던 유리는 현중의 눈과 행동을 유심히 보았다. 유리는 평소에도 사람을 잘 믿지 않았다. 무조건 한 번, 두 번 정도 만나고 대화를 해본 뒤에야 조금 친해졌다고 할 수 있었다. 현중은 이런 시선이 익숙했다. 유리와 화영, 정우가 속한 이 독립단에 들어오고 싶다고 다짜고짜 김창욱 대장을 찾아왔을 때, 김창욱 대장의 표정은 굳어 있었다. 김창욱 대장은 어린아이고 일본 앞잡이의 아들이니 정보를 팔아넘길 수도 있다고 생각했다. 아무래도, 위험성이 크다고 판단해서 고민했을 것이다. 정우가 현중의 어깨를 두드리며 말했다.

"잘 왔어!"

화영도 웃으며 말했다.

"그래, 앞으로 같이 지내자."

순수함일까? 어른들이 봤던 현중은 친일파의 자식이었지만 아이들이 본 현중은 그저 자신들과 생각이 같은 친구였다.

"응, 잘 지내보자."

여러 이야기들을 나누다 보니 어느새 막사에 도착했다. 나무로 지어진 집 3개가 나란히 있었다. 유리는 첫 번째 집을 지나쳐 두 번째 집으로 들어갔다. 낮은 나무 계단을 밟으니 낡은 나무를 밟는 소리가 났다. 정우가 열쇠를 던져주었다. 유리가 열쇠를 가뿐하게 받아 문을 열었다.

끼익-

나무문을 열자, 현중의 눈에 들어온 것은 어딘가 아늑한 분위기를 풍기는 막사의 구조였다. 문의 맞은편에 있는 창문으로는 해가 드리웠고 큰 소나무 한 그루가 있었다. 침대는 양옆으로 2개가 있었다. 각각 2층 침대였다. 유리는 묶고 있던 머리끈을 풀어 침대의 옆에 있는 책상 서랍에 넣었다.

"앞으로 여기서 지내."

정우가 2층 침대에 얇은 이불을 놓았다. 이불은 이불이라 하기도 어려울 만큼 얇았다. 그냥 천 쪼가리에 불과할 정도였다.
"침대는 여기 써. 오른쪽 두 번째 책상 쓰면 되고 옷은 옷걸이에 걸어놓든가, 서랍에 보관하든가 해."
화영이 반묶음을 하고 있던 머리끈을 손목에 걸었다. 유리가 2층 침대로 올라가고 화영도 올라갔다. 화영이 반쯤 올라가다 말고 내려와 서랍에서 푸른 상자를 꺼내어 다시 올라갔다.
"지금부터 생활지도 비슷한 말들을 할 거야. 침대로 올라와."
"응."
현중이 사다리를 타고 올라가자, 정우도 금방 올라갔다. 화영이 상자를 건네며 짧게 말했다.
"상자 열어봐."
현중이 상자를 받았다. 상자는 쪽빛으로 물들어 있었다. 상자의 뚜껑을 조심히 여니 권총 한 자루와 셔츠가 들어 있었다. 옅은 하늘색으로 물들어 있는 셔츠는 어딘가 애틋해 보였다. 현중은 셔츠보다 권총이 더 눈에 들어왔다. 검은 권총은 어디에 쓰이는 것인지 짐작조차 가지 않았다.
"저기, 이거 권총은 어디에 쓰는 거야?"
정우가 침대 옆을 손으로 눌렀다. 아무 일도 일어나지 않자 정우가 주먹으로 살짝 쳤다.
탁-
침대 옆쪽에서 넓은 크기지만 높이가 낮은 서랍이 열렸다. 화영도 힘으로 침대를 눌러 서랍이 나오게 했다. 유리의 침대 자리에 있는 서랍에는 각종 폭탄과 총알, 권총들과 장총들이 강박 수준으로 깔끔하게 정렬되어 있었다. 현중의 침대 서랍은 아무것도 없이 비어 있었다. 유리가 차분하게 설명했다.

"산속에 있어서 일본 군들에게 발견될 확률은 생각보다 적지만 만약 우리가 발각될 시에 자기 몸은 자기가 지켜야 하잖아? 그때 쓰는 거야. 사격은 틈틈이 훈련할 때마다 열심히 해둬. 수류탄이나 총 종류들은 각자 구비야. 기본적으로 너처럼 권총만 지급돼. 나머지는 사비로 사야 해. 나도 사비로 샀고. 돈은 알아서 구해, 여기서는 의식주만 보장해 줘. 그리고 요즘은, 재정이 힘들어서."

정우가 손을 뒤로 짚으며 한숨을 쉬었다. 힘듦이 조금 서려 있었다.

"우리 재외하고 독립단원 중에 가장 어린 형이 14살이야. 14살이면 제과점에서 일을 할 수 있거든. 그래서 스스로 일을 하는 거야. 직접 번 돈은 보통 독립자금으로 나가는 경우가 많지. 그래도 밥이랑 돌아올 집은 있으니까."

현중이 조용히 고개를 끄덕였다. 유리가 서랍을 다시 밀어 넣으며 말했다.

"독립 자금이랑 폭약, 정보를 운반해. 우리가 할 일은 별로 없을 거야. 해봤자 물자 관리 정도."

화영이 상자 뒷면에 붙어 있는 종이를 가리켰다. 종이는 빳빳하게 펴져 있었다.

"종이를 펴봐. 나머지 생활 규칙들은 거기에 다 적혀 있어. 궁금한 건 물어봐."

"응, 고마워."

정우가 손목시계를 보았다. 시계는 8시를 가리키고 있었다. 정우가 놀라며 시계를 보여주었다. 유리가 당황해하며 침대에서 일어났다. 화영도 침대에서 내려와 머리끈을 챙겼다. 정우가 현중에게 상자를 챙겨주었다.

"이제 아침 먹으러 가는 거야. 8시에 다 같이 모여서 밥을 먹거든. 각자 밖에서 먹는 형, 누나들도 있어. 뭐, 보통은 다 그렇게 먹어. 우리는 어리니까 같이 먹는 거지."

현중은 자신을 챙겨주는 친구라는 존재가 새롭게만 느껴졌다. 백작으로 신분이 바뀌면서 원래 친구들도 없어지고 새로운 친구를 사귀려 해도 그 아이들의 부모님들이 싫어했다. 친일파의 자식이라는 꼬리표가 붙어 다녔다. 독립운동을 하고 싶어도 할 수 없는 난처한 상태에서 '경성 독립단'이라는 존재는 한 줄기의 빛 같았다. 유리가 머리카락을 묶으며 말했다.

"빨리 가자."

화영이 붉은 꽃 모양 머리끈을 손목에 걸었다. 화영은 어제저녁에 이모님께 들었던 이야기를 계속 떠올렸다.

"오늘 뭐 먹지?"

화영이 떠올리지 못하자 유리가 정리된 말들을 했다.

"총각김치, 감자, 그리고 내가 어저께 직접 캐온 나물."

유리는 어제 산에 가서 세 시간 동안 나물을 캤다. 화영이 기억났다는 듯 웃었다. 재밌는 기억이 난 모양이다.

"두릅?"

"그래 두릅."

현중은 두릅을 단 한 번도 직접 캐보지 않았다. 두릅은 무침으로 되어 있는 것만 보았기에 현중은 두릅의 원래 생김새가 궁금했다. 현중이 머뭇거리다 말했다.

"혹시 두릅 남아 있는 거 있어?"

유리가 손가락으로 개수를 세는듯했다.

"남은 건 4개."

"나중에 보여줄 수 있어?"

현중은 유리가 이상하게 볼 것이라고 생각했다. 안 그래도 아까 전부터 차가워서 자신의 첫인상이 잘못된 것인지 생각하고 있었다.

"응."

화영이 문을 열자 온화한 바람이 막사 안으로 들어왔다. 바람이 현중의 몸을 감쌌다. 현중의 원래 집에서도 불어왔던 바람이었지만 다르게 느껴졌다.

조금 더, 온화하고 따듯하게 느껴졌다.

*

정우가 현중에게 모자를 주었다. 올리브색의 모자 바깥쪽에 휘갈겨 쓴 검은색 문구가 적혀 있었다.

'Still'

"입단하면 주는 모자야. 이걸로 독립단원 사람들이랑 민간인이랑 구분해."

유리도 모자를 쓰며 밖으로 나갔다.

"이제 가자."

화영과 정우도 똑같은 모자를 쓰고 있었다. 현중은 다들 똑같은 물건으로 맞추니 가족이 새롭게 생긴 기분이었다.

"응, 가자."

*

아침은 모여서 먹는 형식이었다.

"잘 먹겠습니다."

직사각형 모양의 나무 탁자에 모두 모여 앉아 있었다. 6살부터 13살까지 나름 연령이 다양하게 있었다. 각자의 그릇에 음식이 담겨 있어 정돈된 느낌이 들었다. 아이들은 서로 재잘재잘 떠들며 음식을 먹었다. 가장 큰형인 13살 규창이 현중에게 말을 걸어왔다. 규창도 독립단원들의 모자를 쓰고 있었다. 현중이 쓴 모자를 알아본 모양이다.

"안녕? 난 이규창이야. 넌 이름이 어떻게 돼?"

현중이 쭈뼛쭈뼛 이름을 말했다.

"지현중, 입니다."

규창이 고개를 끄덕이며 두릅을 먹었다. 삶은 감자와 두릅이 의외로 어울렸다.

"이모님, 두릅 누가 가져왔어요?"

이모가 녹색 두릅을 보았다.

"아, 이거 어제 유리가 캐 왔다."

규창이 화들짝 놀랐다.

"야, 너 산 위험해. 요즘 감시가 얼마나 심해졌는데."

그렇다, 요즘 뒷산에 일본군들이 많이 돌아다니고 있다. 조선 사람들이 산속에서 작당모의를 하고 만세운동을 계획한다는 구실로 죄 없는 사람들을 무차별적으로 때려잡는다. 유리는 손사래를 치며 무심하게 말했다.

"괜찮아, 정찰 피하면서 다녀."

유리는 아무렇지 않은 표정으로 밥을 먹었다. 하지만 이야기를 듣는 사람들의 표정은 굳어만 갔다. 아무래도 걱정이 되는 모양이다. 유리가 이모님의 표정을 보고 웃어 보였다.

"아이고, 괜찮다니까요. 진짜 위험해지면 안 다녀요."

정우가 두릅을 먹었다. 맛있어서 계속 들어가나 보다.

"역시, 두릅."

정우는 평소에도 나물 종류를 아주 좋아했다. 특히 두릅 특유의 씁쓸한 맛이 좋다고 했다. 옆에서 밥을 먹던 석진이 두릅을 세상 맛있게 먹는 정우를 보며 감탄했다.

"형, 맛있어요?"

정우가 두릅을 먹지 않은 석진의 젓가락을 보았다. 석진의 앞으로 놓인 두릅은 이모가 주었을 때와 개수도 똑같았다.

"응, 왜? 입에 안 맞아?"

석진이 이모님과 유리의 눈치를 보며 고개를 끄덕였다. 유리는 자신의 눈치를 보는 석진에게 왜 그러냐는 듯이 물었다.
"왜?"
석진이 의기소침해지며 말했다.
"아닙니다…."
석진은 이상하게 다른 사람들은 친근하게 부르지만 유리한테만 큼은 꼬박꼬박 존댓말을 쓰며 무서워한다. 유리가 차갑고 무서워 보이는 탓일까? 정우, 화영보다도 오래 본 사람이지만 아직 어색한 느낌이 남아 있다. 심지어, 석진은 유리와 사촌이다. 김창욱 대장은 유리의 고모부이고 이모님은 유리의 고모였다. 화영이 이모님께 물었다.
"이모님, 언니는요?"
이모님이 잠시 생각하더니 일정이 술술 나왔다.
"화인이는 영주랑 제과점에서 아침 먹고 온다고 했고. 석이는 정보 받으러 갔어. 영식이는 서점."
이모님은 김창욱 대장에게 독립단원들의 일정을 다 전해 듣기 때문에 외우고 다닌다. **화인**은 화영의 하나뿐인 언니이다. **석**은 유리의 오빠로 15살, **영식**은 석과 화인과 동갑인 친구이다. **영주**는 영식의 동생으로 14살이다. 화영이 밥을 다 먹고 그릇을 뒤에 있는 대야에 담갔다. 질긴 밥풀이 그릇에 묻은 상태로 그냥 놔두면 잘 떨어지지 않기 때문에 물에 넣어두는 것이었다. 현중도 마침 밥을 다 먹은 참이라 화영을 따라 했다. 현중보다 어린아이들은 아직 수다를 떠느라 밥을 빨리 먹지 못한다. 이모님이 아이들의 밥 먹는 속도를 보고 다 먹은 현중, 화영, 규창을 먼저 돌려보냈다.

"너희들은 먼저 가라. 쟤들은 오래 걸려."

화영이 힘차게 대답하고 모자를 눌러썼다.

"네!"

규창도 정중히 허리를 굽혀 인사한 다음 문을 열고 나갔다. 문이 열리자 삐걱 소리가 났다. 아주 낡은듯한 소리였다. 현중이 밖으로 나와 신발 끈을 묶으며 하늘을 올려다보았다. 현중의 눈에는 낡은 지푸라기가 먼저 보였다. 초가집을 지을 때 위에 올린 볏짚이다. 오래된 건지 색이 다 바랬다. 벽에는 약간의 흠집과 총알 자국도 보였다. 현중이 신기한지 계속 보자, 규창이 설명을 해주었다.

"전에는 막사가 다른 곳이었는데 일본 놈들이 총 들고 와서 위협하는 바람에 이렇게 변해버렸어. 그런데 돈이 없어서 그때 썼던 벽을 다시 가져와서 지은 거야. 너희 막사도 자세히 보면 총 자국이 있어. 큼지막한 것들은 유리가 보기 싫다고 다 가려놓은 거야."

현중이 규창의 설명을 듣고 납득이 간다는 표정을 지었다. 화영이 현중의 접힌 신발 뒤꿈치를 보고 말해주었다. 갈색 신발의 뒤꿈치가 너덜너덜하게 접혀 있었다.

"신발 좀 제대로 신어."

현중이 해맑게 웃었다. 아무것도 모르는 웃음이었다. 화영이 현중의 표정을 보며 마지못해 신발을 펴주었다. 화영과 현중이 출발을 하려던 중, 김창욱 대장이 빠르게 걸어서 문을 열고 들어가려 했다. 현중은 김창욱 대장과 눈이 마주치자 인사를 하려 했지만 김창욱 대장이 조용히 하라는 손짓을 하며 문을 아주 살짝 열어 안을 보았다. 화영이 김창욱 대장을 자세히 보니 몸에는 몽둥이로 맞은 것 같은 상처들이 가득했다. 볼에서는 피가 뚝뚝 흐르고 있었다. 김창욱 대장이 문을 여는 미세한 소리에 유리의 귀가 반응했다. 유리는 평소에도 미세한 소리를 잘 듣기에 이상하지 않았다. 심지어 발소리만 듣고도 누구인지 맞힐 정도이다. 유리가 문을 열었다. 유리의 표정에는 서늘함이 가득했다.

"어머, 대장님. 안녕하세요? 또 이러고 오셨네요? 오빠는 어디에 있을까요?"

유리가 문을 열자 김창욱 대장이 당황한 듯 이모님의 눈치를 보았다. 이모님은 피가 흐르는 김창욱 대장의 상태를 보고 한숨을 쉬며 먹던 밥도 내려놓고 숟가락을 던져 정확히 김창욱 대장의 머리를 맞추었다.

"아침 댓바람부터 어딜 그래 쏘다닙니까?"

상황을 대강 파악한 정우가 문을 열고 나왔다. 문을 닫기 직전까지 이모님이 화를 내는 소리가 바로 앞에 있는 연무장까지 쩌렁쩌렁 울려 퍼졌다. 정우가 태연하게 신발을 신으며 규창을 보았다.

"대장님은 왜….”

"아, 석이 형이랑 정보 입수하러 나갔다가 헌병들한테 들킨 거지 뭐."

"아….”

규창이 모자를 고쳐 쓰고 웃어 보이며 막사로 가볍게 달려갔다. 유리가 한숨을 쉬며 나와 검은 구두를 신으며 생각했다.

'많이 낡았네.'

유리의 신발은 현중의 신발과는 다르게 아주 낡았다. 검은 구두가 회색으로 변해 있었다. 여기저기 흠집도 많이 남아 있었다. 화영의 신발도 유리와 같은 상태였다. 변해가는 시간도 비슷한지 밑이 다 떨어졌다. 정우라고 예외는 아니었다. 정우는 몇 번 신지 않았지만 훈련으로 신발이 낡았다. 신발 앞쪽이 부스러지려 했다. 정우가 신발을 못마땅한 눈초리로 보았다.

"아, 신발도 하나 사야겠네."

유리는 원래 신발을 신경 쓰지 않아 상관이 없는 듯 보였다. 화영은 정우가 신발을 말하고 나서 신발 상태를 확인했다.

"으…. 진짜 바꿔야겠다…."

현중은 자신의 신발만 깨끗한 것 같아 괜히 발을 비벼보았다. 현중의 신발은 방금 가게에서 산 것처럼 광이 났다. 누가 봐도 부잣집 아들 느낌이 물씬 풍겼다. 현중이 신발을 신경 쓰고 있는 것을 눈치챈 정우가 현중에게 신경 쓰지 말라는 듯 친근하게 어깨동무하며 주제를 돌려 말했다.

"아, 너희 이번에 잔화터에서 하는 만세운동 알아? 다들 조심해서 와야 할 텐데."

유리가 일어나서 말했다.

"나머지, 가서 얘기해."

다른 아이들도 동의를 한다는 표시로 고개를 끄덕인 뒤, 누가 먼저랄 것도 없이 막사로 걸어갔다. 현중은 걷다가 뒤를 살짝 돌아보았다. 현중의 뒤에는 푸릇하고 우직한 소나무가 그 자리 그대로 있었다. 마치 현중의 뒤를 지켜주는 것 같아 현중은 마음이 놓였다.

*

막사 안으로 들어오자 화영이 이야기를 시작했다.

"잔화터가 골목길로 되어 있잖아. 거기에 다 모여서 태극기도 나눠주고 할 예정인가 봐."

유리가 두 번째 책상 서랍을 열었다. 책상 서랍 안에는 많은 종이가 깔끔하게 정리되어 있었다. 유리는 그중 가장 최근 종이인 듯 구겨지지 않은 종이를 가져와 보여주었다.

'4월 28일 오후 2시 잔화터.'

급하게 휘갈겨 쓴 글씨체였다.

"어제 서점 사장님이 준 거야. 오지 말라고."

'오라고.'가 아닌 '오지 말라고.'라는 말은 이질적이었다. 10살로 어린 유리가 독립운동을 하겠다고 잔화터로 가면 총칼에 맞아 죽을 확률이 높기에 오지 말라는 것이었다. 원창 나름의 걱정이었다. 원창뿐만 아니라 다른 서점 사람들도 걱정했었다. 아마도 오늘 서점에 가면 한 번 더 주의를 줄 것이 뻔했다. 하지만 유리는 누가 말려도 갈 생각이었다.

"난 가려고. 너희들은?"

화영이 걱정되는 눈빛으로 말했다.

"난, 약간….."

정우가 눈치를 보다가 말했다.

"나도."

유리는 아이들을 '그래, 너희들이 그렇지.'라는 표정으로 보았다. 유리는 친하고 마음이 잘 통하는 친구들이어서 좋긴 했지만, 이런 점이 가끔 걸렸다. 정우는 갈 때도 있고 가지 않을 때도 있지만 화영은 지금까지 계속 막사 안에만 있었다.

물론, 무섭다. 죽을 수도 있다. 이해는 하지만 마음이 불편했다. 유리가 아무렇지 않게 싱긋 웃으며 책상으로 갔다. 유리는 책상에 앉아 책을 한 권 꺼내어 읽기 시작했다. 정우는 자신의 유일한 무력 무기인 권총 한 자루를 손수건으로 닦았다. 현중은 자신의 권총을 들고 와 장전하는 법과 조준하는 법을 기초만 배우려 했다.

"저기, 정우 맞지?"

"응, 왜? 필요한 거 있어?"

"이거 쓰는 법을 몰라서."

유리가 답답한지 자리에서 일어나 총을 가로채듯이 가져가 조준경을 다시 맞추어 주었다. 유리는 차갑고 절도 있게 총을 조준했다.

"정우한테 배워. 산 올라가서 해. 독립단 내부 규칙도 배우고."

"응…."

유리의 쌀쌀맞은 태도에 현중이 조금 주눅 들어했다. 현중이 밖으로 나가려 준비를 하자 정우도 준비했다.

"다녀올게."

끼익-

쿵-

유리가 현중이 나간 문을 지그시 응시했다. 화영이 침대에 누워 유리를 보았다.

"무슨 일 있어? 왜 이렇게 쌀쌀맞아?"

"…아니야."

화영이 이해가 되지 않는다는 표정으로 어리둥절하게 유리를 보았다.

"그냥 사실대로 말해. 불편한 거잖아."

유리가 고민을 하다가 다시 책으로 시선을 돌렸다.

"하…. 맞아. 사실대로 말하면, 불편해."

화영이 그렇구나, 하며 유리를 계속 보았다. 유리는 화영을 보았다. 화영이 그런 유리를 멀뚱히 보았다. 유리는 정말 10살, 그 나이 때의 여자아이였다. 화영의 짧은 갈색 머리가 조금 흔들렸다. 화영이 머리카락을 만지며 유리에게 웃어주었다.

"그렇구나, 뭐 그럴 수 있지."

유리는 다시 책을 보며 옅은 미소를 지어보았다. 그런 웃음 지으면, 내면에 있는 모든 것들이 없어질 것 같았다. 유리는 10살 같지 않게 평소에도 우수에 찬 눈빛이라던가, 생각이 어른스러운 모습을 자주 보여주어 독립단 내에서는 '인생 2회차'라고 불리기도 한다.

*

한편 연무장으로 나온 현중은 어떻게 하는 것인지 몰라 눈에 보이는 큰 나무를 연무장의 끝에 세워놓았다. 가장 총알 구멍이 많아 허름해 보이는 것을 기준점으로 해놓고 그 반대쪽으로 가서 총을 조준했다.

'이 정도?'

현중이 자신 있게 총을 쏘았지만 총알은 어디로 갔는지 나무에 맞는 소리가 나지 않았다. 현중이 아무도 없지만 뻘쭘해했다. 현중은 생각보다 몸의 반동이 컸는지 자세를 다시 고쳐 잡았다. 현중이 쭈뼛쭈뼛 총을 쏘려 할 때 바람이 불어왔다.

사아악-

온화하면서도 따뜻한 바람이었다. 현중은 왜인지 모르겠지만 자신감이 생겼다. 바람이 등을 떠밀어 주는 듯한 느낌을 받은 현중은 총을 정확히 조준해 쏘았다.

탕-

이번에는 몸의 반동이 전보다 줄어든 것 같았다. 나무의 가운데는 아니지만 끝이 벗겨졌다. 5발 만에 이루어 낸 성과는 생각보다 굉장했다. 현중은 이곳에서 오는 성취감을 느꼈다.

'성취감.'

현중은 아까 전부터 소나무에 눈길이 갔다. 소나무는 우직하여 강인해 보였다. 뿌리가 절대 뽑히지 않을 것 같을 정도였다. 현중은 사시사철 푸른 소나무가 일편단심을 뜻하는 것 같아서 좋아했다. 어디에선가 따뜻한 봄바람이 불어오면 소나무가 흔들리며 현중의 마음도 살살 건드려진다.

'이제 여기가, 집이야.'

현중은 아버지와 사는 답답한 부잣집보다 돈이 없고 가난해도 서로 의지하며 사는 따뜻하고 정겨운 독립단이 좋다. 현중은 이곳이 집이라고 생각하며 계속 훈련에 임했다. 총이 가운데에 맞을 때까지, 더욱 연습했다. 독립단에 조금이라도 보탬이 되고 싶은 마음에 정식 훈련이 시작되지 않았는데도 혼자 연습했다. 현중은 앞으로도 계속 이렇게 지낼 것이며 유리, 화영, 정우도 똑같은 생활을 할 것이다. 그들은 저마다 다른 사연, 다른 취향을 가졌지만 목표만은 같았다.

'대한의 독립.'

10살이란 어린 나이에 생각하기 어려운 고민이었다. 하지만 조국을 위한 노력에는 나이가 상관없었다. 대한 사람이라면 누구나 독립운동을 할 수 있다. 나이, 성별은 상관이 없다. 다들 가진 것 없이 조국을 위한 마음 그 하나만으로 여기까지 온 것이니까. 현중은 정우를 보았다. 정우는 현중에게 다가가 총을 조준해 주었다.

"팔은 직각이야."

탕-

정확했다. 정우가 현중의 어깨를 치며 말했다.

"내려가자."

현중이 고개를 작게 끄덕였다. 현중이 살짝 걱정되는 것이 있는지 물어보았다.

"유리라는 여자애는 원래 쌀쌀맞아?"

현중은 모든 아이들과 친하게 지내고 싶었다. 정우는 살짝 웃어 보이며 말했다.

"아니야, 처음이어서 그래. 대화하다 보면 좋은 애야."

현중은 정우의 말에 마음이 살짝 놓였다.

'얘기를 해봐야겠네.'

*

김창욱 대장의 방.

김창욱 대장이 헛기침을 하며 유리를 보았다. 유리의 눈빛은 예전과 같이 차가웠다. 김창욱 대장의 볼에는 거즈가 붙여져 있었다. 유리가 김창욱 대장을 보며 말했다.

"고모부, 하실 말씀이 있으시다고 들었어요."

김창욱 대장이 조금 뜸을 들이더니 말을 꺼냈다.

"현중이. 잘 봐줘. 너랑,"

김창욱 대장은 뒷말을 삼켰다. 유리는 김창욱 대장이 원래 무슨 말을 하려고 했는지 짐작이 갔다.

'너랑 상황이 비슷하니까.'

"저랑 상황이 비슷하니까 더 잘 챙겨주라는 말씀이신가요?"

유리가 정확히 뜻을 간파하자 김창욱 대장이 당황한 듯 웃었다.

"어. 그래."

유리는 김창욱 대장의 당황한 얼굴을 보고선 다시 특유의 살벌한 미소를 지었다.

"알겠습니다."

유리가 자리에서 일어나 김창욱 대장에게 고개를 숙여 인사했다.

"나중에 봬요. 고모부."

유리의 말에는 어딘가 이질감이 있었다. 김창욱 대장은 경성에서 제일가는 친일파인 **이종석**에게서 빠져나온 유리를 봐주고 있었다. 유리도 친일파의 딸이다. 그것도 제일 잘나가는 친일파. 초창기 독립단원이었지만 배신을 하고 자신의 돈만 챙긴 이종석은, 김창욱 대장의 원수였다. 김창욱 대장은 처음에 유리를 독립단원으로 들이는 것을 걱정했지만 유리는 여러모로 자신의 가치를 증명했다. 정보를 가져오라면 정확하고 신속하게 가져오고 총을 쏘라면 쐈다. 유리의 오빠인 석도 마찬가지였다. 석도 하라면 무엇이든지 다 했다. 공부도 열심히 했다. 석은 제일중학교에서 매번 1등을 해왔다. 둘 다 가치를 증명했다. 석은 나름 잘 지내고 있었지만, 유리는 무언가를 항상 감추고 있었다. 항상 우수에 찬 눈빛으로 다녔다. 그나마, 김창욱 대장과 이야기를 하거나 친구들과 놀 때 그나마 편해 보였다. 유리는 독립단에 쓸모를 증명해야 버려지지 않는다고 생각해서 그런지 불안하고 위태로웠다. 얕은 물 위에 까치발로 간신히 넘어지지 않으려 버티고 있었다. 유리는 김창욱 대장의 걱정스러운 눈빛을 읽었는지 힘없이 웃어주었다.

"고모부, 걱정하지 마세요. 전 예전과 같아요. 다를 게 없어요."

김창욱 대장은 항상 듣는 유리의 말에 똑같이 웃어주었다.

"그래, 가보렴."

드륵-

계기

1927년 10월 11일.

바람이 선선하게 불고 노을 진 하늘이 인상적인 가을, 석진은 동네 아이들과 술래잡기를 하러 골목으로 갔다. 골목에서는 이종석의 막내아들인 유한, 중국 상해에서 온 현상, 석진의 동네 친구인 창경이 있었다. 그들은 석진을 기다리며 흙바닥에 나뭇가지로 그림을 그리고 있었다. 석진은 유한이 썩 마음에 들지 않았지만 이미 그곳에 있었기에 어쩔 수 없이 같이 놀아야 한다. 유한은 평소 이기적이고 불만이 너무 많아서 다른 아이들도 싫어한다. 하지만 잘 비비면 친일파 부잣집 도련님이라 서양의 문물이나 값비싼 일본 수입품들을 주기도 했다. 유한에게 잘 보이려는 아이들도 수두룩하다.

"얘들아, 왔어."

창경이 석진에게 손을 흔들었다. 석진은 창경의 옆으로 가서 말했다.

"오늘 술래잡기하는 거지?"

유한이 고개를 끄덕였다. 현상이 손을 앞으로 내밀었다.

"술래 정하자."

아이들이 손을 앞으로 뻗어 가위바위보를 했다.

"가위, 바위, 보!"

유한과 현상, 창경이 주먹을 내고 석진이 가위를 내어 석진이 술래로 정해졌다. 석진이 벽 쪽으로 몸을 돌려 수를 세었다.

"20초 센다! 20, 19."

아이들이 꺄르르 웃으며 골목골목으로 들어갔다. 아이들의 발소리가 점점 끊겨갔다. 석진은 열심히 수를 세었다.

"5, 4, 3, 2, 1! 찾는다!!"

석진이 발소리가 가장 크게 들렸던 골목으로 살금살금 들어갔다. 조심조심 들어가니 누군가 숨어 있는 것 같은 느낌이 들었다. 석진이 큰 기둥을 빙그르르 돌아 숨어 있던 창경을 찾아내었다.

"왁!"

"히액!"

창경이 깜짝 놀랐다. 이렇게나 빨리 들킬 줄은 생각도 못 한 것이었다. 창경이 머리를 긁적이며 말했다.

"빨리 찾네…. 다른 애들은 찾아야 하지?"

석진이 씨익 웃으며 아이들을 찾으려 다른 골목으로 이동했다.

"응."

석진은 술래잡기를 좋아한다. 술래도 재미있지만 가장 좋아하는 역할은 숨는 것이다. 술래가 언제 찾을지가 궁금하고 설레었다. 석진은 아이들을 다 찾은 다음 숨을 생각이었다. 석진은 현상이 숨어 있을 만한 곳들을 샅샅이 수색했다. 현상은 주로 초가집의 담벼락 뒤에 숨는다. 현상의 집은 담장이 높아 웬만큼 키가 큰 사람들도 까치발을 들어야만 볼 수 있기에 7살짜리 어린아이들은 절대 볼 수 없었다. 석진이 담장 옆으로 들어가 현상의 어깨를 잡았다. 현상이 도망치려 했지만 이미 늦었다.

"잡았다!"

"아~. 뭐야."

뒤로 창경이 다가왔다. 현상이 창경을 보고 어이없다는 듯이 말했다.

"너도 잡혔냐?"

"어, 얘 너무 잘 찾아."

이제 남은 사람은 유한이었다. 아이들은 유한을 찾으러 흩어졌다. 석진은 유한이 보통 여기저기 돌아다니는 것을 알기에 골목 사이사이를 돌아다녔다.

'어딨을까나~.'

석진의 신발이 흙바닥에 부딪힐 때마다 탁탁 소리가 났다. 석진의 옷은 땀으로 흠뻑 젖었다. 선선한 바람이 불어올 때마다 석진의 이마에 맺힌 땀이 옆으로 떨어졌다. 석진이 한참 골목을 돌아다니고 있을 때 현상의 목소리가 들렸다.

"찾았다!"

석진은 현상의 말에 방긋 웃으며 목소리가 들린 쪽으로 달려갔다. 그곳에는 현상, 창경, 유한이 있었다.

"다 찾았다!"

유한이 석진을 보며 말했다.

"그럼 우리 다시 하자. 술래는 네가 해."

방금 전까지 술래였던 석진은 이해가 되지 않았다. 술래를 했는데 또 하라니, 숨는 쪽을 하고 싶었던 석진은 유한에게 따지듯 물었다.

"왜? 다시 정해야지."

유한의 표정이 조금 찌푸려졌다.

"난 술래 안 해."

술래를 하지 않겠다니 얼마나 이기적인 말인가. 고생하는 술래는 하지 않겠다는 말이었다. 창경의 눈빛이 싸늘하게 바뀌면서 유한의 눈을 보며 화를 내었다.

"야! 그게 무슨 소리야. 다시 정해야지."

현상도 옆에서 거들었다. 유한 빼고 다들 불공평하다고 생각했다. 그중에서도 술래를 하던 석진이 가장 짜증을 내었다. 유한이 뻔뻔하게 말했다.

"술래는 망국노나 하는 거야!"

'망국노'라는 말에 석진이 발끈하였다.

"누가 망국노야!"

유한은 아랑곳하지 않고 계속 말을 이어나갔다.

"너 망국노잖아. 나라 없잖아!"

석진이 주먹을 쥐고 부들부들 떨었다. 망국노라고 불리는 것이 억울했다. 나라를 빼앗긴 것이 아니라고 말하고 싶었다. 유한은 경성에서 가장 유명한 친일파의 아들이기에 다른 아이들은 보복이 두려워 더 이상 아무 말도 하지 않았다.

"맞잖아, 망국….."
석진은 주먹으로 유한의 얼굴을 쳤다.
퍽-
퍽 소리가 나며 잠시 시간이 멈춘듯했다. 석진이 유한의 멱살을 잡았다. 석진의 눈시울이 붉어져 있었다. 당장이라도 울 것 같았다. 유한의 입에서는 붉은 피가 흐르고 있었다. 석진이 얼마나 강하게, 진심을 담아서 쳤는지, 유한은 얼떨떨한 표정을 지었다. 석진이 큰 소리로 말했다.
"야! 망국노 아니야! 나라 있어."
유한이 멱살을 잡은 석진의 손을 떼어냈다. 유한도 덩달아 큰 소리를 내었다.
"왜 때려! 너… 아빠한테 이를 거야!"
석진이 유한의 얼굴을 한 대 더 때리고 뒤를 돌아서 창경과 현상을 보았다.
"너희들은 어쩔 거야, 쟤 옆에 계속 있을 거야?"
아이들은 유한이 무서워 대답을 하지 않았다. 정확히는 유한의 아버지인 이종석이 무서웠던 것이다. 아이들이 대답을 망설이자, 배신감이 느껴진 석진은 씩씩거리다 길을 떠났다. 아이들은 그때서야 석진에게 한마디씩 했다. 창경이 석진에게 다가가려 했지만 지금 말을 걸어도 반응을 해주지 않을 것 같았다. 현상은 멀어져 가는 석진을 지켜보다가 맞은 유한을 보았다. 유한은 어이없다는 듯이 뻔뻔하게 코웃음을 쳤다.
"허, 자기가 뭔데."

유한의 말에 창경이 싸늘한 눈으로 유한을 보았다. 유한은 창경과 눈이 마주치자 고개를 돌렸다. 현상은 이 모든 상황이 무의미하다고 느꼈는지 자리를 떠났다.

"갈래."

유한은 현상이 떠나는 것을 보고 아무렇지 않은 듯 큰소리쳤다.

"마음대로 해."

창경은 이기적인 유한이 예전부터 마음에 들지 않았다. 그리고, 오늘 더 마음에 들지 않게 됐다. 그렇지 않아도 어제 이기적이게 행동한 일 때문에 마음이 좋지 않았는데, 재미있게 놀다가 이렇게 분위기가 식다니. 창경의 기분은 최악 중 최악이었다. 유한이 짝다리를 짚고 창경을 불렀다.

"야, 넌?"

창경은 대답도 하지 않고 휙 돌아서 가버렸다. 유한은 창경이 떠나간 뒤에도 한참을 그 골목에 서 있었다. 기분이 나빠야 할 사람은 석진과 다른 아이들이었지만 뻔뻔하게도 유한은 자기가 더 기분이 나쁘다는 듯 인상을 한껏 찌푸렸다.

*

한편, 혼자서 산으로 올라온 석진은 씩씩거리며 바닥에 있던 애꿎은 돌을 발로 찼다.

틱-

회색 돌멩이가 데구루루 굴러갔다. 석진의 머릿속에서는 계속

'망국노'라는 말이 맴돌았다. 망국노, 일제에게 지배당하고 있는 대한민국의 국민들을 낮잡아 부르며 놀리는 말이었다. 석진은 믿고 있었다, 언젠가는 길거리에 태극기가 걸려 바람에 날릴 것이라고. 아버지인 김창욱 대장이 매일같이 하던 말이다. 하지만 오늘 또래 친구였던 유한에게 망국노라는 말을 듣자, 그 희망이 산산조각으로 부서져 불에 타는 것 같았다. 어리다고 모르는 것이 아니다, 어려도 알 건 안다. 일본이 한국을 조종하고 있는 것도. 석진은 자유롭게 사는 것이 꿈이다. 유한처럼. 하지만 친일파가 되기는 싫었다. 그래서 더 답답했다.

까악-!

깍-!

까아악-!

막사가 보일 때쯤 까마귀가 울었다. 까마귀 여러 마리가 한꺼번에 우니 굉장히 크고 묵직한 소리가 났다. 석진은 기분이 좋지 않은 탓인지 오늘따라 까마귀 우는 소리가 더 재수 없게 들렸다.

'뭐야, 재수 없게.'

석진은 김창욱 대장이 있는 방으로 힘껏 달렸다. 얼른 아버지가 보고 싶었다. 신발의 밑바닥이 떨어질 것 같이 힘을 주어 뛰었다. 분노가 서린 발걸음이었다. 석진이 방문을 살짝 두드렸다.

똑, 똑-

"아빠, 저 왔어요."

김창욱 대장이 열심히 닦던 총을 급하게 서랍 밑으로 밀어 넣었다. 어린 석진이 총을 보지 않았으면 하는 마음이었다.

"응, 들어와라."

석진은 방문을 열고 들어와 김창욱 대장의 앞에 앉았다. 석진은 아버지를 보니 아까 전의 설움이 터졌다. 석진의 눈에서 둥근 눈물이 뚝뚝 떨어졌다.

툭-

김창욱 대장은 무언가 심상치 않음을 느끼고 진지하게 말했다.

"너, 무슨 일 있니?"

석진이 눈물범벅이 된 얼굴로 하소연했다.

"아빠, 우리는 나라가 없어?"

김창욱 대장은 석진의 한마디에 눈을 크게 떴다. 석진을 말은 잔잔한 물에 작은 돌멩이를 던져 큰 파장을 일으키는 것 같았다.

"너, 그런 말 어디서 들었어."

석진이 훌쩍거리며 눈물을 옷소매로 닦았다. 푸른 소매가 물로 젖어갔다.

"이유한이, 나 보고 망국노래. 나라가 없대."

'망국노'라는 말은 김창욱 대장의 마음에 비수가 꽂히는 듯한 느낌을 주었다. 나의 아들이 이런 소리를 들어가며 산다는 것이, 얼마나 비참한가. 지금 당장이라도 그렇게 말한 아이의 집에 찾아가고 싶지만 할 수 없었다. 김창욱 대장은 석진을 안아주었다.

"석진아, 우리는 나라 있어. 대한민국이 있잖아."

김창욱 대장은 '망국노'라는 말을 계속해서 곱씹었다. 석진은 김창욱 대장의 품에 안겨서 서럽게 울었다.

석진은 하고 싶었던 말들을 쏟아내니 조금 진정이 된 것 같았다.

석진은 김창욱 대장을 보았다. 김창욱 대장의 꼴은 말이 아니었다. 방금 전, 밖에서 정보를 입수해 급하게 오다가 흙바닥에서 한 번 굴렀었다. 석진이 자리에서 일어났다.

"가볼게요. 죄송해요. 친구들이랑은 싸우지 말라고 하셨는데, 못 지켰어요."

김창욱 대장은 사과하는 석진의 모습이 안쓰러워 보였다. 김창욱 대장은 애써 마음을 추스르고 석진의 팔을 잡고 다정하게 말해 주었다.

"석진아, 잘했어. 이런 일이 있으면 말하는 게 맞아. 가봐."

석진이 희미하게 웃었다.

"…예."

'자유, 자유.'

옛날에 석진이 김창욱 대장에게 넌지시 했던 말이 있었다. 자유를 받고 싶다고. 단 한 번도 자유를 느껴보지 못했던 석진은 2년 전 7살 생일선물로 자유를 받고 싶다고 했다. 생일선물로 자유를 원하다니, 그날, 김창욱 대장은 많은 생각들로 밤을 지새웠다. 그리고 오늘, 김창욱 대장은 꽉 쥔 주먹을 보며 다시 한번 자유에 대해 생각했다.

'미안하다.'

김창욱 대장이 머리카락을 쓸어 넘겼다. 내일이면 상해로 가 독립자금을 전달해야 한다. 생각해 보니 김창욱 대장은 인생의 전부를 독립운동에 바쳤다. 독립운동으로 석진을 봐주지 못했다. 자신의 자식이 밖에서 어떤 소리를 듣고 사는지도 몰랐다. 김창욱 대장이 눈을 감고 생각을 정리하고 있을 때, 방문이 드르륵 열리며 익숙한 모습이 보였다. **알바도**였다.

"Hey, 창욱."

알바도는 미국인이다. 미국에서 계속 살다가 1907년, 약 20년 전에 상해로 폭약을 전달하러 갔을 때 만난 사람이다. 회색과 갈색이 섞인듯한 오묘한 빛의 머리카락과 바다를 담은듯한 푸른색과 옥색이 연하게 섞여 아름다운 눈이 인상적인 미국인이다. 알바도는 한국에 온 뒤로 서점에서 우리말 사전을 편찬하는 데 큰 기여를 하고 있다. 미국의 국적을 가졌지만 독립운동을 하는 멋진 사람이다.

"어, 왔어?"

기운이 없는 김창욱 대장을 보고 알바도가 옆에 편한 자세로 앉으며 담배를 꺼내었다. 김창욱 대장은 담배를 하나 받으려다 멈칫하고 손을 다시 무릎에 얹었다.

"오늘은 괜찮네."

알바도가 어깨를 으쓱하고 담배를 넣었다.

"What's going on?"

알바도가 질문하자 김창욱 대장이 손목을 돌렸다.

"…얘가 밖에서 망국노 소리를 듣나 봐."

알바도는 망국노라는 단어를 얼핏 들어 알기에, 표정을 심각하게 굳힐 수밖에 없었다. 알바도가 한숨을 내쉬며 문을 바라보았다. 알바도가 의미 없이 손가락을 제자리에서 굴렸다.

"Who would say that?"

"이종석 아들."

알바도가 이름을 되뇌어 보며 계속 발음했다.

"리종석, 리종석…. 아, 그 새끼?"

김창욱 대장은 알바도가 이종석을 안다는 사실이 놀라웠다. 알바도가 기억을 더듬으며 말했다.

"그, 왜 경성 친일파잖아. 경성에서 제일 유명한 친일파. 지난번에 한 번 봤는데 english 발음 이상했어."

이종석은 마치 오래된 두꺼운 사전에서 한 소절을 더듬으며 찾는 듯한 어투였다. 알바도는 다른 건 몰라도 영어 발음이 좋지 않았던 것 그 하나만큼은 제대로 기억했다. 충격적일 정도의 괴상한 발음이었기 때문이다. 알바도가 이종석의 영어 발음을 흉내 내었다.

"'다츠 잇 폴 투데이.'가 아니라 That's it for today라고. 11살짜리 유리도 하는 말인데 40대 중반인 아저씨가 못해."

알바도는 많이 답답한가 보다. 김창욱 대장이 기지개를 켰다.

우득-

뼈가 갈라지는 소리가 울렸다.

"Are you ok?"

김창욱 대장이 팔을 살살 돌리며 말했다.

"응. 어후, 늙었어."

알바도가 김창욱 대장의 옷을 보았다. 옷이 많이 낡아 보였다. 양장은 다 해져 꼴이 말이 아니었고 셔츠는 얼룩과 찌든 때로 물들어 있었다.

"옷 좀 빨지?"

김창욱 대장이 그제야 옷을 인식하고 손목 부분의 냄새를 맡았다. 요 며칠 집에 들어오지를 못해 옷은 물론 머리 만질 시간조차 없었다.

"아…."

알바도가 옷을 보고 있는 김창욱 대장의 옆에 무언가를 던졌다.

툭-

꽤 묵직한 물건이 상자에 담겨 있었다.

"오면서 샀어. 제과점 아저씨가 양인이라고 더 줬어."

김창욱 대장이 말없이 조용히 고개를 끄덕였다. 그리고 나직이 한마디를 했다.

"고마워."

알바도가 신기하다는 듯 말했다.

"한국인들은 정이 참 많아, 대단해."

알바도가 자리에서 일어나며 말했다.

"나가자, 밖으로."

김창욱 대장이 석진을 다시 보며 몸을 일으켜 세웠다. 김창욱 대장이 목을 돌리며 앞으로 걸어 나갔다.

"그래, 가자."

*

밖은 어둑어둑하고 쌀쌀했다. 가을이라는 것이 확 느껴졌다. 알바도가 담배를 꺼내어 불을 붙였다.

타닥-

알바도가 담배를 불었다. 탄내와 함께 담배 냄새가 확 올라왔다. 김창욱 대장이 담배 연기를 손으로 휘저었다. 날이 어두워 사실상 불이 없으면 보이지 않을 정도였다. 김창욱 대장이 주머니에서 성냥을 꺼내어 마루에 놓여 있는 촛불에 불을 붙였다. 김창욱 대장은 촛불을 제등에 넣어 들었다. 알바도가 물고 있던 담배를 입에서 떼며 정면을 손가락으로 가리켰다.

"Um, hey? What is that?"

김창욱 대장이 알바도가 가리킨 방향을 보았다. 그곳에는 사람 형상으로 보이는 무언가가 걸어오고 있었다. 김창욱 대장은 당연히 상해에 가는 것을 상의하러 오는 석이나 화인일 것이라고 생각했다.

"아, 석이랑 화인이."

알바도가 김창욱 대장의 팔을 한 번 툭 치며 급하게 말했다.

"아니, 세 명이야."

김창욱 대장이 고개를 틀어 자세히 보았다. 분명히 세 명이 보였다. 김창욱 대장이 권총을 꺼내어 총을 장전했다. 독립단원들이 저녁 7시에 찾아올 일이 없기 때문이다. 훈련은 밤 10시에 시작되기에 그 누구도, 특히 세 명이나 찾아올 일이 딱히 없다. 김창욱 대장과 알바도는 숨죽여 보았다. 그 세 명의 실루엣은 점점 앞쪽으로 다가오다가 방향을 틀어 뒤쪽으로 돌았다. 김창욱 대장이 총을 내리며 불을 들었다.

"누구지?"

"몰라, 누구야?"

그때, 뒤에서 나뭇가지를 밟는 소리가 났다.

까득-

김창욱 대장이 놀라서 총을 겨누었다.

"어이구, 총 내려놓으슈."

맨 왼쪽에 있는 남성이 손으로 제지하며 걸어왔다. 가운데에 서 있는 남성은 김창욱 대장과 알바도와 나이가 비슷해 보였다. 오른쪽에서 걷고 있는 남자는 다름이 아닌 석이었다. 석이 서글서글 웃으며 인사했다.

"대장님~."

김창욱 대장이 서서히 총을 내려놓았다. 알바도가 남성들을 알아보고선 박수를 치며 반가운 목소리로 말했다.

"광쑤! 사장님."

맨 왼쪽에 있던 남자는 광수라는 사람이었다. 가운데에서 무표정으로 걸어오고 있던 사람은 원창으로, 서점을 운영하며 우리말을 조사하는 일을 하고 있다. 알바도는 서점에서 일하기 때문에 그들과 아주 친하다. 광수는 호탕하게 웃으며 알바도와 인사를 나누었다. 원창은 알바도에게 짤막하게 인사하고 김창욱 대장을 보았다. 원창이 손을 건네며 인사했다.

"안녕하십니까, **조원창**입니다."

김창욱 대장은 어색하게 그의 손을 잡으며 인사했다.

"김창욱입니다."

둘은 **빠르게** 손을 넣으며 어색한 분위기를 물씬 풍겼다. 석이 집을 가리켰다.

"날도 쌀쌀한데 들어가서 이야기하시죠?"

*

"음, 제가 여기로 온 이유는…. 협업을 하기 위해서입니다."
김창욱 대장은 표정 변화 하나 없이 말했다.
"예."
원창이 들고 온 검은 가방을 열었다. 김창욱 대장은 가방을 유심히 보았다. 가방 안에는 태극기 여러 개와 종이 3장이 들어 있었다. 그리고, 종이 옆쪽에는 빛바랜 사진이 1장 들어 있었다. 원창이 사진을 건네어 주며 말했다. 사진 속에는 6년 전에 김창욱 대장과 알바도, 그리고 지금은 없는 독립단의 단원들이 있었다. 김창욱 대장은 사진을 보고 놀라며 원창을 보았다.
"이 사진은 왜, 어떻게 가지고 계십니까?"
원창이 나긋나긋하게 설명했다.
"6년 전에 독립단의 위치가 '이종석' 때문에 발각되지 않았습니까? 사진이 2장이던데 그중 1장을 누가 가지고 있더군요."
다른 1장의 사진은 김창욱 대장의 개인 책상에 놓여져 있었지만 이종석이 독립단의 위치를 일본에 알리는 바람에 불이 나 다 타버렸었다. 하지만 김창욱 대장은 그 사진을 누가 가지고 있었는지는 중요하지 않았다. 마지막 남은 초창기 독립단원들의 사진을 찾았다는 사실 그 자체가 기뻤다. 알바도가 원창에게 말했다.
"싸장님, 누가 가지고 있었어요?"

"유리."

광수가 의아해하며 물었다.

"갑자기요?"

김창욱 대장이 서서히 납득하며 고개를 끄덕였다. 어리둥절해하는 광수를 향해 김창욱 대장이 설명했다.

"그, 유리가 제 조카입니다."

그렇다 유리는 김창욱 대장의 처조카이다. 즉, 유리는 김창욱 대장을 고모부라고 부른다. 그리고, 친일파 백작인 이종석의 딸. 그렇게 따지면 석은 유리의 친오빠이니 똑같이 조카가 되는 것이다. 다른 이들은 이미 다 알고 있었던 사실이었지만 광수만 처음 듣는 사실이었다. 다들 알고 있었다는 표정을 짓고 광수를 보았다.

"또 지만 모르고 있었쥬?"

광수가 어이없다는 듯이 원창을 보았다.

"아니, 성님 우째 지한테는 암 말도 안 하셨슈? 아니, 제가 갸랑 같이 일한 게 그래도 2년입니더."

원창이 묵묵무답으로 알바도를 보았다. 알바도도 아무 말 없이 문을 보았다. 김창욱 대장이 사진을 다시 올려놓으며 일어나 장롱 쪽으로 갔다.

"예, 그래서 왜 오셨습니까?"

광수가 장롱에 관심을 보이며 빼꼼히 쳐다보았다. 원창은 아랑곳하지 않고 종이 3장을 꺼내 들었다.

찰랑-

김창욱 대장의 손에는 막걸리가 들려 있었다. 술을 보고 원창이 한숨을 쉬었다.

"뭡니까?"

"술이요. 입이 심심하니까."

광수는 술이 마음에 드는지 냉큼 자리를 가깝게 옮겼다.

"아이고, 좋죠."

김창욱 대장이 잔에 술을 따르며 사람들에게 돌렸다. 석이 술을 받으려 하자 김창욱 대장이 석의 술잔을 가로채 원창에게 주었다. 김창욱 대장이 말했다.

"예, 이제 말씀하시죠."

원창이 술을 한 모금 마시고 종이를 보여주었다.

"저희가 만세운동을 열려고 합니다. 내년 1월, 만주와 상해에 있는 독립운동가분들을 다 모아 상해에서 할 것입니다. 내일 상해로 가신다고 들었습니다. 상해로 가시면 칭퍼라는 동네가 있을 겁니다. 저희가 지금 상해까지 갈 형편이 되지 않아서 이 독립선언서를 전해주시면 감사하겠습니다. 독립자금을 전하러 가실 때 상해에 가 있는 의열단에 같이 전해주십시오."

간절함이 담긴 원창의 설명에 김창욱 대장의 마음이 조금 흔들렸다. 사실 독립자금을 전하러 가는 것 그 자체가 위험했다. 상해에 임시정부가 세워졌다는 사실을 일본이 알게 되어 감시가 전보다 심해진 상황이었다. 이러한 상황 속 독립선언서를 전한다는 건 무리에 가까웠다. 알바도가 김창욱 대장을 보았다. 표정이 오묘했다. 광수가 중간에 끼어들어 이야기했다.

"상해독립단에 가믄 표창원이라는 사람이 있을 낀데 그 사람이 대장이어유."

김창욱 대장이 홀린 듯이 손을 내밀었다.

"하겠습니다."

원창이 가방을 통째로 주었다.

"감사합니다. 잘 부탁드립니다."

광수가 박수를 치며 감탄했다.

"역시, 독립단 대장은 다릅니다잉? 그라모 이제 술이나 묵읍시다. 마셔유."

알바도가 술을 마셨다. 원창은 마음에 걸리던 무언가가 풀어진 듯 편안해졌다. 술의 맛이 전보다 좋아진 느낌이었다.

"혹시 서점에서는 무엇을 하고 계신지?"

원창이 시집을 주었다.

'무제?'

"이 시집이 저희가 만들고 있는 한글 시집입니다. 저희는 겉으로 보기에는 일본 문학을 파는 사람들이지만 안쪽에서는 한글 시들을 모아 시집을 만들어 무료로 배포하는 독립운동가들입니다. 만세운동을 주관하기도 합니다. 그리고 독립자금이 유통되는 유일한 경성 서점입니다."

원창은 아주 자랑스럽다는 말투로 말했다. 김창욱 대장은 경성에 이렇게 큰일을 하는 서점이 있는 줄 몰랐다.

"그 시집은 선물로 드리겠습니다."

김창욱 대장이 옅은 미소를 지었다.

"감사합니다."

석이 술을 마시는 광수를 보았다. 광수는 벌써 취한 듯 보였다.

"광수 아저씨, 취하셨어요?"

"아이, 안 취했다."

원창이 광수의 등을 두드렸다.

"이 친구가 원래 잘 취해요."

김창욱 대장이 시계를 꺼내었다.

딸깍-

금색 시계를 열자, 반쯤 깨진 유리가 보였다. 시간은 어느새 저녁 10시가 되었다. 한 시간만 있으면 독립단원들과 계획을 짤 시간이었다. 원창이 눈치를 챘는지 자리에서 일어났다.

"저희는 늦었으니 이만 가보겠습니다. 정보는 발설하지 않으니 걱정 마십시오."

김창욱 대장도 일어나 악수를 청했다.

"네, 꼭 잘 전달하겠습니다."

원창이 흐뭇하게 웃음 지으며 손을 잡았다.

"감사합니다."

끼-

문이 열리고 원창이 광수를 깨웠다.

"광수야, 가자."

"아, 예. 가입시더."

광수가 비틀거리며 일어났다.

"광수, 사장님 잘 가요."

"네, 내일 서점에서 뵙죠."

원창이 밖에 나와 손을 흔들었다.
"다음에 또 뵙죠."
김창욱 대장도 가볍게 손을 흔들었다. 원창이 광수와 함께 유유히 걸어갔다. 석이 김창욱 대장을 보며 기지개를 켰다.
"고모부, 연무장으로 가죠."
알바도가 석의 옆에 서며 등을 두드려 주었다.
"그래, 가자."
김창욱 대장이 발걸음을 옮겼다.
저벅-
저벅-

*

그날, 모든 일과를 마치고 누운 김창욱 대장은 쉽게 잠에 들지 못했다. 석진이 했던 망국노 이야기와 내일이면 상해로 간다는 것, 독립선언서를 옮긴다는 것까지 많은 생각들이 머리를 채웠다. 김창욱 대장은 독립선언서를 베개에 넣어두고 그 베개를 끌어안았다. 그 베개 안에는 독립단의 초장기 단원들의 사진들도 있었다. 그 사진을 찾은 것만으로도 감사했다. 하지만 6년 전 이종석이 정보를 팔아 독립단원들이 많이 희생된 것을 생각하면 아직도 치가 떨린다. 눈을 감으며 아직도 불에 타고 있는 동료들과 집이 생각났다. 마지막으로 보았던 이종석의 비릿한 웃음까지, 모두 생생하게 기억이 났다.

*

옛 기억.
 김창욱 대장은 독립단의 기지로 올라오는 중간에 제과점에 들러 빵을 샀다. 독립단원들에게 하나씩 나누어 줄 예정이었다. 김창욱 대장은 손을 쥐었다 폈다 하며 산을 올랐다.
 기지로 다다랐을 때, 김창욱 대장은 작은 불씨를 보았다. 그리고, 일본의 검은 제복을 입고 있는 헌병들도 보았다. 헌병들은 총칼을 들고 기지를 에워쌌다. 독립단에서 가장 어렸던 19살 남자가 허겁지겁 빠져나왔지만 헌병의 칼에 찔려 결국 죽고 말았다. 김창욱 대장은 보았다.
 빠져나오지 못해 절규하며 불에 타던 동료들을.
 그 이후의 만행들은 더 끔찍했다. 헌병들은 칼로 시신의 심장을 찔러 들고 사진을 찍었다. 그것도 웃으며. 김창욱 대장의 머릿속이 뿌예졌다. 일단은, 빠져나가야 한다는 생각밖에 들지 않았다. 김창욱 대장은 최대한 소리를 내지 않고 산을 빠져나갔다. 김창욱 대장은 급하게 오느라 들고 있던 빵도 다 내려놓고 나왔다. 마을 사람들이 수군거리는 소리가 들렸다.
 "아까, 헌병들이 지나가던데?"
 "어머, 뭔 일이라도 있대?"

김창욱 대장은 숨을 제대로 쉬지 못할 정도로 힘들어졌다. 한참을 공포에 빠져 있을 때, 이종석이 눈앞에 나타났다. 이종석은 싸늘하게 김창욱 대장을 보았다. 김창욱 대장은 단번에 이종석이 내부 고발자라는 것을 알았다.

"너, 너야?"

이종석은 너무나도 뻔뻔한 태도로 나왔다.

"…맞아."

이종석은 김창욱 대장을 밀고하지 않았다. 그저, 귀에 대고 속삭였다.

"오지 않을 봄을 기대하며 헛되게 살 바에는, 지금 당장의 영광을 쟁취하는 게 더 나아."

*

김창욱 대장은 고개를 저으며 생각을 떨쳤다.

'이미 지난 일들을 붙잡아 뭐에 쓸까.'

김창욱 대장은 호흡을 가다듬으며 내일 상해로 가서 무슨 일을 해야 할지 생각하며 잠에 들었다.

밖은 평범한 가을의 밤이었다. 구름이 껴 달이 보이지 않는다는 것 빼고는.

오늘도

1928년, 경성 제일 서점.

찬 바람이 쌩쌩 불어오는 1928년의 경성, 밖은 새하얀 눈으로 덮였다. 밝은 회색 털모자를 쓴 광수가 서점의 문을 열고 걸어 나온다.

또롱-

광수는 추운지 벌벌 떨며 나왔다. 손에는 빗자루가 들려 있었다. 그때 서점의 문이 한 번 더 열리고 원창이 나왔다.

"광수야, 제대로 쓸어라."

광수는 이기지 못할 것을 알면서도 괜히 불만을 표출했다.

"성님도 좀 같이 쓸어유!"

원창은 중절모를 벗었다 다시 쓰며 얄미운 웃음을 지었다.

"흠, 이만."

원창이 문을 열고 들어가자, 광수가 혼잣말을 중얼거렸다.

"같이 좀 쓸지, 왜 나헌티 지랄이여."

광수가 한참 구시렁거리며 눈을 치우고 있을 때 서점 안에서 원창의 나긋한 목소리가 들렸다.

"광수야, 다 들린다."
"예, 예."
광수가 표정을 한껏 구기며 입 모양으로 욕을 했다.
'어후.'
광수는 눈을 신경질적으로 쓸었다.
서걱-
새하얀 눈이 걷히고 회색 바닥이 드러났다. 광수는 나름 뿌듯해하며 옆에 있는 제과점의 눈도 쓸어주었다. 불만이란 불만은 계속 구시렁거리면서도 한번 맡은 일은 끝까지 해내는 광수다.

*

눈을 다 쓸고 안쪽으로 들어가니 원창이 구운 고구마를 까고 있었다. 직사각형의 책상에는 원고들이 깔끔하게 치워져 있었다.
"광수, 빨리 와."
알바도가 고구마를 먹으며 말했다. 향심이 까준 고구마를 든 유리도 손을 흔들었다.
"광수 아저씨, 앉으세요."
광수가 빗자루를 벽에 기대어 놓고 빠르게 자리에 착석했다. 광수가 모자를 벗어 옷걸이에 던졌다. 신기하게도 모자는 완벽한 각도로 걸렸다. 광수는 단 한 번도 던지기를 실패한 적이 없다. 그 때문에 항상 수류탄 투척 같은 일들은 광수에게 시킨다.
"이게 다 뭐랍니까? 우짠 일로 고구마를 다 준비하십니까?"

원창이 고구마를 주며 말했다.

"추우니까."

덜컥-

뒷문이 열리는 소리가 들렸지만 아무도 알아차리지 못한 모양이다. 하지만 유리는 문이 열리는 소리를 바로 알고 이름을 말했다.

"영식이 오빠."

들어오려던 영식이 멈칫하며 깜짝 놀란 표정을 지었다. 그제야 문을 바라본 광수가 손을 들었다.

"영식아! 핵교 다녀오냐?"

영식이 밝게 인사했다.

"예!"

영식은 광수의 옆자리에 앉으며 가방을 걸었다. 영식이 고구마를 보고 놀랐다.

"고구마가 넘치는데요?"

원창이 고구마를 한 개 더 깠다. 자주색 껍질이 벗겨지며 황금색 속이 드러났다. 영식이 유리를 보았다. 영식의 눈에는 신기함이 담겨 있었다.

"야, 유리야."

유리가 고구마를 먹다 말고 영식을 쳐다보았다.

"응?"

"너는 귀가 왜 이렇게 좋아? 오늘은 조용히 들어왔는데."

그렇다, 영식은 평소에 굉장히 요란스럽게 들어온다. 어떨 때는 창문을 열고 굴러서 들어오기도 하고, 또 어떨 때는 가방을 창문으로 던지고 뒷문을 벌컥 열기도 한다. 오늘은 평범하게 문을 연 것이었다. 유리 다음으로 귀가 좋은 광수가 듣지 못할 정도면 거의 소리가 나지 않았다는 것인데 유리는 귀신같이 알아차린다.

"내 청력이 남들보다 뛰어나긴 하지."

향심이 영식의 옷을 유심히 보더니 무언가 이상하다는 듯이 말했다.

"너 옷에 흙이 왜 그렇게 많이 묻었니?"

영식이 고구마를 받고 옷을 급하게 확인했다. 영식의 옷은 황토색 흙으로 덮여 있었다. 유리가 흙을 보고 영식이 들어온 마룻바닥을 살폈다. 마룻바닥에는 흙이 흩뿌려져 있었다. 유리가 인상을 찌푸리고 영식을 보았다.

"바닥에 흙! 방금 청소했는데."

원창이 유리의 말에 마룻바닥을 보았다. 그러고선 거의 기겁하는 표정으로 영식을 보았다. 영식이 어이없다는 표정을 지었다.

"아니…. 적어도 왜 흙이 묻었는지 먼저 물어보는 게 예의 아닙니까?"

유리가 손을 합장하며 이야기를 듣는 자세를 취했다. 원창이 빗자루를 들고 와 영식이 지나간 자리를 쓸었다. 유리는 마루 사이에 낀 흙을 치웠다. 누가 완벽주의자들 아니랄까 봐, 영식이 한숨을 쉬었다. 알바도가 진지하게 말했다.

"이유가 뭔데?"

"오늘 학교에서 굴렀어요."

굴렀다는 말에 향심이 놀라며 말했다.

"어? 왜?"

영식이 머리를 긁적였다.

"오늘 영주가 맞고 있었거든요? 그래서 제가 정의를 실현하다가 맞았죠. 그, 일본 선생이 나오라 그래서 나갔는데 거기서도 뒤지게 맞았어요."

영주는 영식의 여동생이다. 영식은 평소 누군가 부당한 일을 당하고 있으면 참지 않고 나선다. 그래서 주변 어른들에게 쓴소리를 듣기 일쑤이다. 유리가 흙을 밖에 버리고 자리에 앉았다.

"또 뭐로 트집 잡았는데?"

영식이 고구마를 한 입 베어 물고 말했다.

"몰라, 또 뭐, 우리말 사용했다고…."

원창이 가만히 있다가 발끈했다.

"내가 우리나라에서 우리말 하겠다는데 왜 자기네들이 난리야! 아니, 그리고 학교에 선생이 일본 놈이야?"

영식이 원창을 보며 손을 저었다.

"예, 학교에 선생들이 다 친일파 아니면 일본 놈들입니다. 정상인이 없어요."

광수가 상황을 정리했다.

"아니, 그라모. 영주가 한글을 썼다고 맞을라칸 걸 영식이 니가 대신 맞았다 이그냐, 그르다가 운동장 가서 또 구른 기고?"

영식이 손가락을 튕겼다.

"예, 맞슴다. 정확합니다."

광수가 천천히 고개를 끄덕였다.

드륵-

원창이 책꽂이를 밀자 다른 문이 하나 나왔다. 알바도가 문을 보며 말했다.

"사장님, 뭐 할 거예요?"

원창이 문을 열었다. 은색의 나비 모양 문고리를 돌려 열자, 작은 창고가 나타났다. 우리말 이야기의 원고를 보관하는 귀중한 곳이다. 원창과 서점 사람들 빼고는 알지 못할 것이다.

"이제 일해야지."

광수가 아쉬운 표정을 지었다.

"아따, 성님. 눈도 왔는디 기냥 쉬어유."

옆에서 영식이 거들었다.

"맞아요, 눈도 오는데 나가서 놀아요."

광수와 영식이 손을 맞부딪쳤다. 원창은 속 편한 소리라고 생각했다. 지금 당장 빠르게 원고를 모아도 모자랄 판에 밖에 나가 놀자니, 어이가 없었다. 원창은 독립운동을 시작했던 지난 9년간 단 한 번도 쉬지 않고 서점에 나와 사전에 들어갈 원고를 집필하고 악착같이 자료를 모으며 시간을 보냈다. 그렇기에 원창에게 '쉼'이란 단어는 거리가 아주 멀었다. 원창이 한참을 생각하고 있을 때 유리가 창밖을 보고 미소를 지었다.

"어, 지금 눈 와요!"

알바도가 창문을 보고 감탄했다.

"Oh~. It's snowing!"

향심도 온화한 미소를 지으며 감탄했다.

"어머, 정말이네."

영식이 창문을 활짝 열었다. 광수도 창문 쪽으로 가서 손을 내밀어 보았다.

톡-

새하얀 눈이 광수의 투박한 손에 닿자 사르르 녹았다.

"아따, 진짜 눈이구먼."

향심과 유리도 창가로 갔다. 유리가 하늘을 보았다. 하늘은 맑고 깨끗한 푸른색이었다. 하늘에서는 함박눈이 내리고 있었다. 원창과 알바도 창문으로 갔다. 어느새 넓은 창에 여섯 명이 모두 모여 눈을 보았다. 유리는 좋은 생각이 떠올랐다.

"나가서 뭐라도 할까요?"

유리의 말에 영식이 동의했다.

"좋아."

향심도 고개를 끄덕이며 원창을 보았다.

"나가면 좋을 것 같네요."

원창이 간절하게 바라는 알바도와 눈이 마주치자 어쩔 수 없다는 듯 옷걸이에 걸려 있는 중절모를 썼다.

"…그래. 나가자."

사람들이 좋아하며 각자의 겉옷을 입었다. 광수는 털모자를 쓰고 향심은 목도리를 둘렀다. 원창은 코트에 중절모를 쓰고 알바도는 검은 가죽 잠바를 입었다. 유리는 셔츠 위에 목까지 오는 겉옷을 입었다. 영식은 교복 위에 검은 로브를 걸쳤다. 밖으로 나갈 준비가 완벽하게 되었다. 원창이 문을 열었다.

끼익-

찬 바람이 유리의 묶은 머리카락을 날렸다. 유리의 검은 머리카락이 바람에 한 올 한 올 날렸다. 눈은 광수가 언제 치웠냐는 듯 많이 쌓였다. 거리가 모두 흰색으로 뒤덮였다. 광수가 절로 감탄했다.

"이야, 함박눈이여."

길거리에서는 어린아이들이 눈싸움을 하기도 하고 눈사람을 만들기도 했다. 영식이 쪼그려 앉아 무언가를 주섬주섬 만들었다. 유리도 쭈그려 앉아 영식이 만드는 것을 유심히 보았다. 영식이 다 만든 눈 뭉치를 손바닥에 올렸다.

"오리!"

영식이 눈으로 만든 오리의 모양은 꽤 그럴싸했다. 결혼할 때 주고받는 혼주 오리처럼 생겼다. 원창이 영식의 조각 솜씨에 감탄을 금치 못했다.

"넌 이런 걸 어떻게 만드니?"

영식이 자랑스러워하며 머리를 긁적였다.

"옛날부터 동생들한테 많이 만들어 줘서 알아요. 저도 아는 형한테 배웠어요."

유리도 무언가를 만들었다. 장미 모양이었다. 짧은 시간 안에 만든 작품이라고 믿기지 않을 정도로 정교했다. 알바도가 박수를 쳤다.

"Wow."

원창과 향심은 넋을 놓고 쳐다보았다. 영식도 수준 높은 고도의 기술에 감탄했다. 광수가 장미를 가리키며 말했다.

"역시 젊은 아들은 달러…."

유리와 영식이 서점의 앞에 있는 눈이 쌓인 탁자에 내려놓았다. 영식이 신나 하며 말했다.

"저희 눈사람 만듭시다. 뒤에 가면 눈 엄청나게 쌓여 있을 거예요."

영식의 말에 유리가 빠른 속도로 달려갔다. 서점의 뒤편으로 가니 생각지도 못한 양의 눈이 쌓여 있었다. 원창이 광수를 보았다.

"광수야, 여기는 안 쓸었니?"

광수가 머쓱해하며 시선을 피했다.

"예? 예…."

알바도가 자신의 종아리까지 차 있는 눈을 손으로 만졌다.

"완전 차가워."

향심이 들고 있던 갈퀴로 높게 쌓인 눈을 긁었다.

"사람 들어갈 길은 있어야죠."

유리가 발로 눈을 한쪽으로 밀었다.

"빙수로 만들어도 남겠어요."

영식이 눈을 작게 뭉쳐서 굴렸다. 눈덩이가 점점 커졌다. 유리가 무언가 생각이 났는지 재빠르게 서점 안으로 들어갔다. 광수가 뛰어가는 유리를 보고 창문을 열었다. 창문을 여니 유리가 서점 안에서 갈색 통에 무언가를 담고 있었다. 광수가 혼잣말을 중얼거렸다.

"쟈는 뭐 헌데?"

유리가 서점에서 나와 갈색 통을 열어 보여주었다.

"안 쓰는 단추로 눈이랑 입을 만들면 되지 않을까요?"

영식이 큰 눈을 손으로 열심히 조각했다. 완벽한 동그라미를 만들 예정인가 보다. 영식이 단추를 곁눈질로 보았다.

"좋다, 적당하다."

재미있게 노는 아이들을 보는 원창과 향심, 알바도는 흐뭇해했다. 원창은 옅은 미소를 지었다.

'나오길 잘했어.'

원창은 아이들이 웃으며 노는 것을 보니 마음이 조금 이상하기도 했다.

*

원창의 꿈은 아이들이 한글로 노래를 부르며 즐겁게 노는 것이었다. 그것만이 원창의 꿈이었고 지금도 마찬가지이다. 원창은 좁은 뒷골목에서 노는 영식과 유리가 조금 안쓰러웠다. 그건 광수나 향심, 알바도도 마찬가지였다. 광수가 나무에 눈이 쌓인 것을 보고 발로 소나무를 툭 쳤다. 그러자 눈이 우수수 떨어지며 원창의 머리를 덮었다. 광수가 당황해하며 향심의 뒤로 숨었다.

"마님, 내 좀 살려주이소."

원창이 중절모를 벗어 눈을 털고 중절모 안에 눈을 넣었다. 향심은 무엇을 하려는 건지 가늠이 되지 않았다. 원창이 웃으며 광수에게 다가갔다. 원창이 광수의 뒷덜미를 잡고 옷 안으로 중절모에 든 눈을 부었다. 광수가 차가워하며 팔짝 뛰었다.

"성님, 뭐 하는 깁니까?"

원창은 살짝 화난듯한 웃음을 지었다. 짜증 난다는 입꼬리였다.

"그러게, 잘하지."

향심이 그들의 유치한 싸움을 한심하다는 듯 지켜보았다. 알바도가 결국 한마디를 던졌다.

"누님, 저 정도면 '죽마고우'죠?"

향심이 고개를 끄덕였다.

"네, 그런 것 같네요."

원창과 광수가 한바탕하고 향심과 알바도의 옆으로 왔다. 알바도가 원창의 옷에 붙은 눈을 털었다.

"사장님, 광수랑 죽마고우예요?"

원창이 알바도의 어휘력에 놀라며 말했다.

"너 그런 말은 어디서 배웠어?"

알바도가 잠시 기억을 더듬었다.

"Um, When I wrote the idiom part, there was a similar word I saw(음, 내가 관용구 부분 쓸 때 봤던 것 같기도 해서요)."

원창이 알바도를 신기하다는 표정으로 쳐다보았다. 하긴, 외국인이 한글을 배우는 것만 해도 신기한데 사자성어와 고사성어를 대화에 섞어 쓴다는 것은 더 신기한 일이다. 그때, 유리와 영식이 불렀다.

"다들 여기로 와보세요!"

그 말에 모두가 눈사람을 보았다. 향심은 눈사람을 보고 함박웃음을 지었다. 눈사람의 배에는 태극 무늬가 그려져 있었다. 독립을 기원하는 아이들의 작은 기도였다. 광수가 눈사람 옆에서 감탄했다.

"이야, 이그를 니네가 만든 거여?"

영식이 뿌듯한 미소를 지었다.

"네, 잘 만들었죠?"

유리도 태극 무늬를 보았다. 유리가 직접 하나하나 입체로 조각한 것이었다. 알바도가 박수를 쳤다.

"Wow, so special."

원창과 광수도 한 몸이 되어 감탄했다. 그 둘의 조각 솜씨는 훌륭했다. 유리와 영식은 마음 놓고 노는 이 순간에도 독립을 생각하고 있었던 것이었다. 그때, 갑자기 찬 바람이 불며 묽은 무언가가 떨어졌다. 진눈깨비였다. 유리가 쓰고 있던 모자를 더 눌러쓰며 말했다.

"으악, 진눈깨비다. 안으로 들어가요."

향심도 하늘을 한번 바라보더니 빠르게 안으로 들어갔다.

*

서점 안으로 들어가 탁자에 모여 앉은 그들은 재미있게 놀았는지 엄청나게 지쳐 있었다. 짧은 시간이었지만 의미 있었다. 원창은 평소 즐기지 않던 휴식이란 시간을 보내어 봤고 광수와 알바도는 누군가와 수다를 떨며 보내는 시간이 오랜만이었다. 다들 의미 있고 알찬 시간을 보냈다고 생각했다. 유리가 기지개를 켰다.

"으아, 이제 일을 해볼까요?"

원창이 서랍에서 원고를 꺼내었다. 다른 사람들도 각자의 일을 꺼내어 시작했다. 시끄럽게 떠들고 놀던 아까 전과는 확연히 다른 분위기다.

사각-

스륵-

책을 넘기는 소리와 연필로 글을 적는 소리가 적막 속에서 선명히 들려왔다. 유리도 방금 전 해맑게 놀던 분위기와는 사뭇 달랐다. 13살 어린아이가 내기 힘든 아우라를 내뿜었다. 오묘하고도 진지했다. 광수는 원창이 쓴 제본을 한 묶음으로 묶어 정렬했다. 알바도는 해외 자료들을 번역하며 신문을 작성했다.

띠링-

서점의 문이 열리는 소리가 나고 향심과 유리가 빠른 걸음으로 걸어 나갔다. 유리는 제발 일본 헌병이 아니길 바라며 나갔다.

손님은 바로 석이었다. 유리가 석을 알아보고 반갑게 웃었다.

"오빠, 왔어?"

"응. 아주머니, 안녕하세요."

"그래."

석이 교복의 목 쪽에 있는 황색 단추를 풀었다. 답답한가 보다. 단추를 푸르자 어딘가 불량해 보이는 느낌도 들었다. 유리가 다시 안쪽 문을 열고 영식을 불렀다.

"영식 오빠, 친구 왔어."

안쪽에서 괴상한 소리가 났다.

쿠당탕-

쿵-

석이 깜짝 놀랐다. 책이 엎어지는 소리였다. 영식이 급하게 달려 나왔다. 영식은 석을 보자마자 손을 잡아 인사했다.

"너 이제 끝난 거야?"

"응, 급장이라고 이것저것 많이 시켜."

석은 유리의 친오빠이다. 석은 흔히 말하는 완벽한 모범생이다. 잘생겼지, 공부 잘하지, 성격 좋지, 뭐 하나 빼먹는 데가 없다. 그 덕분에 강제로 급장이 되어서 이것저것 귀찮을 일들을 학교에서 수행 중이다. 영식과 석은 같은 반이다. 화영의 언니인 화인도 같은 반이다. 석은 화인의 행방을 물었다.

"화인이 여기로 오지 않았어?"

영식이 멀뚱멀뚱한 얼굴로 말했다.

"갸가 와 여기로 오노?"

석이 사색이 되어 말했다.

"걔, 막사에도 없어."

화인이 갈 곳은 두 곳 중의 한 곳이다. 막사에서 화영과 놀기 아니면 서점에 와서 농땡이 피우기. 그렇게 석과 영식이 점차 불안해하고 있을 때, 문이 열리고 화인이 들어왔다.

"안녕하세요~."

석과 영식이 화인 쪽을 돌아보며 안도의 한숨을 내쉬었다. 화인의 뒤에는 화영도 같이 있었다.

"안녕하세요?"

유리가 바로 달려 나가 화영과 인사를 나눴다.

"화영, 뭐야. 왜 왔어?"

향심이 책을 보러 온 손님이 아닌 것을 다 확인하고 난 뒤에 천천히 뒤로 들어갔다.

"얘들아, 알아서 놀다 가."

영식이 향심의 뒤를 쫄래쫄래 쫓아갔다. 영식이 종이를 들었다.

"난 한 시간 뒤에 퇴근이거든? 먼저 가 있어."

석과 화인이 알겠다는 신호를 보내었다. 화인이 화영의 눈높이를 맞추며 말했다.

"화영이는 어떻게 할래?"

향심이 들어가다 말고 유리에게 말했다.

"유리는 이미 할 일 다 해놓고 내일 할 일 미리 하고 있어. 퇴근하고 싶으면 퇴근해."

화영이 유리의 어깨를 톡 쳤다.

"어떻게 할래?"

유리는 잠시 고민하더니 부드러운 목소리로 말했다.

"한 시간 뒤에 보자."

화영이 고개를 끄덕였다. 화인과 화영, 석은 서점을 나와 눈을 밟으며 걸었다. 유리는 눈이 내리는 밖을 보았다.

"다시 눈이네."

유리는 혼잣말을 중얼거리고선 글을 적기 위해 창고로 들어갔다. 다시 돌아가니 어이없는 상황이 펼쳐져 있었다.

덜그락-

광수가 부서진 만년필에서 나온 검은 잉크를 닦고 있었다. 원창과 알바도는 매우 언짢아 보였다. 광수를 잘 챙겨주던 알바도가 광수를 훈계하고 있었다.

"광쑤, 조심 좀 해. 이럴 거야?"

광수가 불편한 얼굴로 걸레질을 했다. 향심은 한심하다는 눈빛으로 한숨을 쉬었다. 원창은 유리가 써놓은 원고를 들고 있었다. 유리의 원고는 검은 잉크로 덮여 있었다. 눈치 빠른 유리가 대충 상황을 파악했다.

'광수 아저씨가 실수로 내 원고에 잉크를 엎었고 방금 전에 들리던 우당탕 소리는 이래서 났네.'

유리가 굉장히 살벌하게 웃었다.

"어머, 아저씨."

유리가 무언의 눈빛을 보내자, 광수가 화들짝 놀라 걸레질을 더 빠르게 했다. 광수의 온몸에는 소름이 돋았다. 유리는 자리에 앉아 서랍에서 새로운 종이를 꺼내어 다시 원고를 작성했다. 유리에게 이쯤은 식은 죽 먹기였다. 원창도 자리에 앉아 다시 업무를 시작했다.

서걱-

사전의 원고를 쓰는 원창은 그 어느 때보다 진지했다. 원창이 안경을 고쳐 썼다. 향심도 다시 자리에 앉았다. 광수가 어색하게 자리에 앉아 뻘쭘하게 있었다. 광수가 유리를 힐끔 쳐다보았다. 광수가 사과하려던 참에 유리가 입 모양으로 말했다.

'조심 좀 해주세요.'

광수가 연신 고개를 끄덕였다.

슥-

사각-

모두가 다시 일에 집중했다. 알바도 신문 기사에 다시 집중했다. 그러다가 한 구절을 읽더니 영식에게 보여주었다.

"영식, 이거 네가 쓴 시지?"

《경성제일신문》에는 영식이 쓴 짧은 시가 실려 있었다. 이달의 시였다. 몇 주 전 영식은 엄청나게 공들여 쓴 시를 용기 내어 신문에 내보았다. 그러자 영식이 쓴 시의 진가를 알아본 신문사 직원들이 뽑은 것이었다. 평소에도 시를 즐겨 쓰는 영식이기에 이상하지 않았다. 유리를 포함한 다른 서점의 일원들은 진심으로 축하해 주었다. 원창이 영식의 어깨를 두드리며 칭찬했다.

"잘했다. 될 줄 알았어."

향심도 부드럽게 칭찬해 주었다.

"그래, 대단하다."

광수도 엄지를 세웠다.

"장하다, 야."

영식이 믿기지 않는지 눈을 크게 떴다. 영식은 3년 전부터 시집을 만들기 위해 시간이 날 때마다 시를 적었다. 영식은 지금까지 노력해 왔던 것들을 인정받은 기분이었다.

"감사합니다!"

영식은 시집을 계속 만들고 싶다는 생각을 더 단단히 머릿속에 굳혔다.

책상에 앉은 사람들은 모두 입가에 미소를 머금고 있었다. 경성에서 가장 큰 신문에 실린 영식의 시는 충분히 가능성이 있었다.

슥-

원창은 다시 원고를 쓰기 시작했다. 향심과 광수도 다시 제본을 붙였다. 알바도와 영식도 하던 일을 시작했다. 유리는 눈이 그치고 맑아진 하늘을 보며 생각했다.

'좋은 날이야.'

서점 안에는 글을 쓰는 소리가 울려 퍼졌다. 이날 손님은 단 한 명도 오지 않았다. 이상하리만치 조용했다. 그 덕에 다른 사람들은 각자의 일에 집중할 수 있었다. 그리고, 원창은 깨달은 것이 한 가지 있었다. 가끔은 마음을 내려놓고 순수하게 놀아도 괜찮다는 것, 아이들의 마음만은 꼭 지켜주어야겠다는 신념. 이런 생각들은 원창의 머리를 가득 차게 했다. 원창의 눈에서는 재미있게 놀던 유리와 영식의 모습이 떠나지 않았다.

'매일이 오늘 같으면.'

*

오후 5시, 겨울이어서 그런가, 아주 깜깜했다. 원창은 서점의 문을 열쇠로 단단히 봉쇄했다. 원창이 은색 열쇠를 주머니에 넣고 말했다.

"자, 이제 다들 가봐."

영식과 유리는 막사로 돌아가야 하기에 같이 걸음을 옮겼다.

"안녕히 가세요."

알바도와 광수는 숙소가 같기에 같은 방향으로 걸어갔다.

"다들 잘 가요."

"잘 가슈."

모든 사람들이 다 떠나고도 원창은 서점 뒤편에서 눈이 쌓인 소나무를 보았다. 소나무에는 눈이 아름답게 쌓여 있었다. 아직도 눈이 날려 낭만적인 분위기다. 원창은 유리와 영식이 만든 눈사람을 보았다. 녹지도 않은 채로 있었다. 원창은 불현듯 자신의 어릴 적을 떠올렸다. 원창도 어릴 적에 형과 눈사람을 만든 기억이 있다. 10살에 형을 잃은 뒤에는 만들지 않았다.

*

　몇십 년 전.
　눈이 아주 많이 와 어린 원창의 무릎 밑까지 왔었다. 원창의 아버지는 경성에서 작은 수선집을 하며 간신히 살고 있었다. 원창은 위로 9살 많은 형이 있었다. 19살이었던 형은, 원창과 눈사람을 만들며 놀려고 학교가 끝나고 평소보다 더 빠른 걸음으로 왔다. 원창이 빨리 오라고 보채서 그런 것인지도 모른다. 하지만, 원창은 보고 싶지 않은 장면을 보았다. 절대 보고 싶지 않았던 형의 죽음을 눈앞에서 목격한 원창은 제정신이 아니었다. 형은 가슴에 총을 맞은 채 끌려가고 있었다. 하필이면 형이 오지 않아 원창이 형을 찾으러 길을 걷고 있을 때, 두 눈으로 목격했다. 얼굴은 퉁퉁 부어 알아볼 수 없을 정도로 뭉개져 있었다. 원창은 후회했다. 자신이 빨리 오라고 하지 않았더라면 형이 일본군의 정찰 시간과 겹치지 않게 올 수 있었을 것이다. 그리고, 상황이 정리된 뒤에 형이 있던 자리에 가보니, 흰 눈에 붉은 피가 번져 있었다.
　원창은 그 뒤로 눈을 보면 피가 번졌던 그날이 생각나 눈을 좋아하지 않는다. 눈사람을 만든다 하니 괜히 형이 생각나 울적해졌었다. 하지만 이제는 아니다. 원창은 과거를 회피하는 사람이 아니라 마주 보는 사람이 되기로 했다. 눈사람을 보며 형을 떠올려 울적해하는 사람이 아닌 눈사람을 보며 형을 떠올려 추억하는 사람이 되기로 했다. 원창은 희미한 웃음을 짓고 발걸음을 돌렸다.

뽀드득-

뽀드득-

원창은 원창답지 않게 눈을 밟는 소리가 듣기 좋다고 생각했다. 평소 같았으면 지나쳤을 작은 소리들을 원창은 들으려 했다. 원창은 웬일로 기분이 좋아 보이는 편안한 웃음을 지었다. 원창이 이렇게 부드러운 미소를 짓는 경우는 흔하지 않다. 평소 어떤 일이 있어도 형식적인 웃음만 지을 뿐, 이렇게 환하게 진실된 미소는 보여주지 않았다. 보지 못한 다른 사람들이 안쓰러웠다.

*

원창이 집에 도착해 문을 열자, 겨울의 찬 바람이 들왔다. 원창은 눈을 감고 바람을 맞으며 감상을 했다. 평소 하지 않던 것을 하자 숙소의 주인장이 놀랐다. 원창은 손을 흔들고 숙소 안으로 들어갔다. 원창의 표정이 한결 부드러워져 있었다.

*

영식이 막사에 도착해 가장 먼저 한 일은 창문을 여는 것이었다. 창을 여니 별들이 아주 아름답게 펼쳐져 있었다. 영식은 창밖 하늘에 떠 있는 별들을 손으로 잡아보려 했다. 석이 감성적인 분위기를 깨었다.

"영식아, 너 뭐 하니?"

화인이 석에게 손가락을 입에 대어 조용히 하라는 동작을 취했다.

"쟤 지금 감성 흡수하고 있잖아."

훅 들어온 화인의 농담에 석이 크게 웃었다.

"크흡."

둘의 장난스러운 표정에 영식이 발끈했다.

"조용해라…."

화인이 킥킥 웃었다.

영식은 그들의 놀림에도 아랑곳하지 않고 별을 보며 시를 썼다. 언젠간 자신의 시집이 출간되길 바라며 간절한 마음으로 시를 썼다. 창문으로는 쌀쌀한 겨울바람이 들어왔다.

이날, 영식은 석, 화인이 잠에 든 뒤에야 시를 완성했다. 겨울과 별을 주제로 하는 고지식한 시를 쓰는 것은 어려웠다. 하지만 재미있기도 했다. 자기 자신이 가장 좋아하고 잘하니 하는 것이었다. 보통 사람들이라면 감히 책을 쓸 시도조차 하지 못할 것이다. 그것도 한글 소설과 한글 시집은 더욱더 큰 용기가 필요하다. 그 어려운 것을 영식 혼자서 해낸 것이다.

영식은 자기 전 한 번 더 시를 생각했다. 내일은 어떤 시를 쓸까? 새로운 주제가 있을까? 신문에 다시 한번 나의 시를 낼까? 영식은 아주 행복한 상상을 하며 잠에 들었다.

흰 눈이 펑펑 내리던 날, 서점의 사람들은 각자의 위치에서 독립운동을 하였다. 남녀노소 나이 상관없이 모두가 참가한 독립운동이다. 그들은 강제로 누군가가 시켜서 한 것이 아니었다. 어린 12살의 유리도 그만한 용기가 필요했고 최연장자들인 알바도와 원창도 사전을 집필할 때마다 일본군에게 들키지는 않을까, 항상 고민한다. 그러나 그 생각은 글을 쓰기 전에 하는 생각이었다. 막상 사전의 원고를 쓰기 시작하면 말없이 고민 없이 쭉쭉 써 내려간다.

만세운동

1929년, 추위가 시작되고 있는 추운 11월의 오후. 경성 잔화터에서 만세운동이 열리기 전이다. 하늘에서는 강한 햇볕이 내리쬐고 있었지만 찬 바람도 같이 불어 추운 날이다. 정우는 골목에서 태극기와 독립선언서를 정리하고 있었다. 현중이 정우가 있는 골목으로 다급하게 뛰어 들어왔다.

"유정우!"

현중의 목소리를 들은 정우가 뒤를 돌아보았다. 현중이 뛰어오는 것을 본 정우는 계획에 차질이 생긴 것을 직감적으로 눈치챘다. 현중이 땀을 닦으며 말했다.

"정보 유출."

정우가 흠칫하며 태극기를 다시 가방에 넣었다.

"뭐? 왜?"

현중이 인상을 찡그렸다. 분명히 무언가 큰일이 있는 것이었다.

"독립단 내에 밀정이 있었어. 우리가 오늘 독립운동을 한다는 계획이 이종석 귀에 들어갔어. 지금 잔화터에 헌병들 감시가 쫙 깔렸어."

정우가 한숨을 쉬었다. 만세운동을 시작하기도 전에 계획이 틀어진 것이다.

"알았어, 다른 사람들은?"

현중이 숨을 몰아쉬며 말했다.

"화영이는 다른 사람들한테 알려주러 갔고 유리는 배신자 색출하겠다고 독립단 동지들을 연무장으로 싹 다 집합시켰어."

현중이 시계를 보았다.

딸깍-

오후 2시였다. 만세운동은 3시에 시작되기에 아직 시간이 남아있었다. 하지만 지금은 장소를 옮기는 것보다 독립단 내에 밀정을 먼저 찾아야 한다. 더 많은 피해가 나지 않도록. 정우가 이마를 짚었다. 만세운동의 장소를 옮긴다고 해도 밀정을 알아내지 못하면 소용이 없었다.

"일단 연무장으로 가자."

정우와 현중이 연무장이 있는 산으로 걸음을 옮겼다. 그들의 걸음은 갈수록 빨라졌다. 산을 올라가는 동안에도 계속 불편했다. 가장 믿고 있었던 독립단의 일원들이 배신을 하다니, 믿을 수 없는 일이다. 특히 현중은 30명의 독립단원들의 이름, 나이까지 다 외우고 있었다. 현중은 독립단원들과 아주 친하게 지냈다. 힘든 일이 있으면 털어놓는 아주 친한 사이다. 독립단의 일원들만큼은 절대 배신을 하지 않을 것이라는 믿음이 깨졌다. 그 누구도 믿을 수 없는 상황이었다. 정우가 멍하게 걷고 있는 현중에게 말을 걸었다.

"대장님은?"

현중이 정면만 응시하며 걸었다.

"유리랑 같이 있어."

정우는 연무장의 분위기가 예상되었다. 정우는 태극기가 든 가방을 더 꽉 잡았다. 그렇게 한참을 걷자, 연무장이 바로 보였다.

그리고 그곳에서는 현중과 정우가 보기에 아주 충격적인 장면이 있었다. 바로, 김창욱 대장이 최흥식을 죽일 듯이 보고 있었기 때문이다.

"대장님."

김창욱 대장은 정우와 현중을 보고 오라는 손짓을 했다. 옆에는 화영도 있었다. 석, 화인, 영식, 영주도 한자리에 모여 있었다. 석진은 충격과 공포에 휩싸여 있었다. 그들 말고도 독립단의 단원들이 전부 최흥식을 보았다. 유리는 허리에서 총을 들었다.

철컥-

유리는 살벌한 눈빛으로 최흥식을 보았다. 흥식은 겁에 질려 떨고 있었다. 정우는 상황을 파악하려 주변을 둘러보았다. 뭔가 이상했다. 이 자리에 있어야 할 다섯 명의 독립단원들이 없었던 것이다. 유리가 살기 어린 웃음을 지었다. 분위기와 어울리지 않는 웃음이었다.

"자, 그래서 말해봐요. 왜 그랬어요?"

최흥식이 변명을 하려 했다.

"살고 싶…."

탕-

흥식이 마지막 말을 마치기도 전에 유리가 배에 총을 쏘았다. 유리는 얼굴에서 웃음기를 싹 지웠다. 유리는 흥식의 턱에도 총을 대고 한 발을 더 쏘았다.
 탕-
 김창욱 대장은 뒤로 돌아 정우와 현중에게 비키라 지시했다.
 "다들 비켜라."
 김창욱 대장은 정우와 현중의 뒤에 태연하게 서 있는 규창에게 총을 쏘았다.
 탕-
 김창욱 대장은 살벌한 눈빛으로 규창을 보았다. 연무장의 바닥이 피로 물들어 있었다. 김창욱 대장이 큰 목소리로 말했다.
 "영수, 병호, 경희, 윤지, 순희는 헌병에게 잡혀갔다. 이규창, 최흥식은 만세운동의 정보를 일본 헌병에게 빼돌렸어. 만세운동은 예정보다 한 시간 뒤에 진행될 예정이야. 다른 의열단에도 이 사실이 알려졌다. 다들 몸 사려."
 김창욱 대장은 말이 끝나자마자 몸을 돌려 지내던 방으로 들어갔다. 화인과 영주는 다른 독립단의 단원들을 막사로 돌려보냈다. 석이 최흥식의 시신을 잡고 끌었다. 영식도 박규창의 시신을 산 뒤쪽으로 옮겼다. 아마도 산 뒤편의 형무소 쪽으로 가져다 놓을 생각인가 보다. 형무소 경찰들은 형무소에서 고문을 받아 목숨을 잃은 독립운동가들의 시신들을 산 아무 곳에나 버린다. 그 때문에 독립단원들 중 배신자가 나왔을 경우 즉각 사살하고 똑같이 아무 데나 버린다. 조금 잔인하다고 생각될 수도 있지만 몇십 년 전, 독립단의 막사가 친일파로 돌아선 이종석에 의해 불타버리며 새로 생긴 약속이었다. 막사로 들어가는 독립단원들의 눈은 공포감으로 휩싸여 있었다. 유리는 총을 바닥에 던지고 막사로 들어갔다. 유리는 웃고 있었지만 단순 화를 가라앉히려는 의도일 뿐이다. 화영이 유리를 뒤따라 들어갔다. 석과 영식은 무덤덤한 표정으로 산을 올라갔다. 영주와 화인은 연무장의 풀에 물을 뿌려 피를 없앴다. 이런 일을 하도 많이 겪다 보니 점차 무덤덤해지는 기분이었다.

*

막사 안으로 들어온 유리는 모자를 벗고 침대의 밑부분을 눌러 총기 보관함에서 장총을 꺼내 들었다. 뒤따라 들어온 화영이 유리의 옆으로 갔다.
"야, 야, 뭐 하게?"
유리는 굳은 표정으로 말했다.
"사격 연습하게. 장총으로."
현중과 정우도 급하게 들어왔다. 유리는 잠시 고민하더니 총을 다시 집어넣고 침대에 누웠다.
"휴."
화영이 물었다.
"진짜 장소 변경 없이 진행해? 지금 헌병들이 쫙 깔려 있어."
정우가 산을 올라오기 전에 봤던 상황을 말했다.
"감시가 삼엄해. 눈에 불을 켰어."
현중도 거들었다.

"이번에, 다른 의열단이랑 민간인들도 동참해서 사상자가 많이 나올 것 같아. 장소 바꾸자."

화인과 영주가 문을 두드렸다.

똑똑-

"들어가도 되니?"

화영이 문을 열었다.

"응, 들어와."

뒤에서 김창욱 대장이 따라 들어왔다.

"긴급회의다."

김창욱 대장의 표정은 얼음처럼 굳어 있었다. 굉장히 차가워 보였다. 평소와는 다르게. 정우와 현중은 상황을 처음부터 끝까지 지켜본 것이 아니었기에 물어보고 싶은 것이 아주 많았다. 왜 그렇게 됐는지, 왜 그랬는지.

다들 바닥에 둥글게 앉았다. 다들 생각이 많았다. 유리는 자신의 손으로 직접 동지였던 사람을 죽였다. 그건 김창욱 대장도 마찬가지다. 김창욱 대장은 현중과 정우가 눈치 보는 것을 눈치채고 설명해 주었다.

"최홍식과 박규창은 배반자다. 일본 헌병들한테 만세운동 정보를 팔아넘겼어. 다른 의열단 사람들도 다 잡혀갔어. 아마, 이대로는 진행이 어려울 거야."

설명하는 김창욱 대장의 눈에는 살기가 어려 있었다. 화인이 걱정되는 말투로 말했다.

"헌병들은 따돌리기도 어려워요. 한 시간 뒤면 부상자가 너무 많이 나올 거예요."

그들이 한참 심각하게 고민하고 있을 때, 문이 열리고 석과 영식이 들어왔다. 석의 손에는 아직 다 닦이지 않은 피가 묻어 있었다. 영식도 마찬가지였다. 산 중턱에 있는 냇가에 대충 씻고 와서 그런 것이다. 석이 지도를 꺼내었다.

스륵-

독립단이 살고 있는 산과 의열단의 주거지, 잔화터 일대를 보기 쉽게 그려놓았다. 석은 좋은 생각이 있는지 손가락으로 잔화터를 짚었다.

"잔화터는 두 군데예요. 한쪽은 민가, 다른 한쪽은 뒤쪽 산이랑 연결되어 있는 형무소 주변이요. 저희는 형무소 주변에서 만세운동을 할 예정이었죠. 지금 형무소 주변에 일본군들이 있으니까 반대편 민가가 있는 형무소에서 진행하는 게 나아요."

하지만 '민가'라는 말이 걸렸다. 민가 근처 잔화터에서 만세운동을 하게 되면 민간인 사상자가 많이 나올 것이었다. 하지만 지금으로서는 어쩔 수 없었다. 다른 잔화터에서 만세운동을 하는 것이 가장 좋은 방법이었다. 일본 경찰들이 몰려오긴 하겠지만 어쩔 수 없다. 만세운동을 다 취소할 수는 없으니 이렇게라도 하는 것이었다. 이 자리에 있는 모든 사람이 서로 눈빛을 교환했다. 다들 동의하는 눈빛이었다. 김창욱 대장이 자리에서 일어났다.

"다른 사람들에게도 알려야지."

화영도 일어났다. 이번 만세운동에서 화영의 역할은 정보통이었다. 사람들에게 중요한 일정을 전달하는 것은 물론, 헌병들이 왔다는 사실도 화영이 알렸다. 정우가 태극기 가방을 챙겼다. 이번 독립선언서는 석과 화인이 읽는다. 유리가 나가려는 김창욱 대장과 화영을 불렀다.

"그런데, 그 옆이 바로 학교인데 괜찮겠죠?"

사람들이 미처 생각하지 못한 것이었다. 잔화터의 바로 옆은 영식과 석, 화인이 다니는 고등학교이다. 많은 학생들이 다니는 학교 앞에서 만세운동을 한다는 것은 학교 학생들까지 목숨을 잃을 수 있다는 것이다. 영식이 살짝 웃었다.

"걱정 마. 걔들은 알아서 도망치거나, 동참하거나 할 거야. 그리고 걔네들 생각보다 정의가 넘쳐."

영식은 학교에 모르는 사람이 없다. 모든 학생이 좋아하는 유쾌한 아이가 바로 영식이다. 영식이 만세운동을 한다는 소식이 학교에 들리면 모든 학생이 뛰어나올 것이 분명했다. 유리가 당황해하며 말했다.

"아니…."

김창욱 대장은 계획이 좋은지 표정이 조금 편안하게 바뀌었다.

"뭐, 좋네. 사람이 많을수록 열기가 더 붙지."

유리도 포기하고 동의했다.

"예, 그럽시다."

영식과 석이 동시에 일어났다. 영식이 피 묻은 손을 들었다.

"우리는 손 씻고 잔화터로 바로 가 있는다."

화영은 잔화터 민가에 있는 사람들에게 알리러 갔다. 그곳에 거주하는 사람들은 대부분이 노인분들이다. 소문에 의하면 1910년에 독립운동을 했다가 3년 전에 모종의 이유로 그만두셨다는 할아버지도 살고 계신다고 한다. 현중은 마을로 내려갈 생각을 하자 소문이 먼저 떠올랐다. 현중이 정우에게 물어보았다.

"그런데, 잔화터에 독립운동가 할아버지 살고 계신 거 진짜야?"

정우도 말로만 들었지, 실체를 확인한 적은 없었기에 정확히 대답해 줄 수 없었다.

"나도 몰라…."

유리는 검은 셔츠의 옷깃을 정리하며 말했다.

"전설 할아버지?"

정우가 고개를 끄덕였다. 유리가 머리를 풀고 다시 묶었다. 남은 잔머리를 뒤로 정갈하게 넘겼다. 유리는 소문에 대해 아는 사실이 있었다.

"그 할아버지, 아직 활동하고 계시는데?"

정우와 현중은 금시초문이었다. 현중이 흥미를 보이며 말했다.

"어?"

유리가 태연하게 말했다. 유리는 이미 알고 있었다.

"그 할아버지, 너희도 만난 적 있어."

현중은 지금까지 만났던 할아버지를 다 되짚어 보았다. 현중은 며칠 전 만세운동 일로 만났던 잔화터 할아버지를 떠올렸다.

'그, 우리 터에서 해도 괜찮아.'

"아! 영감님."

정우도 '영감님'이란 말을 듣자 떠올랐다. 잔화터에서 선비로서 독립자금을 전달해 주시는 할아버지다. 그들 사이에서는 '영감님'

이라고 통칭하고 있다. 유리가 검은 구두를 신으며 말했다.

"오늘 영감님도 오셔."

정우와 현중은 지금까지 봐왔던 분이 자신들이 존경하는 사람이었다는 것을 믿기 힘들어했다. 평소 알고 있던 초로의 영감님이 아닌 것만 같았다. 정우가 굉장히 놀란 표정을 지었다. 현중도 놀란 건 마찬가지였다. 유리가 문을 열고 나갔다.

"이따가 잔화터로 시간 맞춰서 와."

정우가 충격이 가시지 않은 표정으로 말했다.

"어…."

현중은 소심하게 고개만 끄덕였다. 소문으로는 영감님은 약 20년 전, 정확히는 21년 전에 일본 대사관 바로 앞에 폭탄을 던지고 일행들까지 봐가며 독립단 기지에 독립자금까지 전달했다고 한다. 하지만 지금 현중과 정우가 본 영감님은 다리 한쪽을 못 쓰시는 늙은 70살 할아버지였다. 정우가 태극기 가방을 챙겨 천천히 일어났다.

"야, 놀라운데!"

현중도 입을 가리며 일어났다. 충격을 심하게 먹은 모양이다.

"어, 진짜."

하지만, 지금은 충격은 접어두어야 할 때이다. 그 어느 때보다 진지해야 할 때이다. 정우가 신발을 신고 신발 끈을 묶었다. 잔화터에 먼저 갈 생각이었다. 독립선언서를 읽을 곳을 찾으러 가는 것이었다. 현중은 독립단 내 사람들이 다 준비가 되었는지 확인하는 역할이다. 현중도 정우가 나간 뒤, 3분도 채 되지 않아 나갔다.

저벅-

저벅-

정우는 바로 앞의 연무장을 보았다. 연무장의 풀에는 아직 다 닦이지 않은 피가 묻어 있었다. 정우는 이해가 되지 않았다.

어째서 배신을 한 것일까?

그 사람들에게는 무엇이 더 가치가 있지?

유리는 이유를 물어보지 않고 왜 바로 사살했을까?

정우의 머릿속은 온갖 질문들로 가득 차고 있었다. 점점 생각에 잠식될 때쯤, 멀리서 석이 다가왔다.

"정우야."

정우가 석의 옆으로 갔다.

"네, 형."

정우는 문뜩, 현명한 석이라면 질문에 대한 답을 말해줄 것이라고 생각했다. 석은 평소에 공부도 잘하고 운동도 잘하는 완벽한 사람이다. 학교에서의 성적은 말할 것도 없었다. 정우는 가끔 유리가 공부를 잘하는 것이 오빠인 석을 닮아서라고 생각하기도 했다. 유리는 학교를 다니지 않고 석이 가져오는 학교의 교과서만 보고 공부를 한다. 그래도 학교에서 시험을 친 현중과 정우보다 공부를 월등히 잘한다. 유리는 14살이지만 19살인 석의 공부를 따라잡았다. 무려 5년치를 따라잡은 것이다. 정우는 다시금 이 생각을 떠올리며 대단하다고 생각했다. 아주 뜬금없는 생각이었다.

"형, 저 질문 몇 개 해도 돼요?"

석이 고개를 끄덕였다.

"응, 뭔데?"

정우가 머릿속으로 질문을 정리한 다음 말했다.

"유리랑 김창욱 대장님은 왜 배신한 이유를 물어보고 듣지도 않고 사살한 거예요?"

석이 한숨을 쉬며 당황해했다.

"하… 그거…?"

석이 한참을 우물쭈물하다가 대답했다.

"뭐랄까 다른 말이 나올까가 궁금했던 거야."

전혀 이해되지 않는다는 표정을 하는 정우를 본 석은 다시 설명했다.

"유리는 어릴 때부터 지금까지 많은 배신자를 처단해 왔어. 아주 어렸을 때부터 총을 잡았지. 그러다 보니 왜 배신했냐는 질문을 했을 때 계속 같은 말을 듣는 거야. '살아야 하니까.', '살고 싶었으니까.' 이런 말들을 듣다 보니 앞에 말만 들어도 예상이 되잖아. 그래서 더 들을 필요가 없다고 생각한 거지. 물론 유리 얘는 어린데도 잔인하기 짝이 없어. 그래도 나름 이유가 있어서 그런 거니까 이상하게 생각하지는 마."

정우가 그제야 납득이 간다는 표정을 지었다. 정우는 유리를 이상하게 생각하지 않는다. 그것이 유리의 살아가는 방식이기에 존중을 해주었다.

"네, 감사해요."

석은 정우를 처음 봤을 때부터 마음에 들어 했다. 참 명석한 아이라고 생각했다. 한번 가르쳐 준 것은 바로 외워버리는 아이였다. 석과 말도 잘 통했다.

"어디로 가니?"
"잔화터요. 먼저 가서 자리랑 뭐 좀 봐두려고요."
석이 희미한 웃음을 띠었다.
"그래, 먼저 가봐. 나는 유리랑 다 데리고 갈게."
정우가 석에게 예의를 차려 인사하고 걸음을 옮겼다. 석은 어린 정우가 독립운동에 뛰어든 것이 조금 안쓰러워 보였지만 다른 한편으로는 대단하다고 느꼈다.

*

오후 4시, 약속한 대로 두 번째 잔화터에서 독립선언서를 읽을 석과 화인이 큰 정자 앞에 섰다. 사람들이 아주 많이 왔다. 만세운동 소식을 들은 잔화터 주민들도 동참하기로 했다. 만세운동을 하는 사람들 중에서는 서점의 사람들, 알바도, 영감님도 있었다. 모두가 숨죽이고 지켜보는 가운데 정확히 4시가 되자 석이 첫 문장을 시작했다.
"오늘, 우리는 역사의 엄숙한 증인과 후손들의 정의로운 심판 앞에서 조국의 독립과 자유를 선언한다."
모든 사람들이 독립선언서의 내용에 귀 기울였다. 김창욱 대장은 일본군들이 알고 찾아올까 봐 걱정하며 주위를 둘러보았다. 일본 헌병들이 바로 옆 잔화터에 대기 중이기에 '대한 독립 만세.'라는 말이 들리면 바로 달려와 무차별적으로 총을 발포하고 칼을 사용할 것이 뻔했다. 김창욱 대장은 이 지금 이 자리에 모인 모든 사람들이 목숨을 걸고 나온 것이라는 걸 알았다. 자신 또한 마찬가지였다. 김창욱 대장은 석의 연설이 진행되는 동안 오만가지 생각을 다 했다.

석의 차례가 끝나고 화인이 원창이 쓴 부분을 읽었다.

"조선 민족은 이 선언 아래 단결하여 우리의 자유를 되찾고, 후손들에게 자랑스러운 독립국가를 물려줄 것이다."

독립선언서의 대부분을 원창이 작성했다. 석과 화인이 모든 말을 마치자, 주변이 조용해졌다. 석이 먼저 용기 내어 소리쳤다.

"대한 독립 만세!"

석이 외치자 김창욱 대장, 원창, 영감님 순서대로 많은 사람들이 만세를 외쳤다. 유리는 땅의 진동을 느꼈다. 그냥 지나치면 만세를 외치는 사람들의 열기로 인식할 수도 있었지만 단순한 흔들림은 아니었기에 유리는 뒤를 보았다. 뒤에서는 헌병들과 말을 탄 일본 경찰들이 달려오고 있었다. 갈색 모자에 둘러져 있는 붉은 끈이 눈에 띄었다. 그들의 손에는 욱일기가 들려 있었다. 유리가 김창욱 대장을 팔로 쳤다. 김창욱 대장이 만세를 외치다 말고 뒤를 보았다. 가까운 거리는 아니었지만 머릿수 정도는 파악할 수 있었다.

'10… 20…?'

김창욱 대장이 수를 가늠했다. 하지만 그 뒤로도 더 많은 일본군들이 몰려오고 있었다. 김창욱 대장은 상황을 판단할 새도 없이 소리쳤다.

"일본군이다!"

일본 헌병들 중에서는 유리가 아는 얼굴도 있었다. 물론 김창욱 대장과 원창도 아는 얼굴이었다. 다른 사람들도 눈치를 챘다. 만세를 외치던 사람들이 뒤로 돌아 만세를 외쳤다. 알바도가 일본군들 중 가운데에 있는 사람을 보았다. 멀리 있어 잘 보이지 않았지만 확실하게 아는 얼굴이 있었다. 알바도가 눈썹을 살짝 찡그렸다.

"My God."

그 사람은 이종석이었다. 친일파들의 대장. 유리가 고개를 살짝 돌렸다. 이종석의 옆에 붙어 있는 부하가 일본어로 크게 말했다.

"들어라, 대일본제국에 대항하는…."

부하가 일본어로 말하는 소리가 만세 소리에 묻혔다. 부하가 이종석을 올려다보았다. 사람들은 묵묵하게 만세를 외쳤다. 사람들이 말을 듣지 않자 이종석이 발포 명령을 내렸다.

"발포."

첫발은 허공을 향해 발사하는 위협사격이었지만 총성이 들리자 사람들이 비명을 질렀다. 하지만 군중들의 결집은 흐트러지지 않았다. 계속되는 만세 소리, 또다시 사격 준비 자세. 이번에는 군중들을 향해 총부리를 겨누고 있었다.

영감님이 앞으로 나가려 했다. 그러자 김창욱 대장이 영감님을 붙잡았다. 몸도 성치 않은 영감님이 걱정되어서일 것이다. 영감님이 김창욱 대장의 손을 붙잡으며 주머니에서 대략만 봐도 20만 원 정도 되어 보이는 돈을 꺼냈다. 돈은 색이 바래고 헐어 있었다. 김창욱 대장이 영감님을 쳐다보자, 영감님이 김창욱 대장의 손을 잡았다.

"잘 쓰라. 니 이기 잃어버리면 내가 땅에서 기어나올 기다."

영감님이 씨익 웃고서는 당당하게 앞으로 걸어 나갔다. 영감님은 큰 태극기를 들고 일본군 쪽으로 전진했다. 영감님이 크게 소리쳤다.
"여러분, 제가 시간을 벌 테니 도망치세요!"
오른 다리가 없는 영감님의 모습은 왜인지 불쌍하지 않았다. 오히려 멋있어 보였다. 일본군들의 시선이 영감님에게로 쏠렸다. 왜 사람들이 전설이라고 하는지 알 것 같았다. 영감님이 주먹에 쥐고 있던 시계 줄을 빙빙 돌려 날렸다.
퍽-
탕-
시계가 정확하게, 동시에 이종석과 욱일기를 맞추었다. '퍽.' 소리와 함께 영감님의 폐를 관통하는 총알 소리도 같이 들렸다. 만세운동의 첫 번째 사망자였다. 영감님은 아랑곳하지 않고 만세를 외쳤다. 그의 뒷모습은 정말 영웅이라고 해도 손색이 없을 것이었다. 영감님은 유리와 비슷하거나 조금 작아 보이는 체구였지만 지금 이 순간만큼은 그 누구보다 커 보였다. 만세운동을 하러 온 사람들 중에서 가장 작은 몸이다. 하지만 지금 영감님에게는 나이가 들고, 몸이 약한 것이 아무런 문제가 되지 않았다. 영감님은 마지막 만세를 외치고 그대로 앞으로 쓰러졌다.
"대한 독립 만세!"
점점 총에 맞는 사람들이 늘어났다. 황토색 바닥이 피로 물들어 가는 것이 보였다.
유리는 당장이라도 친일파인 아버지를 사살하고 싶었다. 석이 유리에게 다가왔다. 석이 유리의 몸을 잡아 아래로 끌어당겼다. 40

명쯤 되어 보이는 일본 헌병들이 사람들을 무자비하게 잡아들이기 시작했다. 잔화터는 아수라장이 되었다. 사람들의 비명 소리와 총, 칼 소리밖에 들리지 않았다. 평화적으로 시작했던 만세운동의 끝은 피와 죽음이었다.

유리는 이종석을 보고서도 아무렇지 않게 행동하는 석이 이상했다. 석은 분명 가장 많이 보고 싶어 했다. 유리가 이종석을 '친일파 이종석'이라고 부르는 것과는 다르게 석은 아직도 '아버지'라 불렀다. 그랬던 석이 지금은 그토록 만나고 싶어 했던 이종석이 눈에 밟히거나 보이지 않는가 보다.

화영은 태극기를 뿌렸다. 화인은 독립선언서를 챙기고 태극기를 들었다.

"영주 언니!"

영주가 일본 헌병들에게 구타당하고 있었다. 영주의 입에서는 피가 흘렀다. 영주를 때리는 헌병이 일본어로 소리쳤다.

"감히 대일본제국에 대항해! 조센징!"

화인은 당장이라도 영주를 구하고 싶었다. 하지만 상황이 따르지 않았다. 화인은 달려가려다 영주의 입 모양을 보았다. 영주는 작게 말하고 있었다.

'오빠.'

화인은 그 말이 무엇을 뜻하는지 알고 있었다. 영주의 오빠인 영식을 봐달라는 말이었다. 화영이 화인을 밀쳤다.

탕-!

화영은 이 상황이 몇 번째인지 기억이 나지 않았다.

'우리 민족이 우리 민족의 말로 우리 민족의 의사를 표현하는데 어째서 총칼을 휘두르는 거지?'

머릿속에서는 질문들이 맴돌아 떠나지 않았다. 아마도 유리, 정우, 현중도 같은 생각을 하고 있을 것이다. 화영은 쓰러진 영감님, 다른 사람들, 영주, 학생들을 보며 눈물을 흘렸다. 왜 이리 많은 사망자들이 발생한 것일까. 이제는 만세 소리가 아예 들리지 않았다.

탕-

타탕탕-

흙먼지들이 화영의 눈앞을 가로막았다.

정신없는 것은 현중도 마찬가지였다. 현중은 정우와 같이 있었다. 정우가 피로 물든 태극기를 잡았다. 일부분이 검붉은 피로 물들어 있었다. 그럴수록 정우의 마음에는 일제를 향한 증오심이 생겨나고 있었다. 현중은 주변을 살피며 인원을 파악했다. 그러다, 현중은 아주 충격적이고도 슬픈 장면을 보았다. 일제가 이토록 잔인한가? 일본 헌병이 임신한 여성의 배에 총을 대고 쏜 것이었다.

탕-

만삭인 임산부는 배를 끌어안고 쓰러졌다. 현장을 본 현중은 아무것도 할 수 없는 자신이 한심했다. 임산부는 숨이 끊어질 때까지 배에 속삭였다.

지켜주지 못해 미안하다고.

하지만 현중은 할 수 있는 일이 없었다. 현중은 들고 있던 태극기를 조용히 임산부에게 덮어주었다. 현중과 눈이 마주친 임산부는 차가운 손으로 현중의 손을 잡았다.

"너는, 꼭 살아남아."

힘이 없는 목소리로 그 한마디를 남기고서 결국 임산부의 숨이 끊어졌다. 현중은 시신이라도 제대로 옮기고 싶었다. 하지만 그러다간 자신이 죽을 판이기에 시신을 안전한 곳으로 가져다 놓지도 못한 채 자리를 떴다. 정우는 영식이 영주를 찾고 있는 것을 보았다. 정우는 영주가 폭행당해 끌려가는 모습을 보았다. 영식은 무언가를 눈치챘는지 포기한 듯 주먹을 꽉 쥐었다. 울음을 참으려는 노력 중 하나였다. 영식은 바닥에 떨어진 욱일기를 짓밟으며 상황을 파악하려 했다. 이대로 만세운동을 진행하기는 어려웠다. 참가한 사람들은 거의 다 대피하거나 사망하거나였다. 김창욱 대장이 영식의 팔을 잡아끌었다. 영식은 영문도 모른 채 끌려갔다.

"영식아, 지금부터 다 흩어져야 하니까 소식 전해. 너랑 화인이, 석이, 영주, 동생들은 다 3번 골목길로 가 있어. 나랑 서점 사람들은 상황 봐서 갈 거야. 알았지?"

영식은 살짝 망설여졌지만 어쩔 방법이 없었기에 그냥 말을 들을 수밖에 없었다.

"…네."

김창욱 대장이 말했다.

"살아서 보자."

김창욱 대장은 영식의 어깨를 한 번 두드리고 다시 잔화터로 나갔다. 영식은 사람들 사이로 돌아다니며 소식을 전했다.

*

오후 5시, 3번 골목으로 들어온 아이들은 숨을 몰아쉬었다. 다들 꼴이 말이 아니었다. 석은 빠져나오던 중 오른쪽 발목에 총을 맞았다. 석이 어떻게 뛰었는지 가늠조차 되지 않았다. 석이 영식과 화인을 보았다. 다행히도 그들은 다치지 않았다. 화인은 얼굴에 찰과상이 있었고 영식은 옷에 흙이 묻어 있었다. 군데군데 피도 번져 있었다.

"다들 어때?"

화인이 고개를 끄덕이며 천을 꺼내어 석의 오른 발목을 묶었다.

"난 괜찮아."

영식도 고개를 끄덕였다. 영주가 없으니 다들 눈치를 보았다. 아마도 영주는 형무소에 끌려갈 것이다. 영식은 얼굴에 붙은 흙을 털었다. 유리가 머리를 풀었다. 머리카락에서 흙이 우수수 쏟아졌다. 도망칠 때 여러번 굴러서 묻었나 보다. 다들 조용하게 있을 때 영식이 침묵을 깼다.

"이제, 막사로 올라가자."

정우가 밖을 보려 하자 유리가 정우의 옷자락을 잡았다. 정우의 몸이 뒤로 당겨졌다.

덜그럭-

터벅터벅-

일본 헌병이 수색을 하러 맞은편에서 오고 있었다. 다행히도 3번 골목은 숨어 있는 사람이 빠져나가지 않으면 보이지 않는 구조여서 손쉽게 감시를 피할 수 있었다. 유리가 안도의 한숨을 내쉬었다.

"하…."

영식이 주위를 살폈다. 거리에는 아무도 없었다. 고요한 적막이 울렸다. 영식은 영주를 놓친 것에 대해 땅을 치며 후회했지만 어쩔 수 없었다. 영식이 조용한 목소리로 말했다.

"일단, 막사로 가자."

석이 다리를 절뚝거리며 움직였다. 걸을 때마다 피가 흘러 발각될 위험이 있었다. 석은 상처에 무언가 닿는 것도 아플 것인데 손수건으로 상처 부위를 닦았다. 한참을 대고 있자 피가 멎었다. 석은 표정을 살짝 찌푸렸다. 근성으로 버틴 것이다. 유리가 손을 부들부들 떨었다. 석이 지혈을 할 때 총알이 하나 나왔다. 박혀 있던 총알이다. 유리는 총알을 들어서 멀리 던졌다.

획-

유리의 속에서는 이종석에 대한 원망과 자신의 처지에 한탄이 뒹굴고 있었다.

'하….'

석은 손수건을 접어서 바지 주머니에 넣고 아무렇지도 않게 산을 올라갔다. 화인은 그런 석이 걱정되면서도 한편으로는 조금 신기했다. 어떻게 근성으로만 저 고통을 버티는지. 정우는 손에 든 태극기를 꽉 쥐었다. 현중은 좋지 않아 보이는 영식을 걱정했다. 영식의 머릿속은 온통 동생인 영주의 생각으로 찼다. 영식은 머릿속에 안개가 낀 느낌이었다.

'영주, 어떡하지? 잡혀가면 뼈도 못 추린다는데….'

화인은 화영을 챙기며 산을 올랐다.

저벅-

터벅-

*

막사로 돌아오니 긴급회의가 열리고 있었다. 김창욱 대장이 피로 범벅된 올리브색 겉옷을 입고 심각한 얼굴로 앉아 있었다. 탁한 올리브색에 검붉은 피가 엉망진창으로 묻어 있었다. 특히나 어깨 쪽에 많이 묻어 있었다. 독립단의 전체 인원인 총 30명이 만세운동에 참여했지만 살아서 돌아온 사람은 겨우 19명밖에 되지 않았다. 거의 절반에 가까운 사람들이 형무소로 끌려가거나 그 자리에서 사망한 것이다. 살아 돌아온 사람들도 몸이 성한 사람은 없었다. 화인이나 영식의 상황이 그나마 나은 것이었다. 석이 발을 끌며 들어왔다. 김창욱 대장이 한숨을 쉬었다.

"다들 수고했다."

그때, 영식의 옆에 앉아 있던 단원이 울먹거렸다. '자옥'이라는 중학생이었다. 자옥의 오빠는 만세운동 중 일본 헌병에게 잡혀 형무소로 갔다. 자옥은 눈물을 훔치며 말했다.

"이제, 잡혀간 사람들은 어떻게 돼요?"

김창욱 대장이 어깨를 살짝 돌리려 했지만 잘 돌아가지 않는지 인상을 찌푸렸다. 유리는 김창욱 대장의 어깨를 자세히 봤다. 아마도 오는 길에 총을 맞았나 보다. 유리는 모르는 척하며 시선을 다른 곳으로 돌렸다. 다들 암울한 분위기를 풍겼다. 김창욱 대장은 한 손으로 허벅지를 치며 애써 밝은 분위기를 만들려 노력했다.

"고맙다, 살아 와서."

단원들이 모두 한목소리로 답했다.

"네."

하나, 둘씩 자리에서 일어났다. 화인은 교복 저고리를 제대로 정리하며 일어섰다. 화영도 반묶음 한 머리끈을 풀었다. 화영의 날카로운 머리카락 끝이 푸석하게 말라 있었다. 화영이 먼저 막사로 가 있겠다는 신호를 남기고 자리를 떴다. 정우와 현중도 자리를 떴다. 정우가 유리에게 다가가서 말했다.

"천천히 와."

유리는 억지로 웃어 보였다.

"응."

어느새 회의실에는 김창욱 대장과 영식, 석, 유리만이 남았다. 김창욱 대장이 침묵을 유지하더니 의자를 뺐다.

드르륵-

"다들, 미안하다."

김창욱 대장은 모든 의미가 담긴 한마디를 남기고 자리를 떠났다. 유리는 석의 팔을 두드리곤 작은 목소리로 말했다.

"얘기 좀 해."

석은 유리가 무슨 말을 할지 알아차렸다.

"응."

석이 영식에게 무슨 말을 건네려고 했지만, 건넬 수 없었다. 영식은 가까스로 울음을 삼키고 있었다.
 철컥-
 회의실 문이 열리고 석과 유리가 나갔다. 영식의 옆에는 회의실 열쇠가 있었다.
 모두가 나가자, 영식의 눈시울이 붉어졌다. 영식은 참고 있던 울분과 일제를 향한 증오, 슬픔이 뒤섞인 채 흐느끼기 시작했다. 소리 없는 울음이었다. 언제나 밝고 희망을 잃지 않았던 영식이지만 하나뿐인 혈육, 동생이 죽을지도 모르는 형무소로 잡혀가니 약해질 수밖에 없었다. 영식이 쓰고 있던 안경을 벗고 엎드렸다. 잠시 혼자만의 시간이 필요했다. 영식은 주머니에 있는 태극기를 주먹으로 쥐었다가 폈다. 태극기는 태극기인지도 몰라보게 붉은 피로 물들어 있었다. 영식의 아버지도 독립운동을 하다가 형무소에 잡혀가 사망했다. 영식은 아버지와의 마지막 면회를 떠올렸다. 그때의 아버지는 몹시 초췌했었다. 모진 고문으로 손톱이 까졌고 얼굴이 부어 있었다. 영주는 항상 밝은 아버지를 닮았다는 것을 떠올린 영식은 더 슬퍼졌다. 만일, 나중에 면회를 간다면 왜인지 아버지처럼 웃으며 맞아줄 것 같았다. 영식은 그렇게 한참을 폭풍처럼 흐느끼다 회의실의 문을 잠그고 나왔다. 오늘따라 회의실 정중앙에 걸린 태극기가 희미해 보였다. 영식은 눈을 질끈 감고 열쇠를 넣어 잠갔다.
 '봄이 올까?'
 밖으로 나와 아무도 없는 소나무 아래에 앉은 유리와 석의 공간에 차가운 바람이 불었다. 유리가 먼저 석에게 말했다.

"오빠, 오늘 봤어?"

석은 고개를 끄덕였다. 석이 본 사람은 분명히 이종석이었다. 아버지, 석도 정확히 눈이 마주쳤다. 석의 발목에 총을 겨눈 것도, 방아쇠를 당긴 것도 이종석이었다. 석은 눈이 마주친 순간 알게 되었다. 더 이상, 기다릴 필요가 없구나. 아버지가 자신을 찾아줄 것이라는 상상은 헛된 꿈이었다고. 아버지는 자식이 중요치 않은 친일파라고, 결국 언젠가는 독립단의 계획에 방해되는 일이 있으면 자신이 직접 총을 겨눠야 할 상황이 올 것이라고. 석은 후회되었다. 진작 희망을 버리라는 유리의 말을 듣지 않은 것. 계속해서 망상을 한 것. 전부 석의 세계를 무너뜨리기에 충분했다. 유리는 석의 표정을 살펴보았다. 석의 안광이 사라진 듯했다. 시간은 어느덧 6시가 되었다. 유리가 머리카락을 쓸어 넘겼다. 석이 어렵게 입을 열었다.

"언젠가, 이종석을 사살할 일이 있으면, 내가 할게."

유리는 작게 말했다.

"그래, 오면."

사실 석은 그날이 오지 않기를 바랐다. 자신의 아버지를 자신의 손으로 직접 사살하리라는 것은 결코 쉽게 결정할 수 있는 일이 아니었다. 아직 오지 않은 어느 날의 이야기였다. 석은 그 어느 날을 생각하며 일어섰다.

"가자, 너도 쉬어야지."

석은 이 상황에서도 유리를 걱정했다. 유리는 석의 불편하고 힘든 기색을 눈치챘다. 유리는 일어서서 신발을 바닥에 툭툭 찼다.

툭—

"갈게, 오빠도 쉬어. 내일 봐."

석은 애써 웃어 보이며 손을 흔들었다. 유리가 자리를 뜬 뒤에도 석은 소나무 아래에 앉아 계속해서 생각하고 또 생각했다. 오늘은, 만세운동에 참가했던 모든 이들에게 만세운동을 했던 날이 아닌 상처의 날로 기억될 것 같았다. 모두, 상처를 입었다. 그들 중에는 세상이 무너진 사람들도 있었다. 마지막 희망이 사라지고 그동안 쌓아왔던 노력이 무너졌으며 어떤 여자는 소중한 아이를 잃었다.

석은 소나무 아래에 누워 12월 겨울바람을 맞았다. 겨울바람이 석의 쓰라린 마음을 더 따갑게 만들었다. 영식은 막사에 돌아와 생각 없이 무료한 일제 시집을 읽다 찢어서 버렸다. 화인은 만세운동의 취지를 계속 생각하며 일제를 타박하는 작문을 했고 화영은 머리카락 끝을 만지작거리며 처음 태극기를 잡았을 때를 생각했다. 현중은 밀정이 배신을 해야만 했던 이유를 곱씹으며 인상을 찌푸렸다. 정우는 만세운동의 열기와 참담함, 일제의 악랄함을 떠올리며 독립운동의 의지를 더 불태우려 했다. 유리는 천천히 눈을 감으며 생각했다.

'봄이 언제 올까?'

장마철

투툭-

하늘에서 빗방울이 떨어진다. 유리는 총을 급하게 품에 안고 막사로 달려갔다. 시간을 더 지체하게 된다면 분명히 쫄딱 젖어서 들어갈 것이 뻔했다. 다른 이들은 어린 유리가 아직 인생에 큰 고민이 없을 때라고 생각했다. 하지만 유리는 지금, 인생에서 가장 큰 고민을 하고 있었다. 4년 전, 집을 나와 보지 않았던 아버지라는 사람을 한번 찾아가 볼까? 신분은 정확히 위조해 놔서 독립단원인 것을 들킬 일이 없었다. 유리는 깊고 검은 물 같은 눈으로 하늘을 보았다. 비가 점점 더 강하게 내리려는 것 같았다. 이대로라면 총이 쫄딱 젖을 것이다.

저벅-

뒤에서 누군가가 오는 소리가 들렸다. 유리가 빠르게 몸을 들려 총을 조준했다. 유리가 경계하고 있을 때 석이 우산을 씌워주었다.

"나야."

유리가 석을 보자 안심하고 고개를 숙였다. 석이 자연스럽게 유리에게 우산을 씌워주었다. 유리는 터벅터벅 걸어갔다. 유리는 생기가 있는 듯, 없는 듯, 고풍스럽고 몽환적인 분위기를 풍겼다. 오빠인 석도 가끔은 유리의 속내를 모르겠다. 유리가 석에게 먼저 말을 걸었다.

"오빠, 이종석한테 가볼 거야?"

석이 아버지를 이름으로 부르는 유리에게 한마디 했다.

"넌 그래도 그렇지, 아빠를 이름으로 부르냐?"

유리가 살벌하게 석을 올려다보았다. 유리는 지금 당장 그 누구라도 죽일 수 있을 것 같았다.

"어머, 아빠 아니야. 난 이딴 아빠를 둔 적이 없어."

유리는 이종석을 죽일 정도로 혐오했다. 유리가 천천히, 또박또박하게 설명했다.

"내 동생들을 세뇌시키고, 어머니를 죽이고, 자식까지 죽이려 드는 친일파는 필요 없어."

유리는 웃고 있지만 분명히 어딘가 공허했다. 유리는 석의 앞에서 항상 밝은 모습을 유지했다. 밝은 모습으로 활기차게 다녔다. 단지, 낯가림이 있을 뿐. 석은 며칠 전, 유리에게 은근슬쩍 "이종석의 집으로 가보자."라는 말을 했었다. 유리는 석이 넌지시 말을 꺼내어 볼 때마다 똑같은 표정, 변하지 않는 말투로 답했다.

"좋을 대로. 가자고 하면 갈게."

유리는 빗소리에 집중했다.

토톡-

톡-

비가 보슬보슬 내렸다. 유리는 비가 좋았다. 비가 모든 것을 씻어주는 느낌이 들었다. 석과 완전히 반대였다. 석은, 비가 오면 어머니가 죽을 때에 피가 번졌던 날이 떠올랐다. 이종석이 석의 어머니가 독립운동에 자금을 전달했다는 이유로, 대문 안에서 총을 쏘아 살해했다. 석은 어렸다. 고작 14살이었다. 그날도 비가 왔었다. 장마철에 세차게 내리던 비에 어머니의 가슴에서 흐른 피가 바닥에 번졌다. 피는 석의 발까지 왔었다. 석은 급하게 유리의 눈을 가렸었다. 석은, 그날 집을 나왔다. 그날부로 6년 동안 이종석을 보지 못했다. 이종석이 얼마나 악랄하고 하면 안 될 짓을 했는지는 석도 잘 알았다. 하지만 그래도 보고 싶었다. 석은 이제 20살이다. 어엿한 성인이 되었다. 새해에는 김창욱 대장이 따라준 술도 마셔보았다. 대학도 들어갔다. 경성에서는 나름 알아주는 곳이었다. 석은 성공하고 싶었다. 성공해서 이종석의 귀에 들어가면 좋겠다. 그래서, 자신을 봐주면 좋겠다고 생각했다. 성공으로 복수를 하고 싶었다. 사실, 집을 나오던 날에 석은 이종석과 마주쳤다. 이종석은 석의 팔을 잡고 비릿하게 웃으며 말했었다.

"네가, 이곳을 나가서 살 수 있겠니?"

석은 손에 쥔 독립단의 사진을 더욱 꽉 잡았다. 이종석의 책상에서 가져온 것이었다. 석은 '김창욱'이라는 사람을 찾아갔다. 김창욱 대장은 고민 끝에 받아주었다. 그날부터 석은 공부에 매진했고 학교도 다녔다. 친구도 만들었다. 그렇게 악착같이 살았다. 하지만 이종석은 단 한 번도 석을 찾아오거나 찾으려는 시도를 하지 않았다. 석은 더 궁금했다. 도대체 어떻게 살고 있을까? 집에 두고 온 더 어린 동생들은 지금쯤 무엇을 하고 있을까.
 유리는 석의 생각을 다 파악한 듯 말했다.
 "오늘 가보자."
 유리가 가자고 정확하게 말한 적은 처음이었다. 유리가 밝게 웃어주었다.
 "오빠 생일 3일 남았지? 생일선물이라고 생각해."
 석이 고개를 끄덕였다.
 "막사로 가서 옷 챙겨 입고 가자."
 유리는 얼마 전, 신문 기사에서 보았던 내용이 떠올랐다.

'이종석의 큰딸, 금혜. 경성제일중학교 재학 중.'

 큰딸, 유리가 그 집안에 계속 있었다면 그렇게 불렸을 것이다. 유리는 가족 구성원들을 떠올려 보았다. 유리가 집을 나오기 전에 기억하던 구성원은 적었다.
 이종석, 오빠, 나, 금혜, 유한.
 네 명이었다. 집은 으리으리했었다. 기와로 덮인 지붕에 대리석 바닥, 마루에 앉아 듣던 빗소리는 고풍스러웠다. 작고 붉은 꽃들이 모여서 자랐고 식모들이 집 안의 모든 일을 다 해주었다. 그리고 이종석은, 자식들을 신경 쓰지 않았다. 그저 필요한 모든 의식주만 제공해 주었다. 관심 따위는 없었다. 물론 유리도 바라지 않았다. 유리는 어린 나이에 너무나도 많은 것을 깨달아 버렸다.

*

첫 번째 막사(이용자: 석, 화인, 영식, 영주).

다들 어디론가 가버리고 화인과 화영만 남았다. 화영은 유리가 나가면 화인의 방으로 가서 화인과 수다를 떨었다. 하나뿐인 언니, 가장 소중한 언니는 화영의 세상이고 전부이다. 화인은 많이 긴 화영의 머리카락을 보았다. 이제 어깨까지 왔다. 화인은 화영의 머리카락 끝을 만졌다.

"화영이 머리카락도 많이 길었네?"

화영이 웃었다.

"응, 조금만 더 지내면 예전처럼 길어질 수 있을 것 같아."

화영의 머리카락은 낫으로 자른 듯 끝이 날카로웠다. 뭐, 당연한 것이다. 실제 낫으로 잘랐으니까.

화영이 독립단에 들어오기 전, 화영은 사무라이들이 찾아오는 술집을 하는 부모님의 밑에서 컸다. 부모님이 사무라이에게 하대받고 있자 참지 못한 화영이 사무라이에게 덤볐다. 사무라이들은 화영이 재미있었는지 칼로 위협하며, 협박했다. 화영이 결국 사무라이 한 명에게 머리채가 잡히자, 옆에 있던 낫으로 잘라버렸다.

서걱-

정확히 '서걱'이란 소리가 나며 화영의 머리카락이 헝클어졌다. 화영의 머리카락은 손쓸 수 없을 정도로 짧아졌다. 남들은 짧아진 머리카락을 보고 사내아이 같다며 뭐라고 했지만, 부모님은 잘했다고 해주었다. 사는 것이 먼저라고. 화영은 그런 부모님이 좋았다. 하지만 인생이 이렇게 순탄하게 흘러가지 않는 법. 이 일이 있고 나서, 화영의 부모님은 사무라이에 의해 살해당했다. 화영은 그날 이후로 독립단으로 들어와 독립운동에 매진했다. '유리'라는 친구도 사귀고 가족 같은 인연도 많이 만들었다. 화영이 화인의 쪽으로 돌아누웠다.

"언니, 언니는 하고 싶은 거 있어?"

화인은 잠시 고민을 하더니 즐거워 보이는 표정으로 말했다.

"언니는, 옷 가게 하나 차리고 싶네."

화인은 평소에도 의류에 관심이 많아 대학을 가지 않고 하루 종일 천을 만졌다. 화영은 화인과 수다를 떠는 이 시간이 소중했다. 화인은 몸으로 뛰는 일은 하지 않지만 정보를 입수해서 만주와 상해를 통해 독립자금을 전달하는 아주 중요한 일을 한다. 화영은 화인이 하는 일이 신기했다. 자신도 나중에 이런 일을 하고 싶었다. 화인은 얼굴도 예뻤다. 황진이가 떠오르는 수려한 외모에 경성에서는 제일 미녀로 소문이 났었다. 그건 어렸을 때도 마찬가지였다. 화영도 유전자 때문인지 얼굴이 귀여웠다.

'우리 언니, 최고야.'

화인은 일찍 부모님을 잃은 화영을 걱정했지만 화영은 적응력이 빨라 어디서든 잘 지냈다. 화영은 독립단 내에서 분위기를 잘 바꾸며 멀리 임무를 나갈 때 항상 긴장을 풀어주곤 했다. 화인이 여운이 가득한 목소리로 말했다.

"나중에, 우리나라가 독립된다면 꽃놀이 가자."

화영도 함박웃음을 지으며 말했다.

"좋아!"

*

잔화터, 시장.

현중과 정우가 독립단을 빠져나와 정보를 입수하러 갔다. 현중은 들키지 않게 학교의 교복을 입었다. 정우는 깔끔한 셔츠로 수상해 보이지 않았다. 그들은 근처의 카페로 들어갔다. 현중과 정우가 만나기로 했던 상해의 사람을 찾았다. 하지만, 그 어디에도 인상착의가 비슷한 사람은 보이지 않았다. 정우가 사진을 꺼내 사람을 찾았다.

"없는데?"

현중도 넓게 둘러보며 말했다.

"그러게, 분명히 1층 두 번째 구석에서 보자고 했는데?"

그때, 현중이 재빠르게 고개를 숙였다. 정우는 무슨 일인가 싶어 주위를 둘러보았다. 현중이 작은 목소리로 말했다.

"아버지, 너 뒤에."

정우는 자신의 뒤에 지명백 대감이 와 있다는 사실을 눈치채고 태연하게 연기했다. 현중이 많이 당황한 듯 말을 쏟아냈다.

"아빠가 왜 여기에 있지?"

정우는 빠르게 상황을 파악해 보았다. 답은 하나였다.

'여기서 정보를 밀수하기 위해.'

정우가 현중에게 손짓으로 신호를 보냈다. 현중도 신호를 받아들이고 자리에 똑바로 앉았다. 더 태연한 척을 했다. 지명백 대감은 누군가를 찾는듯하더니 3분도 되지 않고 밖으로 나갔다. 현중이 안심하며 말했다.

"아니, 깜짝 놀랐네. 여기서 마주칠 줄이야."

정우도 안도하며 놀란 가슴을 진정시켰다.

"그런데, 그 사람은 왜 안 와?"

현중이 어깨를 으쓱했다.

"조금만 더 기다려 보자."

정우가 고개를 조금 끄덕였다. 밖에서는 비가 계속 내렸다. 정말 하늘에 구멍이 뚫린 것 같았다. 비가 어찌나 많이 내리는지 주변이 뿌옇게 되었다. 약간의 물안개도 껴 있었다. 우울한 분위기가 지속되었다. 도대체, 정보를 가져다 주기로 한 사람은 오지 않고 뻘쭘하게 앉아만 있어야 하는 상황이 계속되자 답답했던 현중이 커피를 파는 곳으로 갔다. 뭐라도 시키지 않으니 눈치가 보였다.

"저기, 저희 비스… 킷이랑 샌드위치? 주세요."

현중은 난생처음 보는 이름들이 음식을 고르는 판에 가득 차 있었다. 주인아저씨는 현중이 학생인 것을 알았는지 피식 웃었다.

"…예, 손님."

현중이 음식을 받아서 오자 정우가 놀란 눈으로 현중을 보았다. 웬 처음 보는 서양 음식들이었다.

"이게, 뭐야?"

현중이 삼각형으로 된 빵을 가리켰다.

"몰라, 이게 샌드위치고, 저거 네모난 게 비스킷 아니야?"

정우가 놀라워했다.

"나눠 먹자."

그들은 정보를 받아야 한다는 사실도 까맣게 잊고 음식을 먹었다. 정우는 약간 달달하면서 씹는 맛이 있는 샌드위치에 빠졌다. 현중도 마찬가지였다. 정우는 문득 궁금해진 것이 있는지 현중을 보며 말했다.

"현중아, 너는 대학 갈 거야?"

현중은 살짝 고민을 하기 시작했다.

"음…. 아니."

현중은 더 이상 물어보지 않고 고개를 끄덕이는 정우의 생각이 궁금했다. 정우는 현재 다니고 있는 중학교에서도 성적이 나름 나쁘지 않게 나왔다.

"넌?"

"나도 생각 없어."

정우는 무심하게 앞머리를 만졌다. 검은 머리카락이 흔들렸다. 현중은 정우의 예상 밖의 대답에 다른 것들을 더 물어보고 싶었다.

"왜? 너 정도면 갈 수 있을 것 같은데? 석이 형도 문창과로 갔잖아."

정우는 슬며시 웃었다.

"난 계속 독립단에서 독립운동을 할 거야. 대학을 가면 제한이 되잖아. 난 그게 싫어."

현중은 자신과 비슷한 이유로 대학을 벌써 포기한 정우가 신기하게 느껴졌다. 정우는 학교에서 공부를 나름 잘한다. 성적도 나쁘지 않게 나오고 성격도 서글서글해서 인기가 많다. 현중은 정우가 고등학교를 가지 않을까 걱정이 되었다.

"야, 너 고등학교는 다닐 거지?"

정우가 쓸데없는 걱정을 하는 현중에게 괜찮다며 손사래를 쳤다.

"에이, 당연히 고등학교까지는 가야지. 난 배울 수 있는 데까지만 배울 거야."

현중이 허탈하게 웃었다. 현중은 정우의 이런 점이 좋았다. 항상 답을 끌지 않고 시원하게 말해주는 이 점. 정우는 맛있는 것을 먹어서 기분이 좋아진 현중을 보며 웃었다.

"좋냐?"

현중이 장난기 가득한 웃음을 지었다.

"응."

그때, 현중과 정우를 지나쳐서 지명백 대감의 앞에 누군가가 앉았다. 정우와 현중은 그 사람의 인상착의를 보고 알아차렸다. 오늘 정보를 주기로 한 사람이었다. 정우가 현중을 보았다. 현중은 먹던 것을 내려놓고 이야기에 귀 기울였다.

"그래, 정보는?"

남자가 무언가를 꺼내어 지명백 대감의 앞으로 내밀었다. 남자가 지명백 대감에게 준 것은 하나의 종이봉투였다. 아마도, 오늘 정우와 현중이 받아야 했을 정보가 담긴 종이일 것이다. 정우가 현중의 뒤로 종이를 보았다. 종이의 글은 보이지 않았지만 독립단이 남겨 놓는 표식은 확실했다. 현중이 입 모양으로 말했다.

'맞아?'

'어.'

현중은 자신의 아버지가 친일 활동을 하고 있는 장면을 보는 것이 힘들었다. 현중은 친일이 잘못된 행동이라는 것을 알면서도 한편으로는 아버지를 이해하고 싶었다. 자신의 아버지가 친일을 할 수밖에 없었던 이유를 찾아야만 편해질 것 같았다. 하지만 이유는 아무리 찾아봐도 없었다.

그때 지명백 대감이 돈봉투를 주었다. 남자는 좋다고 받으며 굽신거렸다. 남자가 자리에서 일어나며 인사를 했다. 현중과 정우도 조용히 일어나 남자를 따라갔다.

남자는 따라오는 정우와 현중을 의식했는지 걸음을 멈추고 돌아보았다. 남자는 품에서 똑같은 봉투를 꺼냈다. 그러고선 받으라는 듯이 내밀었다. 자세히 본 남자의 입은 찢어져 있었다. 말을 할 수 없는 것으로 보였다.

현중이 봉투를 받았다. 봉투 안에는 독립단의 표식이 새겨진 똑같은 문서가 있었다. 현중은 남자가 한 행동을 이해했다. 정우가 웃으며 인사했다.

"감사합니다. 조심히 가세요."

남자도 고개를 끄덕이며 뒤돌아갔다. 남자는 일부러 지명백 대감에게 잘못된 정보를 주고 현중에게는 제대로 된 정보를 준 것이다. 정우와 현중이 눈을 맞추었다. 정우가 빠르게 사라진 남자의 뒷모습을 보았다.

"멋지다."

현중도 한마디 했다.

"그러네."

*

이종석의 집(날씨: 아직도 비가 옴).

유리와 석은 나란히 집 대문에 도착했다. 둘은 오늘 가족사진을 찍어 줄 사진 기사로 위장했다. 유리의 정보력 덕에 사진 기사로 위장할 수 있었다. 대문은 예전과 똑같았다. 아니, 오히려 더 반짝반짝 빛이 났다. 유리는 물이 묻어 더 반짝이는 문을 보며 모자를 더 눌러썼다. 석도 얼굴이 보이지 않게 위장했다. 석이 카메라를 이리저리 돌려보았다. 비에 맞지 않게 사수하여 가져온 것이다.

"오빠, 사용 방법은 알아?"

석이 유리를 보더니 고개를 저었다. 유리가 한심하다는 표정을 지었다.

"나 줘. 내가 할게."

석이 쭈글쭈글해져서 유리에게 카메라를 넘겼다. 유리가 심호흡을 하고 문을 두드렸다.

덜컹-

아무런 반응이 없자 유리가 다시 두드리려 했다.

끼이익-

유리가 뒤로 살짝 물러서며 문을 열어준 여자를 보았다. 유리는 누구인지 몰라 가만히 있었지만 석은 그 여자를 알아보았다. 어머니의 하녀였다. 어머니의 옆에 항상 붙어 다니던 하녀. 석은 이제 아주머니가 다 되어가는 여자를 보고선 잠시 동안 멈춰 있었다. 여자는 안으로 소리쳤다.

"아가씨, 사진사님 오셨어요."

멀리서 가녀린 목소리로 말하는 어린 학생이 나왔다.

"나갈게, 유모."

긴 머리카락에 정돈된 앞머리, 여성스러움이 강조되는 흰 블라우스를 입은 학생은 금혜였다. 유리는 금혜를 보고선 혹여나 자신을 알아볼까 모자를 한 번 더 눌러서 썼다.

"사진 찍어드리러 왔습니다. 이종석 백작님 계실까요?"

금혜는 밝게 웃으며 석과 유리를 안내했다.

"예, 있습니다. 유모, 이분들 안내해 드려. 난 준비해서 아버지랑 올게."

석은 안으로 들어가 이종석의 방으로 향했다. 그러자 유모가 석을 잡았다.

"사진은, 반대쪽 방에서 찍기로 했습니다. 절 따라오시지요."

석이 일부러 목소리를 평소보다 조금 더 낮게 깔았다.

"알겠습니다."

오랜만에 만나는 아버지는 어떨지 궁금했다.

*

석과 유리는 안으로 들어가서 사진기를 놓고 준비를 하며 이종석을 기다렸다. 유리는 목이 탔다. 석의 앞에서는 허세도 좀 부려보고 긴장되지 않은 척도 많이 해보았지만 진짜 상황은 달랐다. 오랜만에 보는 아버지는 어떨지 너무나 궁금했다. 석은 옆에 서 있는 유모를 계속해서 보았다. 유모는 석을 알아보지 못했다. 석이 다 가리고 있어서 어찌 보면 당연했다. 석은 왼손을 계속 빙빙 돌렸다. 어릴 적부터 있던 버릇이었다. 유리가 석에게 주의를 주었다.

"정신 사나워."

유리가 문 쪽을 계속해서 보았다.

덜컥-

나무로 된 고급진 문이 열리고 금혜가 먼저 나왔다. 그리고, 막내아들인 유한, 이종석이 나왔다. 유리는 이종석을 똑바로 보았다. 달라진 것이 없었다. 5년 전과 같았다. 석은 이종석을 보고 주먹을 쥐었다. 금혜는 너무나도 싱글벙글하게 나와서 앉았다.

"이번 사진은 신문에 넣을 거여서 예쁘게 찍어주세요."

흰 서양식 블라우스에 금빛 단추가 달려 고급져 보였다. 유한은 소학교 교복을 입었다. 유리는 이종석이 입은 옷을 살펴보았다. 이종석의 옷에는 일본 제국 훈장이 여러 개 달려 있었다. 천장에 달린 샹들리에에서 나오는 빛이 이종석의 훈장을 비추었다. 밝게 빛이 나는 훈장은 석의 마음에 증오심을 키우기 충분했다. 석은 빗소리에 집중했다. 이종석이 석을 보았다. 석은 눈을 마주치지 않으려 시선을 피했다. 이종석이 한국어로 말했다.

"조선인인가?"

석이 목소리를 낮게 깔며 말했다.

"예, 그렇습니다. 오늘."

석이 잠시 고민을 하더니 고개를 살짝 들어 이종석을 보았다.

"나으리의 사진을 찍어드릴 윤백이라 합니다."

유리는 목소리를 더 고풍스럽게 변조했다.

"윤슬입니다."

유리도 이종석의 눈을 보았다. 유리의 눈에는 복수심이 차 있었다. 유리는 검은 나비를 연상시키는 눈빛으로 이종석과 금혜, 유한을 보았다.

"그럼, 찍겠습니다."

유리가 카메라 앞으로 다가갔다. 유리는 사진을 찍으며 이종석의 얼굴을 보았다. 이종석은 금혜의 어깨를 감쌌다. 금혜가 활짝 웃었다. 석이 숫자를 세었다.

"하나, 둘….”

찰칵-

유리는 둘의 사진을 찍었다. 금혜가 신나는 얼굴로 유리의 옆에 왔다.

"사진 어떻게 나왔어요?"

유리가 모자를 벗으며 말했다.

"음, 잘 나오지 않았을까요?"

유리는 이종석을 보았다. 유리의 얼굴이 완전히 다 드러났다. 이종석은 유리와 눈이 마주치고도 아무런 반응을 보이지 않았다. 유리는 이종석이 가장 좋아하는 말을 했다.

"아가씨는 워낙 아름다우셔서 분명히 사진도 잘 나왔을 거예요."

이종석은 자신의 자식이 띄워지는 것을 좋아한다. 유리는 다른 이들이 하던 것처럼 이종석에게 아부를 떨었다.

"나으리께서도 잘 나오셨을 것입니다. 훌륭하신 분이니까요."

유리의 말투에는 가시가 돋아나 있었다. 석은 인화되어 가는 사진을 보았다. 사진에는 이종석의 모습이 선명하게 찍혀 있었다. 이종석이 석의 옆으로 다가가 사진을 보았다.

"이것이 신문에 실리나?"

석은 알아보지 못할 것이라 생각해 유리처럼 모자를 벗었다. 만일 알아본다 한들, 바로 이곳에서 죽일 수는 없을 것이다.

"그렇습니다."

이종석은 석이 모자를 벗은 모습을 보아도 반응을 보이지 않았다. 초면인 사이처럼 대했다. 석은 이종석의 사진을 보았다. 석과 유리가 없어도 자리가 꽉 찼다. 석은 밖을 보았다. 여전히 비가 내리고 있었다. 이종석이 금혜를 보았다. 금혜는 유한과 나란히 있었다.

"너희들은 들어가 있거라."

금혜가 이종석의 말에 살짝 떨었다. 금혜는 겁을 먹고 도망치듯 방으로 들어갔다. 유리는 순간적으로 스친 금혜의 표정을 잊을 수 없었다. 금혜는 어딘가 우울해 보였다. 유리는 직감적으로 알았다.

'금혜가, 이종석한테 잡혀 사는구나. 보여주기식 화목한 가족이네.'

이종석은 살짝 기침을 하며 말했다.

"큼, 그래. 잘 처리해 주게나. 이만 가보게."

석은 자신을 알아보지 못하는 이종석을 향해 고개를 빳빳하게 들었다.

"예, 영광이었습니다."

어느새인가, 석의 눈은 공허함과 허무감으로 이루어졌다. 석은 알아볼 줄 알았다. 암만 그래도, 친아들이다. 나중에라도 알아주겠지, 시간이 지났어도 자신을 알아보겠지. 하지만 다 헛된 꿈이었다. 알아볼 것이라는 기대감은 허무감으로 돌아와 석의 머리에 꽂혔다. 석은 그 아무도 자신을 알아보지 못했다는 것에 대해 깊이 실망했다. 유리는, 애초에 기대감이 없었다. 알아보지 못할 것이라고 생각했다. 그리고 유리의 예상은 맞아떨어졌다. 이종석은 자신을 알아보지 못했다. 집을 나오기 전에도 얼굴을 마주치는 일이 거의 없었기 때문일까? 유리는 석과는 다르게 오히려 이종석이 어떻게 살고 있는지 봐서 편했다.

양인들을 엇비슷하게 흉내 내며 친일파로서 살고 있는 하찮기 짝이 없는 인생을 살고 있었다.

유리가 집을 나와 독립운동을 한 것을 후회하지 않는 하나의 계기가 되었다. 유리는 짧은 시간 안에 금혜가 어떻게 살고 있는지 파악했다. 이종석은 보여주기식으로 금혜를 공식 석상에 내보냈다. 탁상에 놓여져 있는 많은 임명장을 보니, 이종석은 친일 장교로서 독립운동가들을 색출하는 역할을 하는 것 같았다. 유리가 장비를 접었다. 이종석은 유리와 눈이 마주치고 싸늘하게 돌아 방으로 들어갔다. 유모가 석과 유리를 밖으로 안내했다. 석은 바깥으로 나가 우산을 펼치고 모자를 썼다.

"감사했습니다."

유모는 가려는 석을 잡았다.

"도련님."

석의 눈이 커졌다. 유리도 뒤를 돌아보았다. 유모는 한참 동안 찾던 누군가를 발견한 듯 애틋한 얼굴을 하고 있었다.

"큰 도련님이시죠?"

유모의 확신이 담긴 말에 석은 아무런 말도 하지 않았다. 유모는 유리의 손을 잡으며 말했다.

"아가씨, 유리 아가씨."

유리는 오랜만에 듣는 '아가씨' 호칭에 치를 떨었다. 석이 아무런 말도 못 하고 고개만 숙이고 있자 유리가 대신 유모의 손을 잡아주었다.

"유모, 금혜 좀, 잘 봐줘."

석이 간신히 등을 돌려 유모를 마주 보았다. 석이 원래의 목소리로 말했다.

"유모, 고마웠어."

유모는 뒤를 돌아보았다. 시간이 얼마 없었다. 뒤에서 이종석이 나오는 기척이 들렸다. 유모의 치마가 비로 젖어갔다.

"조심히들 가세요, 몸조심하시고요."

석과 유리가 유모에게 웃어주었다. 예전과 같은 따스함이었다.

"유모도, 잘 있어."

석이 먼저 돌아서고 유리도 모자를 살짝 들추며 눈인사를 하고 돌아섰다.

*

석이 아무렇지 않아 하는 유리에게 물었다.

"오늘 어땠어?"

유리는 무덤덤하게 말했다.
"…나쁘지 않았어."
유리의 대답에는 많은 감정들이 숨겨져 있었다. 석이 살짝 웃었다.
"웃기지 않아? 아버지란 사람이 어떻게 자식을 못 알아봐…."
석의 눈에 눈물이 살짝 고였다. 유리는 안개가 낀 눈으로 석을 보았다. 석은 뒤늦게 밀려오는 후회감에 눈을 지그시 감았다가 떴다.
"네 말이 맞았어. 아버지가 아니야. 그냥 한 명의 친일파일 뿐이지."
유리는 기차의 철도 바로 옆에서 걸었다. 유리는 오랜만에 보는 철도를 발로 차보았다. 기찻길, 비가 오면 항상 경쾌한 소리가 났다.
석이 무언가를 말하는 순간, 기차가 유리의 옆으로 지나가 듣지 못했다. 유리는 잠시였지만 정확히 보았다. 석의 눈에서 흐르는 눈물을. 석은 유리가 자신이 한 말을 듣지 못한 것에 감사해했다. 차라리 못 들은 것이 나을 수도 있었다.
'그래도, 한 번쯤은 알아봐 주지 않을까 기대도 했었어.'
아 말을 한다면 유리가 걱정할 것이었다. 유리는 석이 한 말을 넘겼다. 중요한 말이었다면 석이 다시 한번 말을 했을 것이다. 유리는 석이 불편하게 오른손으로 우산을 든 것을 보자 자신이 옆으로 갔다. 배려였다.

*

이종석의 집. 금혜의 방.
금혜가 검은 앞머리를 만지며 뒤에 있는 유모에게 말했다.

"유모, 아까 왔던 사람들 언니랑 오빠지?"

유모는 금혜의 정확한 말에 놀랐지만 금세 감추었다.

"아닙니다. 무언갈 착각하신 것 같네요."

금혜는 거울로 자신의 얼굴을 보았다. 금혜가 머리에 꽂아져 있던 꽃핀을 뺴었다.

"맞는데…. 오빠랑 언니."

봄날이
온다

1931년 4월, 어느 날.

따스한 바람이 독립단의 사람들에게는 따갑게만 느껴졌다. 화영은 봄이 왔는데도 창밖을 바라보며 한숨을 내쉬었다.

"우리의 봄은 언제 오려나."

화영은 연한 분홍빛이 감도는 원피스를 입었다. 유리가 탁한 녹색 모자를 덮어쓰며 화영의 옆으로 갔다. 유리는 머리부터 발끝까지 검은색으로 위장하고 있었다. 유리의 검은 옷에 따스한 색감의 빛이 비치자 따듯해 보였다. 화영이 유리를 보고 다시 한숨을 쉬었다.

"넌 좀 꾸며라! 얼굴도 예쁘장한 애가 어렸을 때부터 시커먼 색만 입고 다녀."

유리가 별 대꾸를 하지 않았다. 정우가 흰 셔츠의 풀린 단추를 잠갔다. 정우는 거울로 자신의 얼굴을 보았다. 정우가 머리카락을 만지며 머리를 정돈했다. 정우의 머리카락은 아무리 빗어도 조금씩 엉키는 탓에 수시로 빗어주어야 한다. 정우는 엉키는 걸 많이 신경 쓰지 않는다. 현중은 정우가 머리를 흐트러트리는 것을 보고 말했다.

"야, 너 잘생긴 거 다 알아."

정우가 기분이 좋은지 현중에게 웃어 보였다. 남자도 홀릴 정도의 환하고 밝은 웃음이었다. 화영이 그 광경을 보고 말했다.

"쟤는 얼굴도 괜찮은데 왜 여자친구가 없니?"

현중이 보고 있던 책을 덮었다.

폭-

현중이 침대에서 내려오며 정우의 잘못 묶인 넥타이를 다시 묶어주었다.

"보다시피, 이래서."

정우는 정말 무해하고 맑은 웃음으로 답했다. 현중이 짜증 나는 눈빛을 보냈다.

"어이구, 이따 훈련할 때 실수하지 마."

유리가 책상 서랍에서 돈을 조금 챙겼다. 일을 끝내고 오면서 제과점에 들를 생각인가 보다. 화영은 문밖으로 나가려다 다시 들어와 총을 꺼내었다. 작은 권총이다. 유리는 이미 여러 권총을 겉옷 속에 숨겼다. 화영이 신발을 신었다.

덜그럭-

유리도 구두를 신고 인사했다.

"다녀올게."

현중과 정우가 손을 살짝 흔들었다.

"어~."

"잘 다녀와."

오늘 유리와 화영은 김창욱 대장이 부탁한 정보를 입수하러 갔다. 독립자금도 받을 겸 서점에 간 다음 골목길로 가 이종석이 어디로 움직이는지 정보를 입수할 예정이다. 김창욱 대장은 2일 뒤, 이종석이 가는 러시아에 따라가 암살할 계획이다. 유리는 사살을 돕는 역할을 맡은 석이 조금 걱정되긴 했지만, 자신은 상관이 없었기에 성실히 임무에 임했다.

경성의 꽃길을 조용히 걷던 화영이 유리에게 말을 걸었다.

"유리야, 넌 우리 언니 어때?"

유리는 무슨 말인지 모르겠다는 표정으로 화영을 보았다. 그러다 이해가 됐다는 듯 고개를 끄덕였다.

"좋아, 친절하고, 예쁘고."

이번에는 유리가 화영에게 물었다.

"너는, 우리 오빠 어때?"

화영도 고개를 끄덕였다.

"좋아, 차분하고, 공부 잘하고 다 괜찮은데?"

유리는 며칠 전 자신이 들은 사실을 화영에게 하소연하듯 말했다.

"넌 우리 오빠 답답하지 않아?"

"솔직히?"

"응, 솔직히."

"조~금 답답하지?"

유리가 머리카락을 쓸어 넘기며 이야기했다.

"아니, 오빠가 너희 언니 좋아하는 거 알지?"

"응, 당연하지."

유리가 눈을 굴렸다. 아주 답답한 무언가가 있나 보다.

"아니, 그렇게 좋으면 고백을 하라니까 고백도 못 하고, 이제 20살 된 어른인데 말을 못 해. 보통 화인 언니가 먼저 말을 유도하잖아. 어우. 보고 있으면 답답해 미쳐버리겠어."

화영이 크게 웃었다.

"하하, 그건 맞지. 우리 언니도 석이 오빠가 자기 좋아하는 거 알고 있어. 언니가 그냥 기다리는 거래. 우리 언니도 그 오빠가 언제 자기한테 고백하나 기다리고 있어."

유리가 이마를 짚었다.

"이러다 내년 겨울에 고백하겠어."

화영은 생글생글 웃고 있는 유리를 보았다. 유리의 눈에는 햇살이 비쳐 생기가 돌았다. 화영은 어제 있었던 일을 떠올려 보았다. 유리가 현중과 티키타카를 했던 일이다.

"현중이 처음 왔을 때만 해도 엄청 불편해하더니 2주 뒤에 친해졌더라."

유리가 살짝 당황한 듯 웃었다.

"그, 지내다 보니까 애가 괜찮더라."

화영이 피식 웃었다. 유리와 현중은 친구로서의 관계가 아주 단단하다. 둘은 성격이 완전히 정반대였지만 말이 잘 통했다. 유리가 어제 일이 재미있었는지 보기 드물게 부드러운 표정을 지었다. 화영은 유리의 팔에 자연스럽게 팔짱을 꼈다. 평소 같았으면 받아주지 않을 유리가 오늘을 웬일로 받아주었다.

"야, 유리야."

"응?"

"정우 걔가 너 좋아하는 것 같더라?"

요즘 들어 정우와 같이 있는 시간이 많았던 유리는 기겁을 했다.

"아냐, 절대 아니야. 그냥 임무로 만날 일이 많았을 뿐이지."

화영은 강하게 반발하는 유리를 장난스럽게 보았다. 유리가 반격에 나섰다.

"그럼 현중이는?"

화영의 얼굴이 붉어졌다.

"걘 친구지."

유리와 화영이 장난스럽게 웃었다.

그렇게, 계속 걸어가다 보니 커다란 벚꽃 나무가 흐드러지게 가지를 늘어트리고 있었다. 흰색 벚꽃잎이 봄바람에 휘날렸다. 유리는 걸음을 멈추고 차가운 목소리로 말했다.

"벚꽃 싫어."

화영은 왜 그런지 아는 눈빛으로 유리를 보았다. 유리가 벚꽃잎을 잡아 관찰하였다. 그러고선 보기 싫은 듯 바람에 날려 보내었다. 유리가 향나무를 생각했다.

"벚꽃 나무 말고 큰 향나무가 있으면 좋으련만."

화영은 유리의 말에 미소 지었다. 정말 향나무가 있는 듯이 향나무를 그려보았다.

"그러게, 나중에 진짜 봄이 오면 우리가 심자."

"좋아, 좋겠네."

*

김창욱 대장은 아이들의 훈련 때문에 골을 썩고 있었다. 계획에 대해 논의를 하던 학생들이 갑자기 나가자고 졸랐기 때문이다. 화인이 세상 불행한 표정으로 말했다.
"이렇게 화창한 날에 나가지 못하면 조금 억울하겠네요~."
옆에서 영식이 맞장구를 쳤다.
"아~이고, 맑다, 맑아!"
석이 김창욱 대장의 어깨를 주무르며 말했다.
"대장님, 그러지 말고 같이 나가시죠~."
다른 학생들도 입을 모아 말했다.
"옳소, 옳소."
김창욱 대장은 달리 할 말이 없었다. 회의도 평소보다 일찍 끝내놨고 계획도 다 세워놓은 터라 잔소리를 할만한 명분이 없었다. 김창욱 대장이 마지못해 손을 저었다.
"그래, 나가라."
학생들이 환호성을 내뱉었다.
"대장님 최고!"
석은 부드럽게 미소를 지으며 주머니를 만졌다. 주머니에는 얇은 옥반지가 있었다. 오늘 큰맘 먹고 화인에게 고백할 예정이다. 김창욱 대장은 며칠 전부터 분주했던 석이 오늘 고백할 것이라는 것을 눈치채고 있었다. 김창욱 대장은 석이 잠시 불러세웠다.
"석아, 이리로 와볼래?"

석이 '잠시만.'이라고 말하고 김창욱 대장의 옆으로 갔다.
"네, 대장님."
독립단원들이 다 나가자, 석이 김창욱 대장이 석의 주머니를 가리키며 말했다.
"너, 오늘 화인이한테 고백할 거지?"
석의 얼굴과 귀가 살짝 붉어졌다. 석이 고개를 숙였다. 고러고선 눈으로만 김창욱 대장을 바라보았다.
"어떻게 아셨어요?"
김창욱 대장이 피식 웃었다. 아름다운 청춘들이 귀여웠나 보다.
"얼마 전부터 분주했잖아."
석이 소심한 목소리로 말했다. 석은 타인에게 자신의 감정을 잘 드러내지 않기 때문에 김창욱 대장에게 감정을 들킨 것이 조금 부끄러웠다. 특히나 연정을 들키다니.
"네, 오늘 고백하려고요. 반지도 준비했고 고백할 장소도 정해놨어요."
"어디에서 할 건데?"
"뒷산에 해국이 피는 들이 있어요, 지금쯤 다 폈을 거예요. 그곳에서 고백하려고요."
김창욱 대장이 따듯하게 웃어주었다.
"그래, 잘해봐라."
석이 배시시 웃었다.
"네, 꼭 성공할 거예요."
석이 자리에서 일어나 의자를 넣었다.

"그럼, 안녕히 계세요."

김창욱 대장이 고개를 끄덕이며 인사했다. 석은 기분이 좋아 보이는 얼굴로 회의실 밖으로 나갔다. 김창욱 대장은 입꼬리를 씨익 올리며 창문을 보았다. 창문에는 어디에서 온 것인지 모를 꽃잎들이 바람에 날리고 있었다. 김창욱 대장은 암살 계획을 쓴 종이를 다시 보았다. 김창욱 대장은 어쩌면 이번 작전이 자신의 마지막 임무일지도 모른다고 생각했다. 폭탄을 준비하다 재수 없게 이종석을 만나면 자폭을 해야 하기 때문이다. 하지만 김창욱 대장은 사색에 잠겨 있을 시간이 없었다. 어서 봄을 느끼며 남은 시간들을 최대한 행복하게 만들어야 했다. '죽을지도 모른다.'라는 것이지 '죽을 것이다.'가 아니었기에 지금 당장은 다 부질없는 생각이다. 김창욱 대장도 몸을 일으켜 세우며 모자를 쓰고 회의실을 나갔다.

*

거리를 걷던 김창욱 대장은 가장 먼저 서점으로 갔다.
띠링-
오늘은 웬일로 앞에 향심 대신에 원창이 앉아 있었다. 원창이 김창욱 대장을 보자 가볍게 웃었다.
"오셨습니까?"
김창욱 대장이 앞에 있는 의자에 자연스레 앉았다.
"네, 왔습니다."
원창이 어색한 미소를 지으며 서랍을 열쇠로 열었다.

철컥-

원창이 흰 봉투에 담긴 돈을 주었다.

"얼마 담지 못했습니다. 저희 서점 쪽 사정도 좋지 않아서요. 내년에는 못 드릴 것 같아서요. 그냥 이번에 몰아서 내년 것까지 드리겠습니다."

김창욱 대장은 더 다정하게 말했다.

"이해합니다. 이 정도도 많습니다."

서점 안쪽에서 문이 열리더니 알바도가 빠져나왔다.

"Hey! 창욱. 왔서?"

김창욱 대장이 손을 흔들었다. 알바도가 원창의 옆에 앉았다. 원창이 숨을 들이켰다.

"한데, 여기는 어쩐 일로 먼저 찾아오셨습니까?"

김창욱 대장이 창문을 보았다. 까치 한 마리가 향나무의 나뭇가지에 앉아 있었다.

"얼굴들 한 번씩 보고 싶어서요."

문이 열리고 광수가 나왔다.

"아이고, 성님 오셨습니까?"

"응."

광수가 반가운 얼굴로 호들갑을 떨려 하자 원창이 들고 있던 원고를 광수의 가슴에 붙이고 눈빛을 보냈다. 당장 들어가서 하라는 뜻이었다. 광수가 눈을 위로 굴리며 들어갔다.

"성님, 다음에 봬유."

김창욱 대장이 고개를 연신 끄덕였다. 알바도가 평소와 다르게 꾸민듯한 김창욱 대장을 보고 신기하다는 듯이 말했다.

"오늘은 웬일로 꾸몄어?"

김창욱 대장이 옷을 보았다. 평소에는 아무렇게나 입고 다니는 김창욱 대장이 오늘은 어쩐 일인지 멀끔한 정장을 입었다. 원창이야 평소에도 완벽히 갖추어 입고 알바도는 워낙 멋을 잘 부려서 그러려니 하지만 김창욱 대장이 이렇게 빼입는다는 것은 분명히 무언가가 있다. 알바도가 박수를 치며 말했다.

"아, 너 고백하려고 그래?"

알바도의 말에 원창의 웃음이 터졌다. 김창욱 대장이 천장을 보았다.

"아니야, 그냥 나도 한번 꾸며봤다."

원창이 안경을 벗었다가 다시 썼다. 원창은 그저께 안경을 바꾸었다. 김창욱 대장이 원창의 변화를 눈치채고 말했다.

"안경, 바꾸셨네요."

원창이 고개를 작게 끄덕였다.

"예, 너무 낡았었어요."

김창욱 대장은 알바도를 보더니 머리카락을 가리켰다.

"잘랐네, 머리."

알바도가 매우 놀랐다. 남이 변하든 말든 상관을 하지 않는 김창욱 대장이 누군가를 신경 써서 봐주다니, 있을 수 없는 일이다. 김창욱 대장이 자리에서 일어났다.

"이만 가보겠습니다."

김창욱 대장이 받았던 흰 봉투를 원창에게 다시 주었다.

"원래 받아야 할 날은 1년 뒤입니다."

1년 뒤는 김창욱 대장의 중대한 임무 날이었다. 김창욱 대장은 만일 자신이 죽게 된다면 독립자금을 주지 말라는 뜻으로 말한 것이었다. 알바도와 원창은 직감적으로 김창욱 대장의 생각을 읽었다. 원창이 김창욱 대장의 손을 잡았다.

"잘, 하십시오."

알바도가 김창욱 대장의 어깨를 두드렸다.

"그래, 잘해."

김창욱 대장이 밝게 웃어주고 서점 밖으로 나갔다.

띠링-

원창은 김창욱 대장이 저렇게 밝게 웃는 것을 보지 못했기에 한참을 문을 보았다. 알바도가 원창의 눈앞에 손을 흔들었다. 원창은 김창욱 대장이 나간 문을 뚫어져라 보았다. 알바도가 날리는 꽃을 보고 말했다.

"봄인데."

*

영식은 검은 코트를 입고 아주 멋지게 꾸몄다. 영식이 먼 길을 걸어 도착한 곳은 형무소였다. 형무소는 봄이지만 삭막하기 그지없었다. 봄바람이 어째서인지 너무도 따갑게 느껴졌다. 영식이 면회장으로 들어가 앉았다.

툭-

의자는 딱딱하고 분위기는 봄이라 치기에는 겨울 같았다. 영식은 손에는 개나리꽃이 들려 있었다. 면회실인데도 영식의 귀에는 형무소의 일본인들이 고문을 하는 외마디 비명 소리가 울려 퍼지는 것 같았다.

철컹-

그때 문이 열리고 멀리서 한 여자가 나오자 영식이 저절로 일어서 보았다. 영주였다. 영주의 얼굴은 오른쪽 눈이 부어 있고 이곳저곳에는 딱지가 앉았다. 형무소에 잡혀간 영주의 상황은 말이 아니었다. 영주가 제대로 걷지 못하자 방망이를 들고 있는 일본 관리자가 똑바로 걸으라며 영주의 다리를 툭하고 성의없이 건드렸다.

영주가 힘겹게 걸어 겨우겨우 의자에 앉았다. 영주는 아플 법도 하지만 영식을 보고 어김없이 웃었다.

"오빠, 잘 지냈어?"

영식의 눈시울이 붉어졌다. 영식이 애써 눈물을 삼키며 미소 지었다.

"어, 많이 아파?"

영주가 손을 휘저었다. 영주는 눈을 아래로 내리깔았다.

"아니, 나는 나중에 나갈 거니까 괜찮아."

영식이 손에 쥐고 있던 개나리를 꺼내어 영주에게 보여주었다. 노란색의 개나리가 회색빛 형무소에서 유일하게 색을 가지고 있었다. 영주가 좋아하며 말했다.

"개나리야? 예쁘다."

영식이 개나리를 유리창에 가까이 붙여 보여주었다. 영주가 손을 살짝 대어보았다. 영주의 손은 피로 떨려 있었다. 영식이 영주의 얼굴을 찬찬히 살펴보았다. 영주가 영식을 보며 말했다.

"오빠, 나는 나중에 꼭 나갈 거니까 기다려. 시도 계속 쓰고."

영식이 영주의 잔소리와 걱정에 그나마 안도했다. 한편으로는 속상했다. 온갖 모진 고문들을 다 받고서도 밝음을 유지하는 영주가 너무나도 처절하고 애틋했다. 그때 감시하던 일본 교도관이 벽을 쳤다.

탕-

탕-

면회가 끝난다는 신호였다. 영식과 영주에게는 아주 짧은 시간이었다. 몇 마디 나누지도 못했는데 벌써 끝난다니, 슬펐다. 계속 같이 있고 싶었지만 영주가 먼저 자리에서 일어났다.

"내 가볼게. 잘 지내라."

영주는 뒤도 돌아보지 않고 돌아섰다. 또 언제 만날지 몰랐다. 영주는 영식의 얼굴을 보면 돌아가지 못할 것 같아서 바로 돌아선 것이었다.

터벅-

터벅-

힘없는 소리를 내며 걷는 영주는 계속해서 절뚝거리며 옥으로 들어갔다. 영식은 영주가 떠난 자리에 한참 동안 앉아 있었다. 개나리가 색을 잃어가는 느낌이 들었다. 영식은 희망을 가지고 생각을 해왔다. 언젠가는 만날 수 있겠지. 하지만 오늘 더 상태가 안 좋아진 영주를 보니 현실감이 느껴졌다. 정말 다시 만날 수 있을까? 영식은 희망찬 생각만 하려 노력했다. 영식은 의자를 넣고 형무소를 나왔다. 영식은 형무소 밖으로 나와 개나리 잎을 조금 뜯어 강하게 부는 바람에 날려 보내었다. 영식은 주위를 넓게 둘러보았다. 아무리 봐도 좋게 보이지 않는 형무소를 영식을 아주 빠른 걸음으로 빠져나왔다. 영식의 눈에는 약간의 분노, 슬픔 등이 어려 있었다. 영식에게는 아직 봄이 오지 않았다. 영식은 어서 산으로 올라가 개울 옆에 앉아 시를 쓰고 싶었다. 요즘 영식에게 생긴 취미이다. 영식의 코트 안쪽에는 종이와 만년필이 있었다. 만년필은 영주가 형무소에 들어가기 전 마지막으로 선물해 준 것이다.

*

　석은 산으로 먼저 올라와 굉장히 긴장하고 있다. 안절부절못하며 반지를 만지작거렸다. 옆에서 폭포수 소리가 잔잔하게 들려왔다. 은은한 해국의 향이 넓게 퍼져 있었다. 영식이 부스럭거리며 다가오자 석이 기대한 눈빛으로 쳐다보았다가 금세 실망한 듯 고개를 옆으로 돌렸다. 영식이 어이없다는 듯 석의 어깨를 잡았다.
　"하이고, 네가 여길 왜 왔어?"
　평소 학교 아니면 막사에만 있던 석이 산에 올랐다는 것은 분명히 무슨 일이 있는 것이었다. 눈치 빠른 영식이 반지를 들고 있는 석을 놀리듯 말했다.
　"에헤이, 너 고백하러 왔지? 너 화인이한테 고백하려는 거 아냐?"
　석이 얼굴을 붉혔다. 아무리 묵묵하고 감정표현을 하지 않는 석에게도 이런 말들은 낯간지러운가 보다.

"응, 맞아."

영식은 바윗돌에 앉아 종이에 글을 썼다. 석이 옆에 앉았다. 영식은 전문가처럼 각을 잡고 글을 썼다. 시의 분위기는 밝았지만 내용은 우중충했다. 석은 이렇게 복잡해서 해석을 해야 이해가 되는 시를 자주 쓴다. 석이 조금 웃었다.

"잘 쓰네. 시집은 언제 나와?"

영식이 날짜를 세었다.

"한… 내년 정도 되지 않겠나?"

"그래? 기대되네."

영식이 석의 반지를 유심히 보았다. 반지에는 은색으로 꽃 모양이 정 가운데에 박혀 있었다. 화인과 어울리는 모양이었다.

"나중에 걔 오면 비켜줄게."

석이 고개를 저었다.

"아냐, 그냥 있어줘. 무서워."

'무섭다.'는 말에 영식이 크게 웃었다.

"하핫! 야 왜 무서운데?"

석이 앞머리를 계속해서 정돈했다.

"거절당할 거 같아."

영식은 화인이 무조건 받아줄 것이라는 것을 이미 알고 있었지만 석의 반응이 재미있어서 그냥 놔두었다. 정말 재밌었다. 항상 완벽한 석만 봐왔던 영식은 이러한 석의 모습을 보아서 감회가 꽤 새로웠다. 그때 화인이 오는 소리가 들렸고 영식이 뒤로 도망쳤다.

"잘해라!"

"야, 야!"

화인이 부드럽게 웃으며 석에게 다가왔다. 화인의 연한 분홍빛이 봄햇살에 비추어서 더 따스한 느낌이었다.

"나 왔어."

휘잉-

바람이 불자 해국이 오른쪽으로 치우쳤다. 분위기가 딱 적당하다고 생각한 석이 돌직구로 화인이 손에 반지를 쥐여주었다. 영식은 웃음이 나오려고 했다. 고백할 때 말을 먼저하고 반지를 끼워주는 것이 보통 사람들이지만 이런 것이 처음이었던 석은 반지를 끼워주는 것도 아니고 손에 쥐여주었다.

"나랑 사귀자, 예전부터 좋아했어."

화인이 결국 참지 못하고 웃었다. 화인은 반지를 살펴보고 조심히 꼈다. 화인의 예상치 못한 반응에 석이 잠시 당황했다. 화인이 석의 표정을 보았다. 석은 살짝 건드리기만 해도 터져버릴 것 같이 귀가 붉어져 있었다. 화인이 해국들을 둘러보았다.

"지금 이 말하려고 여기까지 온 거야?"

석이 고개를 얕게 끄덕였다. 거절당하면 어쩌지, 하는 생각들이 석의 머리를 가득히 채웠다. 화인이 활짝 웃었다.

"이제 말하니. 좋아."

석이 그제서야 긴장을 내려놓았다. 화인이 영식이 도망친 숲을 가리켰다.

"너도 나와."

영식이 뻘쭘하게 나왔다. 화인이 석의 뺨에 작게 입을 맞췄다. 석이 당혹스러워하며 화인을 보았다. 화인이 반지를 낀 검지 손가락으로 입을 가렸다. 화인도 살짝 부끄러운 듯 빠르게 산을 내려갔다.

"나중에 보자."

석이 넋을 놓고 화인의 뒷모습을 보았다. 영식이 입을 가리고 석을 보았다. 석은 영혼이 나간 듯 정면만 응시하고 있었다.

"뭔데?"

석이 영식에게로 고개를 돌렸다.

"성공이지?"

영식이 맞다는 표현을 하자 석이 박수를 치며 좋아했다. 석의 5년 사랑이 드디어 결실을 맺었다. 옆에서 보고 있던 영식은 답답했던 마음이 풀어진 듯 석을 축하해 주었다. 석의 얼굴에는 웃음이 떠나가지 않고 있었다. 영식이 석의 어깨를 툭툭 쳤다.

"왜?"

"너가 화인이 좋아하는 거 독립단 사람들은 다 알고 있었다. 내가 너 기절할 거 같아서 말 안 한 거다. 다 안다, 다 알아. 그리고 그렇게 티를 내고 다니는데 모를 수가 있어? 화인이 걔도 몰라서 가만히 있는 게 아니다, 네가 먼저 오기를 기다린 거지. 알았어? 잘해라."

영식은 하고 싶었던 말을 다 풀고 후련하다는 듯 공책을 접고 산을 내려갔다.

"빨리 와라."

석의 얼굴이 다시 붉어졌다. 석이 영식을 따라가며 계속 질문을 던졌다.

"알았다고? 다?"

"어, 알았다."

석이 한숨을 쉬었다. 그래도 기분은 좋았다. 앞으로 화인과 어떤 일을 할지 궁금했다. 석은 화인도 자신을 좋아한다는 사실을 알자 웃음이 절로 났다. 오늘 석의 기분은 최상위를 유지할 것이다. 계속해서 웃는 석을 본 영식은 웃긴 듯 산을 내려가는 내내 웃음을 참았다. 석의 기분은 하늘을 나는 꽃잎 같았다.

*

정우와 현중은 연무장에서 훈련을 하고 있었다. 사격 연습을 하면서 난 땀이 바람에 식혀졌다. 정우가 총을 닦으며 바닥에 앉았다. 현중도 물을 벌컥벌컥 마셨다.

"야, 우리 이런 날에 훈련만 할 거야?"

정우는 맑은 하늘을 보았다. 하늘은 정말 맑았다. 흰 구름이 조금 퍼져 있었다. 몽글몽글한 기분이 들었다.

"그러게, 이런 날에 어딜 가니."

현중이 무언가를 고민하더니 총을 내리고 정우의 앞에 쪼그려 앉았다.

"우리 카페 갈래?"

정우가 눈을 빛내며 총을 바닥에 내려놓았다. 정우와 현중은 단 한 번도 카페에 가서 커피를 마셔본 적이 없기에 궁금했다. 아, 가보긴 했지만 '음식'류를 먹었지 '음료'를 마시진 못했다. 김창욱 대장이 마시지 말라 해서 마셔보지 못한 유일한 것, 커피 즉 가베였다. 현중과 정우는 알바도가 커피를 마시는 것을 보고 마셔보려 했지만 손이 닿기도 전에 김창욱 대장에게 압수당했다. 카페에 가려 해도 김창욱 대장이 유흥업소라 하여 가지 못하게 했다. 하지만 알바도에게 들은 카페는 조금 다른 곳이었다. 원래, 하지 말라 하면 더 해보고 싶은 법. 현중과 정우는 큰맘을 먹고 카페에 가기로 했다.

"가자!"

김창욱 대장 몰래 나가는 것이기에 더 재미있었다. 질풍노도의 15살들에게는 가장 재미있는 일이었다. 조금의 일탈과도 비슷했다. 정우와 현중은 건전하게 커피를 마시는 카페를 간다 하면 왜 이상한 눈빛으로 보는지 이해가 가지 않았다. 정우와 현중은 기대되는 눈빛으로 서로를 바라보았다. 마침 김창욱 대장도 나갔겠다, 절호의 기회였다!

카페에 도착한 정우와 현중은 꽤 어른스럽게 꾸몄다. 경성에서 가장 멋있을 것 같았다. 어른스러운 갈색 정장을 입고 카페에 앉아 커피를 받은 정우와 현중은 자리를 잡고 앉았다. 커피에서는 모락모락 김이 나고 있었다. 정우가 커피의 진한 갈색 물을 보며 말했다.

"이게 가베야?"

현중이 고개를 끄덕였다.

"응, 가베당. 신기하다, 무슨 맛일까?"

정우와 현중이 눈빛을 교환하고 가베당을 마셨다. 정우가 눈썹을 찡그렸다.

"윽! 뭐야?"

현중도 눈을 찌푸렸다.

"으악! 써."

가베당은 아주 썼다. 쓴맛이 혀를 감돌았다. 정우와 현중이 생각한 맛과는 너무나도 달랐다. 정우가 정신을 차리고 주위를 둘러보았다. 진한 커피향이 카페 안을 가득 채웠다. 현중의 뒤에 앉아 다리를 꼬고 신문을 보며 커피를 마시는 아저씨는 그냥 물처럼 마셨다. 현중이 주변 눈치를 보며 말했다.

"이걸 어떻게 마셔?"

정우가 동의한다는 듯 말했다.

"몰라, 뭐야…."

주변에는 가베만 마시는 것이 아니라 양주를 마시기도 했다. 노란 맥주나 맑은 소주를 마시며 이야기하는 어른들, 일본 헌병들도 있었다. 나무문으로 된 방 안에서는 이상한 소리도 났다. 아직 오후 4시인데도 바깥은 양지 같았고 방 안은 음지 같았다. 정우와 현중이 조용하게 눈치를 보던 중 정우가 현중의 팔을 치며 고개를 내리깔고 모자를 썼다. 현중이 옆을 보더니 모자를 쓰고 정우와 같이 밑을 보았다. 옆에는, 김창욱 대장이 커피를 들고 있었다. 하지만 독립단원과 의열단, 의병들끼리 알아볼 수 있게 다 같이 맞춘 넥타이를 숨길 수 없었다. 김창욱 대장이 탁자에 커피를 현중과 정우의 탁자에 놓으며 중간 의자에 앉아 낮은 목소리로 말했다.

"안녕하십니까, 여기는 어쩐 일로 오셨습니까? 보아하니 모자도 그렇고 저희 쪽인데…."

김창욱 대장이 양손을 들더니 정우와 현중의 뒷머리를 쳤다.

퍽-

정우와 현중이 동시에 말했다.

"아! 아파요!"

김창욱 대장이 모자를 벗겼다. 머리카락이 모자를 벗기는 바람에 날렸다. 김창욱 대장은 분명 웃고 있었지만 어딘지 모르게 무서운 표정을 지었다.

"누가 여기 오라든?"

정우와 현중이 깜짝 놀라서 몸을 움츠렸다.

"죄송합니다!"

김창욱 대장은 자연스럽게 커피를 마셨다. 그 순간 정우와 현중의 머릿속에는 단 한 가지 생각만이 맴돌았다.

'망했다, 들켰다.'

김창욱 대장이 생각보다 부드러운 얼굴로 풀어지며 손짓을 했다.

"괜찮아, 마셔."

김창욱 대장의 의외로 커피를 허용해 주었다. 정말 마셔도 되는 건지 의심하고 있는 정우와 현중에게 김창욱 대장이 장난스럽게 웃었다.

"마셔, 이미 마신 걸 어떻게 버릴 수도 없고. 대신 이번이 마지막이야. 어른 돼서 와."

정우와 현중이 해맑게 웃었다.

"감사합니다!"

김창욱 대장은 쓰다고 불평하면서도 신기해 계속 마시는 정우와 현중은 귀엽다는 듯이 보며 코웃음 쳤다. 카페 창밖에는 봄이라는 것을 대놓고 알려주듯 꽃잎이 바람에 휘날리고 있었다. 하지만 김창욱 대장의 마음은 바람에 휘날리는 꽃잎이 아닌 바람에 찢겨지고 있는 꽃잎이었다. 김창욱 대장은 쓴 커피를 입에 조금 머금고 향을 느꼈다.

'괜찮군.'

저녁 6시, 재미있게 놀다 온 김창욱 대장과 정우와 현중은 막사로 가는 산을 걸었다. 정우와 현중의 손에는 여러 가지 강정 종류가 들려 있었다. 정우의 오른쪽 손에는 엿강정이 든 보자기가 있었다. 김창욱 대장이 정우와 현중의 머리카락을 흩트렸다. 정우가 머리를 털었다.

"으아! 대장님!"

현중이 고개를 뒤로 젖히며 장난스럽게 웃었다.

"대장님! 힘 조절!"

김창욱 대장이 큭큭거리며 웃었다. 아이들의 반응이 재미있나 보다. 봄이어서 그런지 저녁이 되어도 춥지 않았다. 바람이 따스해 겨울처럼 떨면서 갈 필요가 없었다. 왜인지 몸도 더 가벼워진 느낌이었다. 아이들의 발걸음은 가벼웠다. 정우와 현중에게는 오늘 하루도 보람찼다. 잔디가 깔린 연무장이 보였다. 연무장에서는 누구인지 모를 두 형체가 서 있었다. 총성이 울리고 새들이 날아갔다. 그들은 연무장에 서 있는 사람 두 명이 누구인지 바로 눈치챘다. 유리와 화영이였다. 유리가 진지하게 총을 쏘고 화영도 권총으로 헌병 옷을 입혀놓은 허수아비를 쐈다. 금세 너덜너덜해졌다. 유리는 10발 중 10발을 전부 헌병의 가슴에 정확히 맞추었다. 김창욱 대장과 정우, 현중이 뒤에서 박수를 쳤다. 화인도 고개를 끄덕이며 감탄했다.

"어떻게 했어?"

김창욱 대장이 허수아비의 옷에 묻은 먼지를 털었다. 허수아비의 지푸라기가 군데군데 빠져나와 있었다. 유리가 만족한 듯 환하게 미소 지었다. 나비가 얼굴 위에 앉은듯한 우아한 미소였다. 유리가 잔머리를 뒤로 넘겼다. 부드러운 머리카락이 얇은 손가락을 거슬렀다. 김창욱 대장이 허수아비를 뽑았다가 다시 꽂고 발로 흙을 덮었다.

툭-

툭-

얼마나 많이 정확하게 맞추었는지 고정하고 있는 나무토막이 흔들릴 정도였다. 김창욱 대장은 4년 전부터 쓰던 나무토막이 낡았다는 것을 새삼스럽게 깨달았다. 새로운 나무로 바꾸어야 할 것 같았다. 현중이 권총의 조준경 위치를 바로잡아서 화영에게 주었다.

"넌…. 총은 못 쓰겠다."

화인이 해맑게 웃었다. 유리가 옆에서 조용히 고개를 끄덕였다. 정우가 유리의 장총을 유심히 살펴보았다.

"잘 쏘네."

유리는 정우의 칭찬에 기분이 더 좋아졌다. 김창욱 대장이 바닥에 나동그라진 탄피를 한 개 주웠다. 노란색 탄피가 노을이 져가는 햇빛에 반사되어 오묘하게 따듯한 색으로 빛났다. 괜스레 기분이 묘해졌다. 김창욱 대장은 탄피를 멀리 던졌다. 탄피는 하늘의 수평선 너머로 가는듯했다. 완벽한 포물선이었다. 김창욱 대장은 노을이 지는 하늘을 보았다. 주홍빛과 노란빛, 붉게 타는 노을이 어렸을 때 마당을 쓸며 일을 하던 부잣집 담장 너머로 보이던 노을과 똑같았다. 아이들은 총기를 정리하며 이야기를 나누고 있었다. 무엇을 이야기하나 가만히 들어보니, 주제는 다름 아닌 진짜 봄이 온다면 이였다. 계절의 봄이 아닌 진정한 봄, 광복이었다. 현중은 제과점을 열고 싶다 했고 화영은 옷을 만들고 싶다 하고 있었다. 정우는 간식을 만들고 싶다 하고 유리는 정원을 만들어 여러 꽃과 나비들을 연구하고 싶다고 했다. 각자의 소박한 꿈들을 즐겁게 이야기하는 아이들을 보는 김창욱 대장은 마음 한구석이 시려왔다. 김창욱 대장은 자신의 옛날 꿈을 생각해 보았다.

'자유로워지는 것.'

김창욱 대장은 옛날 어느 부잣집에서 마당을 쓸 때면 높은 담장을 넘어 자유롭게 날아다니고 싶다는 생각을 자주 했다. 김창욱 대장은 아직까지 '자유'를 찾지 못했다. 김창욱 대장이 독립운동을 하는 목적은 분명했다.

첫 번째, 자유롭고 평화로운 조국을 후대에 물려주기 위해.

두 번째, 사랑하는 사람들을 보호하기 위해.

세 번째, 자유라는 것을 찾기 위해.

그 세 가지가 다였다. 이 명분들이 김창욱 대장의 인생을 종잇조각처럼 이어 붙이고 있었다. 김창욱 대장이 아이들의 옆에 앉았다.

"껴도 되겠니?"

아이들이 동시에 고개를 끄덕였다. 화영이 말했다.

"대장님은 꿈이 뭐예요?"

김창욱 대장은 많은 색들이 섞인 눈빛으로 말했다.

"우리 독립단원들 잘 사는 거 보는 게 꿈이야. 서로 각자 하고 싶던 일들을 이루고 행복하게 사는 모습을 보는 거."

아이들은 김창욱 대장의 말에 감동을 받은 듯 눈을 반짝였다. 아이들이 입을 모아 말했다.

"꼭 행복하게 살게요!"

"충성!"

김창욱 대장은 실없게 웃었다. 아이들은 그 뒤로도 한 시간 동안 연무장에서 떠들며 김창욱 대장에 관한 거의 모든 개인 정보들을 물었고 김창욱 대장은 마지막일 수도 있는 이 시간에 성실히 대답해 주었다. 붉은 노을이 타는 하늘은 조금씩 어두워지고 밤이 되었다. 노을 타는 시간에 일렁이던 노란 빛은 넓게 분산되어 하늘에 떠 있는 작은 별들이 된 것 같았다.

1년 뒤.

봄날이
간다

1932년, 2월 24일 11시 정각, 경성 제일 친일파 '이종석'의 승진 축하 연회장.

하얀 눈이 비처럼 쏟아져 걸을 때마다 뽀득뽀득 소리가 나는 날, 김창욱 대장은 멋진 정장 위에 코트를 입고 연회장에 잠입했다. 연회장은 경성 제일 부자답게 으리으리하고 거대했다. 인정하긴 싫지만 눈도 쌓여 꽤 낭만적인 분위기였다. 독립단원들 네 명과 대한 의열단 네 명이 작전에 투입되었다. 김창욱 대장은 의열단의 대장인 표창원과 만나려 연회장 2층 복도 끝으로 갔다. 과연 부자 친일파답게 연회장은 반질반질하고 위에 달린 투명한 샹들리에가 눈에 띄게 아름답고 서양식 분위기를 내었다. 김창욱 대장의 손에는 검은 가방이 들려 있었다. 김창욱 대장은 탁한 녹색 넥타이를 매고 있는 사람들을 찾았다. 김창욱 대장이 두리번거리던 그때 표창원 대장이 의열단 단원들과 함께 나타났다. 표창원의 옷은 너무나도 후줄근했다. 어떻게 의심받지 않고 들어왔는지 의문이 들 정도였다.

"안녕하세요, 대장님."

"예, 어서 오십쇼. 오시느라 고생하셨습니다."

표창원 대장이 아이같이 해맑게 웃는 얼굴로 인사를 건넸다. 40 중반 정도로 보이는 표창원 대장은 예의 바른 말투로 이야기했다. 뒤에 있는 의열단 단원들 세 명도 밝게 웃는 얼굴을 하고 있었다. 김창욱 대장은 뒤에서 작전을 다시 확인하고 있던 독립단원들을 불렀다. 독립단원들 세 명은 석과 화인, 영식이었다. 독립단원들이 고개를 살짝 숙이며 인사했다. 의열단 단원들도 살짝 인사했다. 낯을 가리는 느낌이었다. 표창원 대장은 의열단 단원들을 앞으로 밀어냈다.

"인사해라."

의열단 단원들은 19살로 보이는 남학생 두 명과 20살로 보이는 여학생 한 명이었다. 김창욱 대장이 품에 숨겨두었던 폭탄을 만지작거리더니 살짝 들어 보였다.

"준비는 다 됐습니다."

표창원 대장이 지도를 꺼내려다 뒤에서 누군가의 기척이 느껴지자 곁눈질로 보았다. 일본 헌병들이었다. 표창원 대장이 김창욱 대장의 귀에 대고 속삭였다.

"저희, 테라스로 가서 얘기하죠."

김창욱 대장도 주변을 파악하고 고개를 끄덕였다.

"가시죠."

"시간 쪼매 있으니께, 동태를 살펴봅시다. 너희들은 혼자 다니지 말고 두세 명씩 뭉쳐 다녀야 해. 알았어?"

의열단 아이들과 독립단원 모두가 고개를 끄덕였다.

"네."

표창원 대장이 웃는 얼굴로 테라스 쪽으로 갔다. 표창원 대장이 테라스 문을 열었다. 김창욱 대장은 테라스 안으로 들어갔다. 표창원 대장은 이런 연회장을 많이 와본 듯이 자연스럽게 벽 쪽에 자리를 잡았다. 지배인으로 보이는 남성이 와서 일본어로 무언가를 말했다.

"잠시 신분 확인을 하겠습니다."

표창원 대장이 초대장을 꺼내어 보여주었다.

"여기 있습니다."

지배인이 확인하며 고개를 숙였다.

"좋은 시간 보내십시오. 연회 시작 시간은 11시 40분입니다."

표창원 대장이 인자한 표정을 지었다.

"네."

"이제 마지막으로 계획을 정리할까요?"

"아, 네."

김창욱 대장은 표창원 대장에게 말했다.

"정원에 설치된 폭탄을 먼저 터트려 주시고 소동을 일으켜 틈을 만들어 주시면 제가 단상 위로 폭탄을 던지겠습니다."

표창원 대장이 1층을 내려다보았다. 1층 무대에는 단상이 하나 있고 그 위에는 샹들리에가 있었다. 구조적으로는 나름 나쁘지 않았다.

표창원 대장은 무언가 걸리는 것이 있었다. 연회장을 들어오면서 보았던 헌병들과 호위대가 가만히 있지 않을 것이다. 설령 들키지 않고 폭탄을 던지는 데까지 성공하더라도 김창욱 대장은 무사히 빠져나가지 못할 것이었다.

표창원 대장이 수염을 살짝 만졌다.

"석이라는 아이가 이종석 대좌의 아들이지요?"

"예, 맞습니다."

김창욱 대장이 자세를 주머니를 뒤져 담배를 꺼냈다. 주변에서 담배를 피우고 있자 김창욱 대장도 한 대 피우기 시작했다. 탁한 냄새가 퍼졌다. 김창욱 대장은 아무 말 없이 그저 담배를 태웠다. 재를 털 때마다 밝게 타고 있는 불씨가 난간에 쌓여 있는 눈에 덮이면서 바로 사그라들었다.

치익-

김창욱 대장은 피우고 남은 담배 한 갑을 표창원 대장에게 건네주었다.

"받아주시겠습니까?"

"예….'"

"저희한테도 봄이 오겠죠?"

"네, 꼭 올 겁니다."

김창욱 대장이 가지고 있던 시계를 펼쳤다. 오래되어 낡은 시계였다. 김창욱 대장이 시계를 열어 윗부분에 꽂아져 있는 사진을 보여주었다. 그러고선 이종석에 대하여 말해주었다.

"이종석은, 원래 독립단원 중 한 명이었습니다."

표창원 대장이 금시초문이라는 표정으로 속삭이듯 말했다.

"예…? 독립단원이요?"

김창욱 대장이 덤덤하게 이야기를 풀어나갔다. 표창원 대장은 멍한 얼굴로 이야기를 들었다.

"동지였습니다. 저희 독립단이 한 번 불탔다는 이야기는 들어보셨죠?"

표창원 대장이 천천히 기억을 떠올렸다. 표창원 대장은 지난번 아이들에게 들었던 이야기를 떠올렸다. 김창욱 대장이 먼 산을 보며 이야기했다.

"독립단 기지가 불에 타서 지금 산으로 옮긴 겁니다. 이유가…. 이종석이 배반하고 정보를 빼돌려서 그런 거였어요. 지금 이종석이 경성에서 제일가는 부자인 이유도 정보를 빼돌린 대가로 받은 '부'죠. 그 때문에 독립단원들도 많이 떠나갔어요."

표창원 대장은 묵묵히 고개만 끄덕였다. 김창욱 대장을 포함한 초창기 단원들은 지금 40 후반이 되었다. 그들은 원래 20명이었지만 그 사건 이후로 김창욱 대장을 포함한 아홉 명밖에 남지 않았다. 김창욱 대장은 오늘 자신의 몸을 바쳐 이종석을 암살하고 동료들의 의지를 이어가려는 것이었다. 오늘이 아니면 언제 또 이종석에게 접근을 할 수 있을까? 김창욱 대장이 시계를 열어보았다. 시계는 7년 전 깨진 모양 그대로였다. 김창욱 대장은 손바닥으로 시계를 접었다.

11시 39분, 나팔 소리가 울렸다.

"다녀왔습니다. 별 이상은 없습니다."

모든 사람이 일어서서 1층 연설장으로 내려가자 서로들 눈을 맞추며 내려가자는 손짓을 했다. 김창욱 대장은 **빠른** 걸음으로 먼저 내려갔다. 표창원 대장은 내려가다 말고 다시 뒤돌아 김창욱 대장이 놔두고 간 시계를 챙겼다. 작전이 끝나면 돌려줄 것이다.

김창욱 대장이 10년 전 봄부터 계획했던 암살 계획이 실현되는 날이었다.

이제는, 번복할 수 없었다.

*

빠밤, 빠밤-

"자랑스러운 대일본제국을 위하여 영광의 축…."

듣기 거북한 일본의 군가였다. 이종석은 위에서 흐뭇한 표정으로 아래를 내려다보고 있었다. 단원들과 표창원 대장은 곳곳에 잠입해 있었다. 김창욱 대장은 품에 있는 폭탄을 꽉 잡으며 독립단 초창기 기지가 불에 타던 날을 떠올렸다.

*

어느 봄.

봄, 따듯하게 바람이 날리던 날, 독립단 기지에는 불이 붙었고 일본군들의 야비하고 잔인한 웃음소리가 울려 퍼졌다. 일본군들은 불에 탄 동지들의 시신을 딱딱한 구두로 짓밟으며 사진을 찍어 댔다. 총으로 쿡쿡 찌르고 시신을 재미있다는 듯이 건드렸다. 이것이 마치 하나의 놀이라도 되는 것처럼. 김창욱 대장은 아직 죄책감에서 빠져나오지 못했다. 10년이 더 지났지만, 동료들을 두고 혼자 기지를 나와 동네를 돌며 정보를 얻었던 것이 후회되었다. 나가기 싫다는 동료들을 억지로라도 끌고 나와 같이 걸었어야 했다. 빠져나왔던 다른 아홉 명의 동지들은 다리를 잃거나 팔을 움직일 수 없게 되었으며 실어증에 걸린 사람들도 있었다. 김창욱 대장은 모든 걸 포기하고 싶었지만 독립을 향한 의지 하나만으로 버텨냈다. 지금까지. 희생한 동지들 덕분에 여러 중요 문서와 돈은 지킬 수 있었다. 김창욱 대장은 그 뒤로 지금의 경성 잔화 마을 뒤에 있는 산에 기지를 다시 세우고 더 활발한 활동을 이어나가고 있었던 것이다. 다른 의열단과 협력하며 더 적극적으로 독립자금을 모았다. 힘듦을 느끼지 않았다. 보람찬 일이라고 생각하며 열심히 일했다.

*

"대일본제국의 무한한 영광을 위하여! 이소모토 총대장님께 경례!"
일본 제복을 입은 일본군들이 이종석 쪽으로 경례를 했다. 각이 잡혀 있었다. 이종석이 뿌듯한 얼굴로 연설을 시작했다.
"나는 아시아 최강의 대 일본 제국의 일원으로서,"
석은 입술을 깨물었다. 아버지는 당당했다. 일본이라는 나라의 일원이 되어 있었고 일본어로 연설하고 있었다. 석은 아주 어렸을 적까지만 해도 자부심을 지니고 있었다. 아버지처럼 되고 싶었다. 멋지게 독립운동을 하는 사람, 아버지가 우상이었다. 석은 이종석을 하염없이 바라보았다. 석은 어째서 유리가 아버지를 기대하지 말라 했는지 알게 되었다. 기대했던 자신이 초라해 보이고 한심해 보였다. 가슴 한쪽이 아려왔다. 머릿속에서 검은 생각들이 쏟아져 나오고 비애와 비탄이 뒤엉킨 무언가가 속에서 뜨겁게, 끝이 차갑게 올라오는 느낌이었다. 석은 혹여라도 이종석이, 자신의 아버지가 다시 한번 자기를 알아봐 주지 않을까, 하는 생각에 고개를 들어 얼굴을 가리지 못했다. 이미, 2년 전에 이종석을 보았고, 자신을 알아보지 못한다는 것을 알았다. 실망도 했었다. 하지만 계속 실망하면서도 가지고 있던 희망을 놓지 않았다. 놓지 못했다가 맞는 표현이다. 그리고 이제는 거사를 진행할 때였다.

　단상으로 집중된 사람들을 뒤로하고 표창원 대장의 신호에 맞춰 아이들은 일사불란하게 정원으로 빠져나갔다. 그리고 각자 맡은 폭탄의 심지에 불을 붙이고는 그대로 뒷문으로 빠져나갔다.

　펑-
　"폭탄이다!"
　표창원 대장은 있는 힘껏 소리를 지르며 입구로 내달렸다.
　콰광!-
　"어서 도망칩시다!"
　사람들 틈에 섞여 있는 외침은 즉각적인 반응을 일으켰고 순간 사람들은 소리를 지르며 입구 쪽으로 달려갔다.
　콰광!-
　"꺅!"

사람들과 헌병들이 입구쪽에 엉키면서 연회장은 순식간에 아수라장이 되어가고 있었다. 이제 김창욱 대장은 마지막 폭탄을 던져 이종석을 처단할 것이었다. 김창욱 대장은 앞으로 힘껏 달렸다. 뒤엉킨 사람들을 뒤로하고, 이종석을 둘러싸고 있는 헌병들과 보좌관들이 있는 연단을 향해. 그리고, 이종석의 이름을 내뱉으며 숨겨두었던 폭탄을 들고 빠르게 뛰어들었다.

"이종석!"

김창욱 대장은 폭탄을 들어 이종석이 있는 연단을 향해 폭탄을 던졌다. 하지만 폭탄은 터지지 않고 그대로 연단의 위에 나동그라졌다. 김창욱 대장은 무언가 잘못되었음을 알았지만 그대로 연단을 향해 전진했다.

탕!-

*

아이들은 모이기로 한 장소에서 기다리고 있었다. 그중에서도 석이 가장 초조하게 기다렸다. 석은 계속해서 왼손을 쥐었다 폈다 하면서 서성이고 있었다. 그때, 표창원 대장이 도착했다. 석은 김창욱 대장을 찾았다.

"왜, 혼자서 오시는 거예요?"

표창원 대장이 고개를 흔들었다.

아이들의 눈이 커졌다. 이내 고개를 떨구었다. 석은 왼손을 꽉 쥐었다.

*

　막사로 돌아오자 유리가 기다리고 있었다. 산이 끝나는 바로 앞에서 유리는 안절부절못하고 있었다. 이종석을 암살한다는 소식을 어디서 들은 것인지 너무나 초조해 보였다. 석은 차마 유리의 얼굴을 볼 자격이 없다고 생각했다. 석은 고개를 들지 못하고 유리에게 다가갔다. 유리는 의열단과 눈을 맞추었다. 한 명이 부족해 보였다. 눈치가 빠른 유리는 김창욱 대장이 돌아오지 못했다는 것을 알고 고개를 숙여 인사했다.
　"고생하셨습니다."
　유리는 의열단 사람들이 다 지나간 뒤에야 고개를 들었다. 유리는 김창욱 대장이 지난 1년 동안 이상하게 잘 대해주고 조금 따듯해졌다고 생각했다. 불과 어제까지만 해도 광복이 오면 무엇을 할지 신나게 이야기하던 상대가 죽었다니 믿기지 않았다. 유리는 수많은 동료들의 죽음을 겪었지만 김창욱 대장의 죽음은 너무도 충격적이었다. 유리는 눈을 질끈 감았다. 아직도 김창욱 대장의 모습이 눈에 선했다.

*

　다음 날, 아침 6시. 김창욱 대장의 방.
　불편하고 어색한 침묵만이 흘렀다. 석진은 어젯밤, 한참을 울다 끝내 참석하지 않았다. 무거운 분위기에 그 누구도 먼저 입을 열지 않고 있을 때, 이모님이 입을 열었다.

"다들 어젯밤에 소식은 들었지?"

서로들 눈치를 보더니 작게 대답했다.

"…예."

이모님은 무서울 정도로 차분하게 말했다.

"우리는 독립단을 계속 이어나갈 거야. 돈은 걱정 마. 활동도 그대로 계속할 거고, 이견 있는 사람?"

이모님의 말이 끝나자 독립단원들이 전부 침울한 얼굴과 목소리로 작게 대답했다.

"없습니다."

이모님이 작게 한숨을 내쉬었다. 이모님이 까치가 앉은 창밖을 보았다.

"그래, 이만 다들 일하거라. 일정은 변함없다. 단지, 지금 조금 힘들 뿐이야. 고생했다."

독립단원들이 하나둘 인사하고 자리를 떴다. 정우와 현중, 화영이 나가고 화인, 석, 영식이 차례로 나갔다. 유리는 이모님과 마주 보고 앉았다. 모두가 자리를 떠나자 이모님이 가슴을 치며 한탄했다.

"결국, 성공도 못 허고."

그렇다, 어젯밤 이종석은 물에 떨어졌지만 목숨을 잃지 않았다. 살았다. 유리는 이해가 되지 않았다. 죄를 지은 사람은 살고 덕을 쌓은 사람은 죽는 것인가? 내가 옛 책에서 보았던 권선징악은 어디로 사라진 것일까? 이모님의 눈에서 눈물이 흘렀다.

"…고모, 아셨어요? 고모부가 직접 갈 거라는걸?"

이모님은 계속 눈물을 흘리며 고개를 끄덕였다.
"내가 죄인이다. 말렸어야 했다."
유리의 눈은 공허했다. 깊고 어두운 물이 담긴 것 같았다. 유리는 자신의 아버지에게 가장 의지했던 사람을 잃었고 이모님도 자신의 가장 소중한 사람을 잃었다. 유리는 이모님의 어깨를 감싸주고는 자리에서 일어났다.
"고모, 가보겠습니다."
탁-
유리가 방문을 닫고 나가자 고모는 넘치는 감정을 그대로 내보내었다. 물이 넘쳐흐르듯, 눈물도 넘쳐흘렀다.
"아이고, 아이고!"
유리가 문을 닫고 나오자 석이 기다리고 있었다. 석의 눈에서는 전에는 찾아볼 수 없었던 분노가 서려 있었다. 석이 유리를 보자 고개를 숙였다. 유리는 석을 지나치려 했다. 지금은 차마 얼굴을 보지 못할 것 같았다. 유리는 아버지를 죽인다는 중요한 사안을 자신에게 말해주지 않은 것이 가장 화가 났다. 자신에게 말했으면 도와주었을 것이었다. 폭탄을 터뜨리지 않고 이종석이 방으로 갈 때 총으로 사살할 수 있었을 것이라고 생각했다. 하지만 생각의 사이로 가시 달린 검은 장미가 피어났다.
과연 내가 갔다고 계획이 변경되었을까?
그 많은 경비들을 뚫고 암살하는 계획이 더 무모하다고 생각되어 극소수 인원들만 데리고 폭발한 것인데 내 생각이 틀린 것일까?
이런 생각들이 심장을 파고들 때 석이 먼저 유리에게 말했다.

"…미안."

유리는 석의 마음을 충분히 이해했다. 자신도 석과 똑같으니까. 유리는 지금 그 누구보다도 현장에 있던 사람들이 가장 힘들다는 것을 잘 알았기에 아무 말도 하지 않았다. 솔직히, 표창원 대장이 원망스럽기도 했다. 계획을 알았으면 적어도 가족에게는 알려줄 수 있지 않은가? 물론 표창원 대장에게는 아무 잘못이 없다는 걸 알았다. 그럼에도 유리의 마음에는 자잘한 가시들이 올라왔다. 유리는 석의 어깨를 두드려 주었다.

"잘했어, 오빠. 다음에는, 내가 할게."

유리가 떠난 뒤에도 석은 그 자리에 머물렀다. 석은 바닥에 무릎을 꿇고 앉아 하늘을 보았다. 구름 한 점 없는 겨울 하늘은 독립단의 분위기와는 다르게 너무나도 맑았다. 검은 까치 한 마리만이 날고 있었다. 석은 눈을 천천히 감아보며 자괴감에 빠졌다. 그날 왜 2층으로 올라가서 계획이 틀어지게 하였을까? 나만 아니었다면 성공했을까? 석은 김창욱 대장에게 묻고 싶었다.

'정말 그 방법밖에 없었을까요?'

아쉽게도 하늘은 답을 해주지 않았다. 그저 검은 까치가 하늘을 날고 있을 뿐이었다. 맑은 하늘을 가로지르는 새는 자유로워 보였다. 석은 체념하며 고개를 숙였다. 석은 차가운 겨울바람을 한참 동안 맞으며 미친 듯이 웃었다. 뜨거운 눈물이 차가운 피부로 흐르고 있었지만 입가에서는 실성한 듯 웃음이 나왔다. 비참했다. 친일파의 아들이라는 꼬리표를 떼기 위해 수많은 노력들을 해왔다. 독립단에 처음 들어왔을 때도 반응들이 좋지 않았다. 김창욱 대장이 괜찮다 하여 다들 피하는 분위기 속에서 들어와 힘들게 신뢰를 쌓은 순간이 무너졌다. 방금 전 회의 때도 다들 석을 피했다. 유리도 분위기를 눈치챘는지 체념하고 조용히 앉았다. 석은 동생인 유리까지 이런 취급을 받는 것이 불편했다. 그럴수록 이종석에 대한 증오심은 커져갔다. 석은 자신을 쳐다보는 까치에게 혼잣말처럼 중얼거렸다.

"왜? 한심해 보이냐?"

까치는 아무런 대답도 하지 않았다.

푸드득-

까치가 날개를 펼쳐 하늘을 날았다. 동쪽으로 날아가는 새를 가만히 보자 노란 햇빛이 눈에 들어왔다. 해가 뜨고 있었다. 노란 해는 겨울이지만 따듯했다. 까치는 석이 있는 쪽을 보고서 다시 날아가는 것 같았다. 석은 그 까치가 김창욱 대장 같다고 생각했다. 봄이 오면 동쪽으로 가서 평화롭게 살고 싶다던 말이 떠올랐다. 석은 애써 눈물을 닦고 막사 쪽으로 걸어갔다. 석이 지나간 자리에는 눈이 녹은 자국과 발자국이 겹쳐져 있었다. 석의 눈빛에는 분노와 슬픔이 뒤섞여 있었다.

*

후에, 물건들을 정리해 놓은 서랍의 위에는 낡은 시계와 사진이 나란히 놓여 있다. 깨진 시계의 윗부분으로는 작은 사진 2장이 있다. 뒤쪽 1장은, 초창기 독립단의 사진. 다른 1장은 지금의 독립단원들과 의열단원들과 함께 찍은 사진. '1926년 8월 11일.'이라 적힌 사진은 겨울에서 봄으로 바뀌는 햇살을 받으며 희미하게 빛나고 있다. 액자에 걸린 태극기와 함께.

상해에서

1933년 12월 상해 한복판.
"거기 서!"
타탕-

총성이 울려 퍼지는 틈에 화영이 가볍게 달려 건물의 위쪽으로 도망쳤다. 화영은 회색 굴뚝 뒤에 숨어 일본 경찰이 지나가기만을 기다렸다. 화영의 품에는 흰 천으로 쌓인 독립자금이 있었다. 제복을 입은 경찰 한 명이 화영을 집요하게 쫓았다. 타케로였다. 화영의 머리가 새하얘지는 순간, 짧고 명쾌한 총소리가 들리고 타케로의 다리를 맞추었다.

탕-

타케로가 비명을 지르며 앞으로 꼬꾸라졌다.
"으아악!"

화영이 깜짝 놀라 타케로의 뒤를 보자 유리가 긴 총을 들고 화영을 한심한 표정으로 보고 있었다. 유리가 타케로에게 다가갔다. 유리가 타케로의 총을 빼앗았다. 유리는 타케로를 죽지 않을 정도이지만 움직이지 못하는 교묘한 상태로 만들어 놓았다. 유리가 타케로의 권총을 들고 타케로의 머리에 대었다.

"어이, 아저씨."

유리는 비릿한 웃음을 지으며 타케로를 밟았다. 유리는 일본어로 타케로에게 물었다.

"어디서 들었어?"

타케로는 두려움에 떨었다. 타케로의 목에 있는 흉터는 3달 전 유리가 러시아로 갔을 때 낸 상처였다. 타케로는 망설임 없이 바로 대답했다.

"어제! 술… 술집에서 다 들었어! 러시아 군인이 말해줬어!"

유리는 권총을 살짝 흔들었다.

"어머, 고마워."

탕-

유리가 타케로의 머리에 권총을 대고 바로 쐈다. 타케로는 마지막 말을 남길 틈도 없이 즉사하고 말았다. 유리는 뒤로 묶은 머리를 확인하며 화영을 보았다. 화영은 상당히 충격받은 표정으로 유리를 보고 있었다. 유리는 아랑곳하지 않고 권총을 화영에게 넘겼다.

"너는 연습이나 더 해."

화영이 고개를 끄덕였다. 약간의 두려움과 놀라움이 섞여 있었다. 유리는 타케로를 꼴 보기 싫다는 표정으로 보고 코웃음을 쳤다. 유리는, 1년 만에 본성을 드러냈다. 위에서 들린 총소리에 건물에 있던 한 남자가 나왔다. 유리와 화영은 들키지 않게 재빨리 옆

건물 안으로 들어갔다. 유리는 어디서 묻혀 온 것일지 모르는 피를 물로 닦았다. 화영은 독립자금을 다시 한번 확인했다. 유리는 벽에 붙은 거울로 얼굴을 확인하더니 문을 열고 들어갔다. 화영도 빠르게 들어갔다.

끼익-

*

문을 열자마자 보인 것은 심각하게 무언가를 회의하고 있는 현중과 정우, 화인, 석, 영식이었다. 영식은 들어온 유리와 화영을 알아채고 밝은 웃음으로 반겨주었다.

"왔어?"

화영이 똑같이 밝은 얼굴로 인사했다.

"네! 완료했습니다."

화영이 독립자금을 건네자 영식이 받으며 박수를 쳤다.

"대단해!!"

유리는 총을 옆에 걸쳐놓으며 손을 다시 한번 더 빡빡 닦았다. 유리는 요즘 손에 물집이 생기는 것이 아닌가 걱정이 될 정도였다. 영식이 유리에게 다가가서 말했다.

"유리는 오늘도 한탕 하고 왔어?"

유리는 쓴웃음을 지었다.

"예, 3건이요."

유리는 진지한 표정으로 식탁에 앉아 사람들을 둘러보았다. 유리의 눈빛에 압살당한 사람들은 서로 어제 무언가를 잘못한 것이 있는지 생각했다. 유리가 빙긋 웃으며 말했다.

"어제, 저녁에 식당 간 사람이 누굴까요?"

석과 영식은 기억이 떠올랐는지 눈치를 보며 조용히 손을 들었다.

"나….".

"나….".

유리가 살벌하게 미소 지었다.

"뒤에 러시아 '군인' 있는 거 알았어?"

영식이 조용히 고개를 저었다.

"아니….".

유리가 미소를 풀며 뒤쪽에 서 있던 화영을 엄지손가락으로 가리켰다.

"정보가 새서 얘 쫓기고 있었어!"

석이 겁을 잔뜩 먹고는 용서를 빌었다.

"미안, 조심할게."

유리가 다시 평소의 표정으로 돌아왔다.

"다들 조심해요. 요즘 이쪽에 감시 붙었으니까."

화영도 자리에 앉았다. 화인이 기침을 하며 말했다.

"크흠, 그래서 우리 다음 작전은?"

석이 사진을 꺼내며 설명했다. 사진에는 일본 군복을 입은 사람들이 일제히 군가를 부르고 있었고 단상에는 한 아저씨가 손을 들고 있었다. 석이 아저씨를 가리켰다.

"이 사람 누군지 알아? 유명한데?"

콧수염과 턱이 둥글고 눈가에는 주름이 있었다. 50대 중반 정도 되어 보였다. 유리는 이 남자의 정체를 알고 있었다. 평범한 일본 장교가 아니었다. 친일파였다. 유리가 차분한 목소리로 말했다.

"54세, 친일 장교."

유리가 정확히 핵심을 읊어주자 석이 손가락을 튕겼다.

"정답. 박길영이고 4년 전에 친일파가 됐어. 가족은 없고 내일 여기로 와서 상해에 잠복하는 군인들을 만날 계획이래. 우리는 상해로 온 박길영을 따로 처리하면 되는 거고. 잘만 하면 다른 친일파들 정보를 뺄 수 있을 거야."

석의 말에 화인이 지도를 가리켰다.

"만주를 들렀다 상해로 오는 게 아니라 바로 상해로 온다고?"

영식이 이상하다는 듯 고개를 저었다.

"무슨 속셈일까?"

화인이 갈색 머리칼을 넘기며 말했다.

"우리 잡으려고 오는 건 아닐까?"

화인의 말에 현중이 심각하게 물었다.

"무슨 말이에요?"

화인이 만주를 가리켰다.

"보통 군부대 행차를 할 거면 만주를 거쳤다가 상해로 오는 게 보통 장교들이잖아. 그런데 이번에는 왜 바로 상해로 온다 할까?"

화인의 요점에 모두가 생각이 많아질 때, 유리가 진지하게 말했다.

"일단 결론은 암살이 목적이죠?"

다들 고개를 끄덕였다. 유리는 피식 웃었다. 유리는 박길영의 진짜 속내를 알아차렸다.
"박길영, 가족 있는데. 조사를 조금 잘못한 것 같다?"
석이 흠칫했다. 유리가 코트 속에서 두꺼운 종이 문서를 꺼내었다. 유리가 석에게 문서를 건넸다. 석은 조심히 문서를 받아 갈색 봉투를 열어보았다.
틱-
봉투 안에는 5장의 종이에 빼곡한 손 글씨로 박길영의 정보가 모조리 다 적혀 있었다. 사람들이 석의 주변으로 가 종이를 보았다. 화인이 소름 돋는다는 표정으로 유리를 보았다. 유리는 여유 있는 표정을 지으며 영식을 보았다. 유리는 영식에게 씨익 웃어 보였다. 석이 마지막 종이를 보고 한숨을 쉬었다. 종이에 적힌 박길영의 정보는 아주 정확했다. 글씨체는 누가 봐도 유리의 글씨체였다. 살짝 날려썼지만 알아볼 수 있을 정도인 독특한 글씨체.
박길영, 54세, 친일 장교. 한국인 아내 윤계령, 자식 박길황 외동아들 있음.
이 외에도 여러 가지 정보들이 담겨 있었다. 유리의 조사는 정확했다. 유리는 뿌듯한 목소리로 말했다.
"잘했지?"
화인은 소름이 돋는 몸을 추스르며 애써 잘했다 해주었다.
"응, 좋네."
다른 사람들도 억지로 웃어 보였다. 석은 한참 동안 서류를 더 보더니 유리의 눈을 조심스럽게 올려다보았다. 유리의 눈에는 진심 어린 살기가 돋아 있었다. 유리가 싱긋 웃으며 자리에서 일어났다.

"이만 들어가 보겠습니다. 오빠, 어떻게 암살할지 계획서 주면 알아서 처리해 줄게. 그리고 나 오늘 점심 안 먹어. 내 거 빼고 먹어."
유리는 주방 옆에 있는 집무실로 들어갔다.

유리는 김창욱 대장의 죽음으로 얼마 못 가 해체된 독립단을 마지막까지 지키다 마지막으로 석과 함께 떠났다. 석이 몇 번이고 가자고 해도 유리는 사람들이 다 나갈 때까지 이모님의 곁을 지켰다. 보다 못한 이모님, 유리의 고모가 떠나라 하여 나온 것이다. 이모님이 별말씀 없으셨더라면 지금까지도 있었을 것이었다. 유리는 독립단을 떠난 뒤 러시아로 가 독립자금을 전달하는 일을 누구보다도 활발하게 했다. 하루도 빠짐없이. 독립자금을 전달하는 동시에 친일파 암살 임무도 열심히 했다. 그 덕에 총을 조준하는 솜씨가 더 늘어, 러시아나 중국에서는 최고 명사수로 뽑힌다. 실력이 늘어난 만큼 성격에도 많은 변화가 있었다. 원래도 냉철하긴 했지만 지금은 거의 피도 눈물도 없을 정도였다. 유리의 신경은 날이 갈수록 날카로워져 갔고 인간관계도 사적으로 더 깊게 들어가려 하지 않았다. 화영, 정우, 현중이 쉬는 시간에 시장에 나가면 항상 같이 나가 즐겼던 유리는 점점 작업실에서 정보원과만 소통하고 사람을 싫어하게 되었으며 오직 '어떻게 하면 독립자금을 더 많이 모을 수 있을까?', '어떻게 하면 친일파를 암살할 수 있을까?'라는 생각들만 하게 되었다. 그런 유리의 모습이 안쓰러웠던 정우가 지나갈 때마다 말을 걸어주지만, 유리는 묻는 말에만 대답할 뿐이었다. 교류가 없다 보니 식사를 할 때 친구들이 하는 이야기에 끼지 못했고 가끔 과거를 회상하기만 했다. 자연스럽게 오빠와의 관계, 석과의 관계도 무너지기 시작했다. 잘 따르던 석과 점점 거리를 두었다. 먼저 말을 거는 일이 없었다. 석이 대화를 해보려 유리가 좋아하는 식물이나 나비를 주제로 말을 걸어도 묻는 말에만 답했다. 화인과 영식도 이런 유리가 낯설기만 했다. 영식도 매일 시에 관해 말을 걸어주고 조언을 아끼지 않던 유리가 시에는 관심을 주지 않자 이상함을 느낀 지 오래였다. 서점을 말도 없이 그만두고 나온 유리 때문에 지금 서점과 연락하는 독립단원은 영식밖에 없었다. 유리의 눈빛에는 '공허'라는 단어 하나만이 남아 있었다. 요즘은 어떤 일이 오든 간에 긍정적으로 생각하던 유리를 찾아볼 수 없었다. 친구들도 조금씩 걱정되기 시작했는지 유리를 의식하며 생활했다. 친구들과 석, 다른 이들은 유리의 속내를 알 수 없었다. 유리는 안에서는 밖을 볼 수 있지만 밖에서는 안을 볼 수 없는 작은 상자에 갇힌 것 같았다. 유리는 아직 과거에 갇혀 살고 있다.

*

화영은 유리가 특히 걱정되는지 석에게 말했다.
"오빠, 쟤 저러다 쓰러져요."
현중도 유리가 예전같이 밝은 모습을 보이지 않자 슬슬 걱정이 되기 시작했다.
"맞아요. 조금…. 뭐라 해야 하지? 생기가 사그라들었어요."
정우는 유리가 들어간 방문을 뚫어져라 쳐다보았다.
"그러게, 왜일까?"

석은 오랜 시간 지속되는 유리의 상태에 오늘 상담을 해보려 했다. 화인과 영식도 한숨을 쉬었다. 석이 주먹을 꽉 쥐었다.

"안 그래도 오늘 얘기하려고."

석도 착하던 동생의 성격이 갑자기 바뀌니 기분이 이상했다. 한참 유리에 대해 작은 목소리로 말하고 있던 중, 유리의 집무실 문이 열리고 유리가 문에 걸쳐져 있던 총을 들었다. 유리는 긴 장총을 가져가려 하다가 마음이 바뀌었는지 권총을 들어 장전했다. 유리가 아무 말 없이 뒷문으로 갔다. 유리가 뒷문을 열고 위로 총을 겨누었다.

"누구, 십니까?"

문 앞에서 들어오려던 40대 중년 남성이 깜짝 놀라며 몸을 수그렸다.

"흐익! 나일세, 나, 의…열단! 표창원! 그 총은 좀 내리고 대화로…."

표창원 대장이었다.

"아, 죄송합니다."

뒤에는 유리를 빤히 쳐다보는 원창과 알바도가 있었다. 알바도는 달라진 유리의 분위기에 조금 놀랐지만 금세 기색을 감추며 예전처럼 유리를 대했다.

"유리, 오랜만이야!"

"예, 그러네요."

석이 시끄러운 소리에 뒷문으로 걸어갔다.

"뭐야?"

유리는 별거 아니라는 표정으로 석을 보았다.

"손님 맞이해."

유리는 짧은 인사를 남기고 권총을 허리춤에 차고 장총을 챙겨 그대로 뒷문으로 나갔다. 유리는 은근슬쩍 원창의 눈을 피했다. 석이 급하게 유리를 불렀다.

"너 어디 가?"

유리는 아무렇지 않은 표정으로 말했다.

"고원. 총 쏘려고."

유리가 풍기는 이상한 위압감에 짓눌린 표창원 대장은 천천히 일어났다.

"쟤는 와 분위기가 저래 됐대?"

예전 같지 않음을 느낀 원창은 뻘쭘하게 서 있다가 영식을 보았다. 영식은 원창을 보자마자 달려가 안겼다.

"사장님!"

원창은 기겁하며 영식을 밀어냈다. 결벽증은 여전한가 보다.

"야, 야. 가만히 있어라."

하지만 오랜만에 직접 마주한 영식이 원창도 반가웠는지 머리카락을 살짝 털어주었다. 표창원 대장이 석이 있는 곳에 가서 석을 따듯하게 안아주었다.

"아이고, 오랜만이다."

석도 웃으며 자리를 안내해 주었다.

"잘 오셨어요."

알바도도 내부를 둘러보더니 웃었다. 꽤 잘 꾸며져 있는 건물 안은 누가 봐도 신문사였다. 다들 자리에 앉자 화인이 딤섬을 내왔다.

"이게요, 딤섬이라는 중국 요리예요. 맛있더라구요."

석이 화인을 보며 살짝 웃었다. 다들 딤섬을 맛있게 먹고 있을 때, 원창이 유리에 대해 조심스럽게 말했다.

"유리 분위기가 많이 달라졌더라."

석이 한숨을 작게 내쉬며 고개를 끄덕였다.

"네, 대장님…."

석이 눈치를 조금 보더니 괜찮다는 표정을 짓는 화인과 영식을 보자 이어서 말했다.

"대장님 돌아가시고 난 뒤부터 표정이나 말투 같은 게 미묘하게 달라졌어요. 말도 잘 안 하고요. 저희랑 보내는 시간보다 개인 연습 시간이나 조사 시간이 더 많아요. 딱히 버릇없게 굴거나 기분 나쁘게 말하지는 않아서 뭐라고 화를 내지도 못해요. 요즘은 더 심각하고요. 이제 1년이 다 돼가는데 한국으로 돌아갈 생각도 하지 않고요. 성격이 몰라보게 너무 많이 변했어요. 항상 무언가에 화가 나 있는 것 같기도 하고요."

석의 빛나던 눈빛이 점점 사그라들었다. 원창은 유리와 눈이 마주쳤던 방금 전을 생각해 보았다. 원창은 유리의 눈빛을 파악했다. 유리는 눈을 잠깐 감았다 떴었다. 그 눈에는 화가 서려 있지는 않았다. '화'라는 것보다는 '슬픔'이라는 느낌이 더 많이 담겨 있었다. 원창은 창밖에 앉았다 날아가는 까치를 보았다.

"음…. 그래?"

알바도는 무언가가 생각났는지 손가락을 튕기며 말했다.

"맞다, 우리 폭약 받으러 왔어."

표창원 대장이 고개를 끄덕였다.

"그래, 돈은 준비됐어."

표창원 대장이 주머니에서 돈다발을 꺼냈다. 석이 밑에 있던 폭탄 가방을 들어서 주었다.

"여기 있습니다."

"고마워."

화인이 말했다.

"조심해서 쓰세요."

*

탕-

탕-

탕, 타탕-

유리는 넓고 아무도 없는 초원에서 혼자 사격을 연습하고 있었다. 유리는 방금 전 원창과 눈이 마주쳤을 때 보았던 표정을 잊을 수 없었다. 원창은 유리를 예전과 같이 걱정과 따듯함이 살짝 섞인 표정으로 보았다. 유리는 1년 전 김창욱 대장이 죽은 날로부터 이틀 뒤, 자신이 하던 일과 다른 일들을 다 완료하여 원창의 책상 위에 조용히 올려놓고 서점을 나왔다. 책상에는 유리가 쓴 짧은 메모도 함께 있었다.

'감사했습니다.'

그 뒤로 원창이 막사에 찾아올 때마다 유리는 원창을 피했었다. 유리도 나름 이유가 있었다. 김창욱 대장이 죽은 날, 유리는 이종석에 대해서 조사를 하던 중 사진을 1장 발견하였다. 이종석이 원창의 서점 앞에서 원창과 손을 잡고 친구처럼 웃고 있는 사진이었다. 더 조사를 해보니 이종석은 원창의 서점 간판을 파괴하고 원창을 집요하게 쫓아 사전에 들어갈 어휘들을 조사한 자료를 파기한 사람이었던 것이다. 유리가 서점에 정식으로 들어가기도 전에 이미 이종석은 친일파였고 원창을 계속해서 괴롭혔다. 원창은 유리가 이종석의 딸이라는 것을 알고도 받아준 것이었다. 김창욱 대장은 처음부터 유리와 석을 믿지 않았었다. 하지만 시간이 지나고 유리가 이종석과 다르다는 것을 느껴서 받아준 것이었다. 하지만 원창은 처음부터 유리를 모르는 척 받아주었다. 초면인 척, 분명히 유리는 어릴 적 이종석을 따라가 원창을 만난 기억이 있었다. 유리는 그 사실을 알자 차마 원창을 볼 수 없었다. 자신의 아버지 때문에 평생을 고통받고 친구를 잃었음에도 똑같이 자신을 반겨주는 유일한 사람이었다. 이모님, 유리의 고모도 유리를 보는 눈빛이 예전 같지 않았고 소수를 제외한 독립단 단원들도 모두 유리와 석을 쌀쌀맞게 대했다. 유리는 원창을 볼 면목이 없어 일부러 피했었다. 그리고 유리가 원래 자신이 해야 할 일만이 아닌 다른 일도 하여 책상 위에 올려둔 것은 몇 년 전 이종석이 태워버렸던 어휘 자료들이었다. 유리는 하루 종일 이종석이 태웠다는 어휘, 어구들을 살피며 두꺼운 종이 29장으로 빈틈없이 빼곡히 채워 올려놓았었다.

탕-

유리는 손을 계속해서 쥐었다 풀었다를 반복했다. 옛날 습관이 나왔다. 며칠만 있으면 김창욱 대장의 첫 번째 기일이 다가왔다. 유리는 계속해서 숨을 몰아쉬고선 풀밭에 주저앉았다. 유리는 자신이 맞춘 10개의 깡통을 보았다. 먼 거리에 있는 깡통들은 전부 찌그러져 있었다. 유리는 답답했는지 총을 바닥에 던졌다.

탁-!

유리는 주먹을 꽉 쥐었다. 유리는 천천히 호흡을 가라앉혔다.

"하…."

유리는 까치들이 날고 있는 하늘을 보았다. 12월이라 그런지 손이 금세 차가워졌다. 유리는 식은땀을 살짝 닦았다. 유리는 김창욱 대장의 죽음이라는 사실을 잊고 지내고 싶었다. 하지만 유리는 자기 자신 스스로가 공허해 보였다. 유리가 풀밭에 누워 허무하고 공허한 눈빛으로 하늘을 보았다.

"유리야."

유리가 소리가 들리는 쪽을 보자 원창이 손에 만두가 든 바구니를 들고 오고 있었다. 유리는 원창을 보고 눈을 다시 질끈 감았다 떴다. 원창과 마주할 용기가 없었다. 원창이 자신에게 어떤 원망의 말을 쏟아낼지, 어떤 이야기를 할지 생각하니 머리가 핑핑 돌았다. 원창이 답지 않게 웃으며 유리의 옆에 앉았다. 유리는 빠르게 자세를 고쳐 앉았다.

"여기서 뭐 하고 있었니?"

원창의 표정은 유리가 마지막으로 봤을 때보다 더 편해 보였다. 유리가 작은 목소리로 말했다.

"사격 연습하고 있었어요."

원창이 유리의 눈을 보았다. 유리의 시선은 오로지 하늘로만 고정되어 있었다. 원창은 오늘 유리와 제대로 대화를 하고 싶었다. 유리가 무엇 때문에 바뀌었는지, 무엇이 유리를 집어삼키고 있는지. 궁금했다. 원창이 유리에게 조심스레 말했다.

"요즘은 기분이 어떠니?"

유리는 원창이 한 말에 눈을 살짝 크게 떴다. 원창은 김창욱 대장에 대해서 말을 할 것 같았지만 유리의 감정을 물어봐 주었다. 유리는 손톱으로 왼쪽 손을 살짝 긁었다. 유리가 망설이자 원창은 눈썹을 살짝 치켜올리며 웃었다.

"자세하게 말 안 해도 괜찮아."

유리는 대화를 시도하는 원창을 차마 밀어내지 못했다.

"…전에는 1부터 100까지 숫자들이 새겨진 조각들이 머릿속에 맞춰져 있었어요. 그런데, 지금은 그 조각들 중 하나를 잃어버렸어요. 그런데 몇 번째인질 모르겠어요. 잊어버린 무언가를 잊은 기분이에요."

유리의 은유적인 표현을 이해하기 힘든 사람들이 대부분이겠지만 원창은 유리의 잃어버린, 잊어버린 무언가가 무엇인지 알아차렸다. 유리가 잊은 것은 '추억'이었다. 유리는 말로는 김창욱 대장을 잊고 싶다 했지만 마음속으로는 계속해서 추억하고 계속해서 떠올려 잊히지 않게 하고 싶었다. 유리는 과거를 마주하는 법을 잊어버린 것이었다. 그러다 보니 과거를 회피하려 더 일에만 몰두하게 되는 것이었다. 원창은 유리가 보는 하늘을 똑같이 보았다. 까치가 천공을 가르며 날고 있었다.

"추억이네."

유리가 원창의 눈을 보았다. 원창이 쓴 안경이 빛에 비추어 빛이 났다.

"추억이요?"

원창이 유리와 눈을 맞추었다.

"응, 추억이야. 네가 무엇을 기억하고 싶은지 생각을 해봐."

자신의 속을 꿰뚫어 보는 원창의 통찰력에 유리가 놀랐다. 원창의 말을 들어보니 자신이 무언가를 놓치고 살아가고 있었는지 생각이 났다. 유리는 자신의 마음을 확정 지었다.

'아, 알았다.'

유리의 표정이 풀렸다. 딱딱하게 굳어 있던 유리의 표정과 몸짓이 무거운 짐을 내려놓은 듯 사르르 풀렸다. 유리가 원창을 보았다. 원창은 정말 아무렇지도 않은 표정으로 하늘을 보고 있었다.

"감사합니다."

원창은 유리의 인사에 피식 웃었다. 원창이 유리에게 만주를 건네고 일어섰다.

탁, 탁-

원창이 옷에 붙은 먼지를 털었다.

"나는 이제 가본다? 잘 정리하고 와."

유리도 몸을 일으켜 세웠다. 원창은 뒤도 돌아보지 않고 터벅터벅 걸어갔다. 어딘가 믿음직해 보였다. 원창의 뒷모습이 유리가 예전에 봤던 김창욱 대장의 뒷모습과 겹쳐 보였다. 유리는 김창욱 대장을 무심코 떠올리자 깨달았다.

유리는 눈을 천천히 감았다 뜨며 주위를 둘러보았다. 까치 무리가 하늘을 가로지르며 동쪽으로 날아갔다. 유리는 까치들이 날아간 동쪽을 보았다. 해가 거의 넘어가려 하고 밤이 오려고 했다. 유리는 더 어두워지기 전에 내려가려고 총을 챙겼다. 유리는 마지막 남은 총알 한 발을 장전했다. 유리는 총을 들고 과녁을 쐈다.

탕-

정확히 중앙을 맞추었다. 유리는 살짝 미소를 지으며 뒤를 돌아 산을 내려갔다.

*

유리가 산을 내려가는 동안 건물에서는 석이 작전을 짜고 있었다. 석은 박길영이 정말 자신을 잡으러 상해를 거치지 않고 바로 이곳으로 오는 것인지 고민하고 있었다. 분명히 무언가 까닭이 있을 것이었다. 화인이 석의 뒤에서 커피를 가져왔다.

"가베당, 마셔."

석이 살짝 웃었다.

"고마워."

화인이 석의 앞머리를 살짝 넘겨주었다.

"괜찮아?"

석이 괜찮다고 하려고 했지만 멈칫했다. 화인은 석의 표정을 보다 석의 손을 잡았다.

"힘들면 좀 쉬어. 내일 해도 늦지 않아."

석은 화인의 손을 보았다. 화인의 손에는 작은 흉터가 있었다. 상해와 만주를 오가면서 총에 스쳐 만들어진 흉터였다. 석은 화인의 흉터를 만졌다.

"유리는, 괜찮을까?"

화인이 아무 말 없이 있자 석이 이어서 말했다.

"내가 그날, 대장님이 마지막으로 가던 임무를 따라갈 때 유리한테 위험하지 않은 임무라고 안심시키고 갔어. 다 살아서 올 거라고. 이종석을 암살하러 간다고는 말하지 않았어. 그냥, 친일파만 처리한다고 했지. 그래서 더 그런 걸까? 내가 사실대로 다 털어놨으면 어땠을까?"

가만히 듣던 화인은 석을 살포시 안아주었다.

"똑같았을 거야. 그리고, 유리는 이미 받아들였어. 너무 걱정하지 마."

석도 화인을 안았다. 영식이 뒤에서 물을 마시며 고개를 끄덕였다. 화인이 영식이 온 것을 보고 석의 어깨를 살짝 두드렸다. 석이 영식을 보자 헛기침을 하며 의자를 빼 어색하게 영식을 보았다.

"크흠, 어, 언제 왔어? 뭐 필요해?"

영식은 고개를 저었다. 영식은 장난스럽게 눈썹을 올리며 웃었다.

"음…. 아냐. 잘해."

화인은 귀와 얼굴이 붉어지며 방을 나갔다. 영식이 석에게 와서 박수를 쳤다.
"우리 석이, 능력 좋네."
석은 들고 있던 종이 뭉치로 영식의 머리를 쳤다.
퍽-
영식이 고개를 숙이며 신음을 내뱉었다.
"커헉, 야…. 미안, 미안!"
석이 영식을 비꼬듯 보았다. 영식은 장난스럽게 웃었다. 석이 웃으면서 살벌하게 웃었다.
"하하, 눈치 챙겨."
영식은 웃으며 화를 내던 유리의 모습과 석의 표정이 오마주되는 듯이 보였다. 영식은 속으로 중얼거렸다.
'유리가 변한 게 아니라 그냥 본색을 드러낸 거네.'
영식이 석에게 자연스럽게 어깨동무를 했다. 영식의 거침없는 행동에 석은 영식을 째려보았다.
"뭐 해?"
영식은 피식 웃었다.
"그냥."
영식이 석이 그린 열차 전개도를 보았다.
"잘 그렸네."
석이 종이를 들어 왼쪽 손으로 박길영이 탈 곳에 별을 그렸다.
"여기야, 3일 뒤에 여기로 탈 예정이야. 우리는 뒤 칸으로 가서 열차가 내리기 직전에 져격하면 되는 거고."
석은 방 안을 들어오면 바로 보이는 권총을 보았다. 검은 총이 빛을 받아 반짝였다. 한국에서 가져온 총이었다. 석은 내심 한국으로 돌아가 그곳에서 활동하고 싶었다. 하지만 지금 당장 들어간다 해도 갈 곳이 없었다. 독립단은 해체된 지 1년이 지났고, 더 이상 돌아갈 집도 없었다.

똑-

똑-

문을 두드리는 소리가 천천히 끊겨서 두 번 들렸다. 영식이 문 너머로까지 들릴만한 큰 목소리로 말했다.

"누구요?"

문밖에 있는 사람은 뜻밖에도 유리였다.

끼익-

"…바빠?"

석은 유리가 먼저 찾아왔다는 것이 놀라웠다.

"아니, 들어와."

영식은 이번에는 눈치를 챙겼는지 유리가 들어온 문으로 나갔다. 유리의 손에는 살짝 노란 종이가 들려져 있었다. 유리가 조용히 석의 앞에 앉았다. 석은 유리가 말을 걸자 신나서 이것저것 물어보고 싶었지만 유리가 부담스러워할까 봐 유리가 먼저 말을 할 때까지 기다렸다. 유리는 석의 눈빛에서 기대감을 엿보았다. 유리가 오랜만에 보는 부드러운 미소를 지었다.

"오빠, 작전 내용이랑… 이것저것 말할 게 있어서."

유리는 종이를 건네어 주었다. 유리가 잠시 망설이다가 용기 내어 말했다.

"우리 한국으로 갈까?"

'한국'이라는 말에 석은 정신이 번쩍 들었다.

"응?"

유리는 바닥을 보았다. 나무 바닥이 반질반질하게 빛났다.

"한국으로 가자고. 이곳에 다시 올지는 모르겠지만 고모부… 도 생각할 겸 해서 한국에 가자. 다른 사람들도 조금씩 그리워하고 있으니까."

석은 '고모부'라는 말에 놀랐다. 유리가 먼저 이야기를 꺼낼 줄은 생각도 하지 못했다. 유리는 자신이 김창욱 대장을 말해도 분위기가 굳지 않는 것에 대해 조금 놀라며 자신감을 얻었다. 석은 한국으로 간다는 말에 눈이 빛났지만 한편으로는 걱정이 되었다. 한국으로 가면 지낼 곳이 없기 때문이다. 유리는 석이 생각하는 걱정거리를 읽었다. 유리가 종이를 손으로 가리켰다.

"종이 봐."

둘둘 말려 있는 종이에는 돈이 쌓여 있었다. 석이 유리를 보자 유리가 어색하게 웃었다.

"사실, 고모부가 그렇게 되시고 나서부터 악착같이 돈을 모았어. 러시아에서는 러시아 의열단한테 친일파들의 정보를 주고 돈을 받았고 여기, 중국에 와서는 상해 임시정부에서 심부름을 하면서 돈을 벌었어. 임시정부에 필요한 물품들을 사다 주면서 심부름 값을 받다 보니 이렇게 많이 모였어. 지금까지 한국으로 가려고 모았던 거야. 이 돈이면 한국으로 가서 가게 하나 차리고도 조금 남아. 남는 돈으로는…. 고모부한테 빚진 거 갚으려고. 이제 일주일 뒤면 고모부 기일이니까….”

유리가 말끝을 흐렸다. 석은 먼저 김창욱 대장의 이야기를 꺼내어 주는 유리가 대견했다. 유리는 이번에 얘기한 김에 진심을 전해 보려고 더 많은 이야기를 했다.

"나 더 얘기해도 괜찮아?"

석은 맑게 웃었다.

"응, 더 해줘."

"내가 1년 동안 고모부 얘기 안 한 이유 말해줄게. 솔직히 말하자면 무서웠어. 내가 굳이 고모부 얘기를 꺼내서 다들 힘들어할까 봐. 이미 상처받았는데 또 상처받을까 봐. 난 과거를 마주 볼 용기가 없었어. 그리고 내 성격은 원래 이랬어. 독립단에서 먹고 자고 할 때는 착하게 보여야 하니까, 그래야 먹여주고 재워주니까. 그런데 이제는 다 상관없잖아. 그러니까 그냥 본색을 드러낸 거야. 걱정하지 마."

유리의 속마음을 직접 들어보니 석은 살짝 뭉클했다. 석은 유리를 향해 웃는 표정을 유지하며 말했다.

"고마워, 말해줘서."

유리가 고개를 끄덕였다.

"응, 나도 고마워. 기다려 줘서."

석은 돈을 바라보았다. 이 정도면 충분했다. 석은 유리 혼자서 이 많은 돈을 벌었을 생각을 하니 유리가 조금 불쌍해 보였다. 석이 유리를 다시 보자 유리가 달라 보였다. 유리의 눈빛에는 공허함이 있지 않았다. 유리는 예전 같은 눈으로 되돌아갔다. 검은 나비 같은 우아함과 광이 나는 눈은 아름다웠다. 생기가 도는 기분이었다. 유리는 자리에서 일어나서 나갔다.

"저녁은 같이 먹자. 이제 용기가 좀 생겼어."

"그래, 그러자. 맛있는 음식 해놓을게."

"고마워."

*

유리가 방에서 나와 식탁으로 가려 했다. 식탁에서는 알바도와 화영, 정우, 현중, 표창원 대장, 원창이 한자리에 앉아 배추를 다듬고 있었다. 알바도는 외국인인데도 웬만한 사람들보다 능숙하게 처리했다. 현중이 김창욱 대장의 이야기를 꺼냈다.

"대장님도 배추김치 좋아하셨잖아."

화영이 웃으며 맞장구쳤다.

"맞아, 맞아. 간 세게 한 김치 좋아하셨잖아. 엄청 매운 거."

정우가 배추의 늙은 잎을 뜯으며 말했다.

"나는 그 김치는 못 먹겠더라. 근데 유리가 이런 걸 참 잘하긴 해."

원창이 서툴게 배추를 뜯었다.

푹-

배추의 잎이 완전히 두 동강 났다. 사람들이 저마다 탄식을 내뱉었다. 현중이 얼굴을 찡그리며 잔소리를 했다.

"아이, 아저씨!"

알바도도 원창의 솜씨에 다른 의미로 놀라워했다.

"낭패!"

화영이 작게 한숨을 쉬었다.

"흠…."

표창원 대장도 이번엔 답답했는지 머리를 흔들었다.

"사장님, 조금만 조심 좀 하시죠?"

정우가 원창을 째려보았다. 원창이 눈치를 보며 배추를 다시 다듬었다.

"미안합니다…."

표창원 대장이 무언가 생각났는지 손을 살짝 털고 옷 주머니에서 사진을 꺼내 보여주었다.

"제가, 요번에 정리를 쪼매 하다가 사진을 찾았심더. 김창욱 대장님이랑 저희랑 26년에 같이 찍은 사진입니다. 참말로 좋지 않습니까? 이때 대장님이 유리한테 가운데로 붙으라고 엄청 잔소리했잖습니까? 기억 나시죠?"

화영이 큭큭거리며 웃었다.

"아, 기억나요. 사실 저도 좀 부끄러웠어요."

얘기를 조용히 듣던 유리가 인기척을 내며 화영과 정우 사이로 갔다. 그 자리는 비워져 있었다. 유리가 오자 표창원 대장이 사진을 급하게 넣으며 인사했다.

"유리 왔니? 지금 김장 준비하고 있다."

유리가 살짝 웃었다.

"앉아도 되죠?"

다들 고개를 끄덕였다. 배추를 뒤집어서 보고 있는 원창의 배추를 유리가 가져가서 잎을 땄다.

"사진 잘 나왔죠?"

표창원 대장이 유리의 말에 살짝 긴장했다.

"어? 어…."

유리는 표창원 대장이 오늘 보던 날카로운 눈빛이 아닌 1년 전과 같은 웃음으로 말했다.

"이번 김치는 맵게 할까요? 나쁘지 않을 것 같아요."

표창원 대장도 당황하던 표정을 버리고 씨익 웃었다.

"그래, 그러자."

정우가 유리를 보았다.

"맵게 하자고?"

유리는 어깨를 으쓱했다.

"뭐 어때, 그게 좀 더 익숙해. 이번 연도 첫 번째 김장이잖아. 참, 내가 살다 살다 중국에서 김치를 담그네."

유리의 밝은 웃음에 원창은 뿌듯하다는 듯이 입꼬리를 올렸다. 현중도 유리가 밝게 웃는 것을 1년 만에 보기에 조금 놀랐다. 유리가 예쁘게 다듬어진 배춧잎을 바구니에 놓았다. 원창이 또 배추를 다듬으려고 하자 현중이 말렸다.

"아저씨, 아저씨? 가만히 계세요."

화영도 손으로 제지했다.

"아저씨, 그냥 있으세요."

원창이 머쓱해했다. 유리는 방금 전 김창욱 대장의 이야기를 웃으며 하던 사람들을 떠올리며 김창욱 대장의 이야기를 말했다.

"대장님도 배추 진짜 못 뜯으셨는데."

김창욱 대장의 이야기를 하는 유리를 모두가 보았다. 현중이 밝게 웃었다.

"그래서 김장 때마다 우리가 가만히 있으라고 했잖아."

유리가 웃었다.

"하하, 맞아. 2년 전에도 그랬지. 양념은 잘 만드시는데 손질을 못하셔."

김창욱 대장의 이야기를 하는 유리가 달라 보였다. 식탁 안에 밝은 기운이 감돌았다. 표창원 대장도 이야기를 거들었다.

"그래도 양념은 맛있었어."

다들 크게 웃었다. 정우는 즐거워 보이는 유리를 보고 다시 배추를 땄다.

'이제야 말해주네.'

*

건물 안에는 나갔다 온 영식과 화인이 김장에 동참하고 손재주가 없는 석도 같이 하면서 추운 겨울인데도 따뜻한 온기가 감돌았다. 유리의 눈빛에는 예전과 같은 오묘함과 생기가 섞여 있었으며 다른 사람들은 유리의 진심을 알게 되었다. 밖에는 투명한 결정체인 눈이 하나둘 내렸다. 날이 점점 추워졌지만 건물 안에서는 따뜻한 기운이 올렸다. 밖에는 어둡고 푸른 깃이 인상적인 까치가 흰 눈 위에서 종종걸음으로 걷다가 하늘 위로 날아올랐다.

세월이 가면

1936년 8월 15일.

뜨거운 여름, 햇볕이 내리쬐고 나무들이 푸릇푸릇하게 자라난 계절, 현중은 초가집으로 된 백숙집에 들어갔다. 현중은 머리카락을 한쪽으로 넘기고 흰 셔츠를 입은 아주 멋진 모습으로 문을 열었다.

"안녕하세요."

백숙집 아주머니는 현중의 탁한 올리브색 바지에 걸쳐진 볼펜을 보더니 인사하고 방으로 안내했다.

"어, 왔나?"

현중이 살짝 웃으며 방 안으로 들어가자 화영과 화인이 먼저 도착해 와 있었다. 화영이 현중을 보자 자리에서 일어나 의자를 빼주었다.

"왔어? 앉아."

현중은 화영의 옆자리에 앉아 놓여 있는 술을 보았다. 여름밤이지만 아주 덥다. 밤에도 더운 열대야가 지속되고 있었다. 화영의 머리카락은 3년 전, 어깻죽지까지 왔지만 지금은 허리보다 조금 위로 오는 갈색 머리카락으로 변했다. 화인은 3년 사이 더 예뻐졌다. 화인이 입은 적색 저고리와 검은색 치마는 인상 깊었다.

드륵-

"안녕?"

문이 열리고 유리와 석이 들어왔다. 유리는 못 본 사이 더 우아해지고 단아하면서도 세련되어 보였다. 유리는 검은 셔츠를 입고 서양의 길고 검은 치마를 입었다. 뒤로 묶어 올린 오묘한 고동빛이 도는 갈색 머리카락은 고풍스러운 느낌을 주었다. 화영과 현중이 반겨주었다.

"응, 빨리 와."

유리는 밝고 환한 미소를 지었다. 석은 딱히 달라진 것이 없었지만 분위기가 미묘하게 밝아졌다. 유리와 석이 나란히 앉자 엄청나게 밝은 분위기가 방 안을 가득 채웠다. 유리는 머리카락을 뒤쪽으로 질끈 묶었다.

유리는 석이 화인과 마주 보는 곳에 앉을 수 있도록 자리를 비켜주었다. 눈치는 여전히 빨랐다.

덜컥-

경쾌하면서도 조심스러운 문소리는 누가 봐도 정우였다.

"안녕? 오랜만이네."

유리도 오랜만에 보는 정우가 반가운지 손을 살짝 들었다.

"응, 반가워."

유리가 인원을 파악했다.

"이제, 네 명만 더 오면 되는 거지?"

화인이 고개를 끄덕였다.

"응, 나머지 네 명."

덜커덩-

"죄송합니다, 좀 늦었죠?"

표창원 대장이 먼저 머리를 털며 들어왔다. 그 뒤로는 쭈뼛쭈뼛 원창이 들어왔다.

"왔습니다."

알바도가 마지막으로 해맑게 웃으며 들어왔다. 석이 세 명만 들어오는 것을 보고 말했다.

"영식이는?"

알바도는 문을 경쾌하게 닫고 들어와 앉았다. 알바도가 문을 닫은 지 정확히 5초 뒤에 영식이 문을 다시 열었다.

"아! 뒷사람 좀 보라고요."

영식이 성을 내며 들어와 앉았다. 총 10명이 다 모이자 주모가 들어와 백숙을 내주었다.

"천천히들 드시게."

"감사합니다."

표창원 대장이 박수를 치며 말했다.

"다들 드십시오."

"맛있게 드세요."

화영이 식탁을 쫙 둘러보더니 웃었다.

"진짜 다 모였네."

*

1933년 12월 31일 한국.

유리가 독립단 기지를 찾아갔다. 산에 올라가니 유리가 가꾸던 꽃들은 온데간데없이 사라졌고 나무로 지어진 막사는 관리를 하지 않아서인지 곰팡이가 자랐다. 유리는 연무장을 천천히 걸었다.

터벅-

터벅-

뒤에는 다른 사람들도 함께였다. 연무장의 바닥은 잘 깎인 풀이었지만 어느새 잡초가 무성히 자라 있었다. 연무장을 지나치니 살짝 금이 간 너덜너덜한 초가집을 볼 수 있었다. 유리는 1932년에 떠나서 1년 동안 돌아오지 않았지만 알 수 있었다. 이모님, 고모의 집이라는 것을. 김창욱 대장의 유품과 모든 것이 있는 곳이란 것을. 유리는 집 앞으로 가서 조용히 심호흡을 했다. 석의 손에는 천으로 감싸진 돈뭉치가 있었다. 유리가 뒤를 돌아보자 알바도가 손으로 들어가라는 시늉을 했다.

유리는 문을 천천히 딱 두 번 두드렸다.

똑, 똑-

낯이 익은 이모님의 목소리가 들렸다.

"누구십니까."

문이 끼익하고 열렸다.

유리는 방안을 힐끔 쳐다보았다. 이모님은 허탈한 표정으로 유리와 석을 보았다.

"허… 허!"

마루는 삐걱거리는 소리를 내었다.

삐익-

표창원 대장은 들어가지 않는 것이 더 좋다고 생각했는지 석과 유리만 들여보냈다.

"앞에 있을게."

유리는 살짝 걱정이 되었지만 석과 눈을 맞추고 안으로 들어갔다. 밖에서 화영과 정우, 현중이 용기를 주는 눈빛을 하였다. 유리는 살짝 웃어주고 안으로 들어가 문을 닫았다. 석이 긴장하여 쭈뼛거리고 있자 답답했던 유리가 먼저 말을 꺼냈다.

"안녕하셨어요, 고모."

이모님의 눈빛이 이상했다. 자신들을 경계하고 경멸하는 눈빛이었다. 이모님은 소복을 입고 가만히 앉아 있기만 했다. 이모님이 유리의 인사를 듣자마자 눈을 떨었다.

"왜 왔어."

유리는 경계심이 가득한 이모님의 말에 놀라지 않았다. 하지만 석은 예상했던 분위기가 아니었나 보다. 유리는 따듯한 말을 기대하지 않았다. 유리는 석이 들고 있던 돈을 달라고 손을 뻗었다. 석은 홀린 듯 유리에게 돈을 건네주었다.

"7년 동안 지내게 해주신 값입니다. 고모부께 갚아야 할 것도 있고요."

유리의 말투는 딱딱했다. 1년 사이 자신을 보는 눈이 달라진 고모에게 따스히 말을 건넬 여유가 없었기 때문일까? 석이 드디어 말을 꺼냈다.

"그간 어떻게 지내셨습니까?"

이모님은 아무런 말 없이 석을 보았다.

이모님은 1년 사이에 살이 빠지고 주름이 많이 생겼다. 유리는 아무 말도 하지 않고 돈을 주었다.

"갑니다."

"앉아봐라."

이모님은 나가려는 석과 유리를 붙잡았다. 유리는 바닥에 털썩 앉았다. 유리는 방 안에 있는 일본 헌병의 모자를 보았다. 빤질빤질하고 새 물건이었다. 이모님이 나직하게 말했다.

"석진이, 걔가… 교도관이 됐다."

이모님은 울음을 삼키듯 말을 한 번 끊고 다시 말했다.

"일본놈들 밑에서 일한다 한다."

"이제 어쩌냐, 이제…."

유리는 돈뭉치를 선반 위에 올리고 무미건조하게 말했다.

"그간 감사했습니다."

그러고선, 서늘한 표정으로 문을 닫고 나왔다.

유리는 사람들이 있는 연무장 쪽으로 걸어갔다. 석이 연무장 한가운데에 앉아 사람들과 이야기하고 있었다. 석이 상황을 대강 설명한 것 같자 유리가 말했다.

"그래서 이제 어떻게 할까요?"

"나는, 서점으로 가서 다시 일하려고."

영식이 먼저 말을 꺼냈다.

"나는 정우랑 현중이랑 같이 가려고."

표창원 대장이 자세를 고쳐 앉으며 말했다. 정우와 현중도 조용히 고개를 끄덕였다.

"난 화영이랑 뭐 좀 만들면서 독립운동하려고."

화인과 화영은 눈치를 조금 보다가 말했다. 이제, 남은 것은 석과 유리뿐이었다. 석은 화인이 운영할 양장점에 들어가 일을 하며 독립자금을 지원하고 싶었다. 하지만 그렇게 되면 혼자 남겨질 유리가 걱정되어 아무 말을 하지 못했다. 유리는 눈치를 챘는지 석을 보았다.

"난 친일파들만 목표로 잡을 거야. 오빠는?"

석은 강인한 유리의 눈을 보았다.

"나는, 양장점으로."

석은 화인과 함께 양장점에 가겠다고 말했다. 유리는 미소를 지었다.

"그래. 그럼 이제 다 흩어지는 거야?"

유리의 말이 틀린 것은 아니었다. 하지만 그 누구도 선뜻 헤어진다는 말을 꺼낼 수 없었다. 유리가 아쉬워 보이는 사람들의 표정을 인식하고 분위기를 억지로 띄워보려 했다.

"아, 내가 언제 다시는 안 본대? 다들 연락해. 가끔 찾아오고, 지원해 주고, 필요하면 연락하고, 가끔 밥도 먹고. 참나, 다들 자기 마음대로 해석하고 있어. 다시는 안 본다는 게 아니잖아."

"벌써 오후 4시다. 각자 흩어지자."

유리가 먼저 일어서서 말했다.

"난 먼저 갑니다. 도착하면 다방에 연락할게요."

유리는 그 누구보다 미련이 없어 보였다. 유리가 산을 내려가는 문턱 앞에서 뒤를 돌며 말했다.

"우리 3년 뒤에 백숙집에서 모여요. 1936년 8월 15일."

다들 그 백숙집이 어디인지 알았다. 표창원 대장이 큰 소리로 말했다.

"잘 살아라."

"예, 다들 잘 가요!"

유리가 씨익 웃었다. 그리고, 유리는 뒤도 돌아보지 않고 산을 내려갔다. 17살 여자아이 혼자 살아간다는 것이 얼마나 힘든 것인지 아는데도 유리는 독립을 선택했다.

*

다시, 현재.
표창원 대장이 궁금했는지 물었다.
"거, 다들 뭐 하고 지냈어?"

*

1935년 3월, 봄.
"가, 나, 다, 라."
"가, 나, 다, 라."

원창이 한글을 말하자 아이들이 따라 말했다. 아이들은 여섯 명으로 다들 나이가 달랐다. 8살부터 10살까지. 광수가 자료를 원창에게 가져다주었다.

"성님, 자료 요 있심더."

향심도 아이들을 가르치는 원창을 지켜보았다.

원창의 서점은 이종석이 신고를 하는 바람에 3개월 동안 운영을 하지 못했다. 하지만 한글을 배우고 싶다는 아이들에게 한글을 가르치면서 경성에 소문이 나 자금이 하나둘씩 모였다. 결국, 원고를 써서 목표로 해두었던 시간 안에 사전을 만들지는 못했지만 아이들을 가르치면서 한글의 소중함을 알리고 있는 소소한 활동이 원창의 마음에는 감명 깊이 남았다.

*

다시, 현재.

"난, 한글을 가르치는 게 좋아."

원창의 눈에는 빛이 나고 있었다. 알바도도 고개를 끄덕였다. 영식과 알바도도 똑같이 한글을 가르치고 있는 듯 보였다. 영식은 가방에서 비장하게 많은 양의 책을 꺼냈다.

"다들 이것 좀 읽어주세요."

맞은 편에 있던 유리가 책을 받아 들었다. 곳곳에서 탄성이 나왔다.

"이걸 다 수기로 쓴 거야?"

"난 지금 손으로 쓴 한글 시집을 다 나눠주고 있어."

석이 영식의 어깨를 두드렸다.

"잘 썼는데?"

화영은 자신의 이야기를 하고 싶었는지 상황을 보다가 말했다.

"저는! 지금 양장점에서 지내요!"

무언가 아는 눈치인 유리가 물어보았다.

"양장?"

화영은 입꼬리를 올렸다.

"응, 양장점."

*

1937년 7월 한여름.

서걱-

짤깍-

석은 바느질로 단추를 양장에 달고 있었다. 화인은 그 옆에서 남성 중절모를 손보고 있었다. 화영은 쓰레기를 버리고 들어와 화인의 옆으로 갔다.

"언니!"

화인이 화영의 머리카락을 쓰다듬었다.

"응, 왜?"

화영이 방긋 웃으며 긴 실크 끈을 주었다.

"이 끈으로 완성시켜."

화영이 내민 실크 끈은 남색 빛이 돌아 화인 들고 있는 남색 모자에 어울렸다. 화영의 미적 감각은 뛰어나다 못해 경성에만 있을 정도가 아니었기에 화인은 미소를 지으며 실크를 둘렀다.

띠링-

손님이 오는 소리였다. 화인이 모자를 두고 나갔다.

"가볼게."

화인이 운영하는 양장점의 간판은 일본어로 적혀 있었다. 그러기에 일본인 고위 자제들과 친일파들이 많이 찾는다. 여성 의류도 많이 판매하여 경성에서는 매출이 1위이다.

"네, 어서 오세요."

화인이 1층으로 내려가자 제일 교회 목사의 외동아들인 가케다가 고개를 삐딱하게 세우고 화인을 보고 있었다.

"양장 한 벌이랑 모자."

화인은 교만한 태도를 꾹 참고 말했다.

"네, 이쪽으로 와서 사진을 한 장을 찍어야 합니다."

가케다는 마음에 들지 않는다는 듯이 투덜거리며 화인을 따라갔다.

"굳이? 왜?"

화인은 필름지를 꺼내었다.

"손님분의 스타일과 맞는 옷을 직접 만들어야 해서요."

가케다가 증명사진을 찍듯이 앉아서 허리를 꼿꼿하게 세웠다. 화인이 씨익 웃으며 사진기의 버튼을 눌렀다.

찰칵-

화인은 사진을 뽑고 탁자 위에 올려놓은 뒤 메모지를 꺼냈다.

"양장을 쓰는 용도가 무엇일까요?"

가케다는 가게를 둘러보며 말했다.

"러시아에 아버지와 함께 가야 해. 최대한 멋지게. 간다."

화인은 일본어로 반말을 찍찍 해대는 가케다가 정말 싫었다.

"네, 안녕히 가세요."

띠링-

문이 열렸다가 닫히면서 가케다가 나가고 석이 밑으로 내려와서 전화기를 들고 정우에게 연락했다.

"예."

현중의 목소리였다.

"어, 현중아. 이번에 사진이랑 신상 보낸다."

현중이 5초간 잠잠하더니 전화기 너머로 말했다.

"유정우! 야! 빨리 와! 네 담당이잖아!"

정우가 달려오는 소리가 들리더니 금세 목소리가 정우로 바뀌었다.

"네, 형. 누구요?"

화인이 정보를 읊었다.

"일본 제일 교회 목사 아들."

석이 그대로 말을 전했다.

"일본 제일 교회 목사 아들."

정우가 표창원 대장을 불렀다.

"표창원 대장님."

표창원 대장이 달려와 전화기 너머로 말했다.

"어, 석이니?"

"예, 정보 그쪽으로 보냅니다."

"그래, 고맙다."

"예."

전화가 끊기자 화인이 사진과 신상을 석에게 주었다. 석은 모든 자료를 밝은 황토색 봉투에 넣어서 달 모양 표식을 새기고 정보통을 기다렸다. 매일 오후 4시 정각에 도착하는 정보통인 가면 쓴 여자는 항상 정보가 새어 나가지 않게 잘 전달해 주기에 석과 화인, 화영이 믿는 사람이다. 다른 말로는, 경성 최고 명사수라고도 불린다.

*

다시, 현재.

화영이 합장을 하며 말했다.

"이렇게 살고 있습니다!"

유리가 고개를 끄덕였다. 사람들은 문득 유리가 어떻게 지내는지 궁금했다. 석에게 가끔 근황을 보내고 사람들에게는 식물원에서 지낸다고 연락했지만 그 누구도 어디서 정확히 무엇을 하고 있는지 몰랐다. 원창이 밥을 말고 있는 유리를 보았다.

"유리는 요즘 뭐 하니? 듣자 하니 집 하나 구해서 살고 있다던데?"

유리가 밥을 한 숟가락 떠서 먹고 종이를 꺼내 식탁 한가운데에 놓았다. 흰 명함 크기 종이였다. 흰 종이의 오른쪽 아래에 보라색인 말린 꽃잎이 붙여져 있었다. 아무것도 적히지 않은 종이를 보자마자 사람들은 동시에 유리를 보았다. 조금 전, 화영이 말한 이야기에서 가면을 쓴 정보통 여자는 목소리를 내지 않고 조용히 종이로만 대화를 했다. 그 여자는 화인의 양장점부터 표창원 대장, 원창에게까지 정보를 전해주었기에 이 자리에 있는 사람들은 가면 쓴 여자를 모르지 않았다. 그리고, 유리가 꺼낸 명함 같은 종이는, 그 가면 쓴 여자가 쓰는 종이였다. 정우가 유리를 보았다. 유리는 살짝 부끄럽다는 듯이 주변을 보았다.

"여러분이 생각한 사람 맞습니다."

유리는 들고 온 남색 가방에서 가면을 꺼냈다. 그들이 보던 여자의 가면이었다. 화영이 눈을 크게 떴다.

"뭐야?"

현중도 고개를 저으며 믿을 수 없다는 표정을 지었다.

"아니… 뭐야?"

표창원 대장도 평소 짓지 않는 당황한 표정으로 말했다.

"맞나?"

원창은 넋이 나가 멍하니 유리를 보았다. 유리가 양손을 다 펼치며 말했다.

"제가 그 가면 쓴 여자예요."

유리의 말에 주변이 얼어붙은 듯 조용해졌다. 유리의 친오빠인 석도 이 사실은 몰랐는지 입을 벌리고 넋을 놓았다. 정우가 가면을 보았다.

"진짜? 그러면, 지난번에 나 쫓길 때 구해주고 봉투 넘겨줬던 애가 유리라고?"

유리가 고개를 끄덕였다.

"응, 맞아. 걔야."

원창과 알바도가 다시 한번 놀라며 말했다. 알바도가 손가락으로 종이를 가리켰다.

"진짜?"

원창도 기겁을 하며 말했다.

"네가 작년 내 생일을 축하해 준 여자라고?"

영식도 안경을 빼며 가면을 보았다.

"내 시집 읽고 좋다고 적어놓고 간 여자가 너야?"

유리는 그동안 보이지 않게 그들의 옆에서 묵묵히 할 일을 했다. 유리는 3년 동안 식물원에서 잡일을 하며 악착같이 돈을 모으고 모은 돈의 절반을, 절반보다 더 되는 돈을 독립자금으로 서점과 표창원 대장에게 전달한 것이었다.

"제 얘기도 궁금하시죠?"

유리가 자연스럽게 이야기를 이어나갔다. 사람들은 말없이 고개를 천천히 끄덕였다. 모든 이목이 유리에게 집중되었다.

"저는요…."

*

1934년 1월 9일, 경성, 화인의 양장점.

띠링-

화인이 문이 열리는 소리가 들리자 아래층으로 내려가 손님을 보았다. 가면을 쓴 여자는, 즉 유리는 화인을 보자 정중히 고개를 숙여 인사를 하고 종이를 주었다. 화인은 이상하다고 생각해 뒤에 권총을 숨기고 다가갔다. 유리는 화인이 뒤에 총을 숨긴 것을 눈치채고 뒤를 가리켰다. 손으로 정확히 총을 가리켰다. 유리는 손짓으로 총을 버리라는 움직임을 했다. 화인은 소름이 돋았다. 화인이 조심스럽게 종이를 받아 열자 표창원 대장이 보낸 쪽지가 들어 있었다.

'지금 보낸 여자분이 정보원이야.'

화인은 검은 바탕에 흰색, 붉은색, 푸른색 무늬가 새겨져 있는 가면을 보고선 인사했다.
"안녕하세요, 위로 올라오세요."
유리는 화인이 뒤로 내린 총을 잡아서 원점 조정을 해주었다. 화인은 살짝 놀라며 유리의 눈치를 보았다.
2층으로 올라간 유리는 석이 바느질하고 있는 광경을 보고 순간 웃을뻔했지만 간신히 참았다. 유리가 종이에 무언가를 적어서 보여주었다.

'표창원 대장님이 보냈습니다. 정보 이외의 것은 대답하지 않습니다.'

석과 화영도 눈치를 보다가 말했다.
"예… 알겠습니다."
화영이 가면과 복장을 보고선 살짝 겁을 먹었다. 유리의 허리춤에는 단검이 있었고 등에는 장총을 매고 있었다.

'그럼 이만 가보겠습니다. 매일 오후 4시에 오겠습니다.'

유리가 허리를 숙여 인사하고 방을 한번 둘러본 다음, 올라왔던 계단으로 다시 내려가 가게를 나갔다. 유리는 빠른 걸음으로 골목길에 들어갔다. 석은 유리의 가면을 보며 신기해했다.
"새로운 정보원이라고?"
"응, 그렇대. 대장님한테 연락해 봐."
화영이 석보다 한발 빠르게 전화기로 전화했다.
띠딕-
"…받았어?"
표창원 대장의 목소리였다.
"네, 여자죠?"
표창원 대장이 전화기 너머로 말했다.
"응, 여자. 총 메고, 걸음 빠르고, 가면 쓰고, 종이로 말하고."
석은 정보원이 주고 간 종이를 계속해서 보았다. 글씨체가 유리와 너무나도 달라 유리로 의심받을 정황이 보이지 않았지만 석은 왜인지 지금쯤 식물원에 있을 유리가 생각났다. 석이 말했다.
"정보는 잘 받았어요."
표창원 대장이 잠시 고민하다가 머리를 긁적였다.
"저기… 오늘이 마지막으로 전화하는 날일 거야. 내일부터는 전화기 사용이 안 될 것 같아. 감시가 너무 심해."
분위기가 엄숙하게 변했다. 감시가 1년 사이에 더 심해진 것은 모두들 인정했다. 화영은 유리의 가면과 체구를 떠올리며 말했다.

"그런데, 그 여자는 몇 살이에요?"

표창원 대장도 모른다는 말투였다.

"음… 몰라? 절대 말을 안 하더라."

그때 다시 문이 열리고 손님이 왔다. 표창원 대장은 급히 전화를 끊었다.

"이제 끊을게."

"예."

*

1935년 4월 7일, 부산.

탕-

총성이 울려 퍼지는 가운데 정우와 현중이 빠르게 지붕으로 도망치고 있던 중, 현중의 가방에 총이 맞으며 공포감이 더 극대화되고 있었다. 일본 경찰들이 지붕을 가로지르며 정우와 현중을 잡으려 했다. 경찰들은 눈에 불을 켜고 집요하게 15분 동안 정우와 현중을 쫓는 중이었다.

"거기 안 서!"

거리가 점점 좁혀지고 이대로 잡히는 것 같던 순간,

탕-

탕-

탕-

뒤에서 총성이 세 번 울렸다. 정우와 현중의 뒤를 쫓아오던 경찰

세 명이 동시에 쓰러지고 정우는 영문을 몰라 주위를 살폈다. 현중은 아래를 살피고 두리번거릴 때 유리가 장총을 뒤로 매고 소리 없이 뛰어와 정우에게 종이를 주었다.

"으악!"

가볍고도 소리 없는 유리의 발걸음에 정우가 놀라며 종이를 받았다.

'정보 전달하러 왔습니다.'

현중도 유리를 보고 가방을 챙겼다. 정우는 유리의 가면을 보고 말했다.

"감사합니다."

현중도 고개를 숙였다.

"예, 감사합니다."

유리가 내민 종이에는 이렇게 적혀 있었다.

'계획 성공, 조심히 와.'

표창원 대장의 걱정이 담긴 글이었다. 유리는 코트 주머니를 뒤적거리더니 종이에 싼 감자를 주었다. 종이도 끼워져 있었다.

'감자, 독극물 없으니 안심하고 드세요.'

유리는 짧은 인사를 하고 반대편으로 뛰어내려 사라졌다. 어떻게 한 것인지는 몰라도 명사수는 분명했다. 정우가 엄지를 세우며 말했다.

"대단하네."

현중도 엄지를 세웠다.

"인정…. 대단해."

*

1935년 7월 7일 서점.

서점의 문이 열리고 앞에 앉아 있던 영식이 유리의 가면을 보았다. 그러고선 뒷문을 두드려 원창을 호출했다.

원창이 허겁지겁 나와 유리를 맞이했다.

"아, 오셨습니까?"

유리가 장총을 옆에 세워두고 종이와 함께 돈을 건넸다.

'이번 지원금입니다.'

'그리고, 표창원 대장님께 서신이 왔습니다.'

유리는 옆으로 메고 있는 가방에서 편지를 주었다.

"감사합니다."

유리는 영식의 옆으로 와서 영식이 쓰고 있는 책을 유심히 보았다. 〈밤 편지〉라는 시는 깊은 울림이 있었다.

밤 편지

별빛을 접어
너에게 보낸다.
바람이 내 속삭임을 안고
너의 창가에 닿길 바라며,
달빛 사이로 너를 부른다.

유리는 책과 연필을 다른 위치에 놓고 고개를 숙여 인사한 뒤, 서점을 나갔다. 원창은 서신 사이에 끼워져 있는 종이를 보았다.

'생신 축하드립니다.'

영식은 유리가 주고 간 작은 쪽지를

'밖에서 글 쓰는 거 다 보여요.'

원창과 영식은 신기해하며 헛웃음을 지었다.
"허허, 뭐야?"
"그러게요."

*

그날 밤 9시, 식물원.
하나코가 유리에게 말했다.
"노조미노, 이제 가봐. 내일은 아침 일찍 내려와. 청소 한번 하자."
유리는 고개를 숙여 인사하고 일본어로 말했다.
"네, 감사합니다."
유리는 식물원의 2층으로 올라갔다. 식물원의 사장은 여자였다. 유리는 그 하나코와 같이 2층에서 숙박했다. 독립운동가들을 돕는 일본인이었다. 처음에는 유리도 믿지 않았지만 가끔 임시정부 사람들이 들르는 것을 보면 맞는 것 같았다.
"안녕히 주무세요."
"그래, 잘 자렴."

*

다시, 현재.
유리가 이야기를 마쳤다. 원창이 환하게 웃었다.
"잘 살아 왔네."
알바도 박수를 쳤다. 화영이 유리를 꼭 안았다. 유리가 화영의 머리를 쓰다듬어 주었다.
"대단하다!"
"고마워."

정우와 현중도 엄지를 세워주었다. 유리는 방 안을 둘러보며 말했다.

"다들, 그동안 고생했네요."

석이 다 먹은 그릇을 보며 말했다.

"이제, 조금만 더 버티면 될 것 같아요. 조만간, 봄이 올 것 같아요."

다들 웃고 있었다. 오랜만에 서로의 안부를 전하고 무엇보다, 모이기로 했던 사람들이 다 모이니 이보다 행복한 일은 없었다.

하지만 영식은 처음에 5년 형을 선고받고 감옥에 갇혔던 영주가 감옥에서 나오지 못하자 걱정이 이만저만이 아니었다. 면회도 가능하지 않다고 해서 더 걱정이 되었다. 하지만, 지금은 잠시 뒤로 해 두기로 했다. 영식에게는 지금 이 순간이 행복했다. 영식은 다시 한번 동료들의 소중함을 느꼈다. 사람들이 다 먹은 것 같자 영식이 자리에서 일어났다.

"이제, 일어날까요?"

다들 동의하고 원창이 먼저 일어났다.

"아유, 그래. 그러자. 다들 좋았어. 나중에 연락해. 유리는 이제 얼굴 밝혀졌으니 그냥 다니고."

유리가 웃으며 말했다.

"네, 그럴게요. 나중에 상황이 되면 또 모여요. 이 인원 그대로."

*

저녁 7시 30분.

다들 각자의 집으로 돌아가고 영식은 혼자 서점 뒤편에서 담배를 피웠다.

탁-

여름이어서 밤이 아직 찾아오지 않았다. 저녁 7시이지만 이제 막 노을이 지기 시작했다. 영식의 담뱃불이 노을과 겹쳐졌다. 앞에서 석이 담배 연기를 손으로 치웠다.

"어흑, 콜록!"

영식이 석을 보고 담배를 끄려 했다. 석이 손사래를 치며 옆에 앉았다.

"펴, 펴."

영식은 다시 담배를 물었다. 석이 조심스럽게 물었다.

"영주는?"

영식이 허탈한 표정을 지으며 웃었다.

"응, 조금만 더, 조금만 더 기다리면 올 것 같은데. 안 되더라."

석이 영식의 담배를 보았다.

"이제 정말 얼마 안 남았어."

영식이 노을을 보았다. 붉은 노을이 넘어가고 있었다.

"응, 알아. 조금만 더."

바닥에는 담배의 탄 쪽으로 글을 쓴 것 같은 자국이 있었다. 영식이 써놓고 간 글과 그림이었다. 태극기 그림이었다.

'대한 독립 만세.'

잠들 수 없는 밤-1

1940년 9월 27일, 경성. 새벽 3시.
일본 제복을 입은 석진이 형무소 안으로 걸어 들어갔다.
뚜벅, 뚜벅-
구두 소리가 들리고 앞에서 걸어오는 선배에게 석진이 깍듯하게 자세를 잡고 인사를 한다.
"경례."
"경례."
선배는 석진의 인사가 달갑지 않은지 예의상 경례를 하고 빠르게 지나쳤다. 하긴, 반갑지 않은 것이 당연했다. 석진은 원래 조선인이고 친일을 한 것이니 형무소에서 일하는 사람들에게는 불편하고 거슬렸다. 석진은 살아남기 위한 방법으로 친일을 택했다.
또각-
또각-
석진은 조금 더 걸어 한 여자의 비명이 들리는 방의 철문을 열었다.
끼익-

문을 열자 형무소의 고문 담당인 겐지로가 석진을 보았다. 그리고 앞에는, 영주가 앉아 있었다.

"아, 우라기 왔나?"

겐지로는 철로 된 손톱 깎기를 내려놓고 석진을 보았다. 앉으라는 뜻이었다. 석진은 말없이 영주와 마주 보고 앉았다. 영주는 거의 숨을 못 쉴 정도로 힘겨워했다. 겐지로가 손톱을 다 뺐는지 손에서는 피가 흐르고 살이 뭉개져 있었다. 영주는 석진을 알아보았다. 세월이 아무리 지났어도, 영주는 석진을 잊지 않았다. 일본 제복을 입고 있는 석진을 보자 영주는 속에서 뜨거운 무언가가 올라오는 것 같았다. 석진의 모습은 누가 봐도 구하러 온 것이 아닌 자신을 고문하러 온 고문관의 모습이었다.

"아⋯."

겐지로는 석진의 앞에 고문 도구를 쥐여주었다. 쇠 송곳이었다. 날카로운 송곳의 끝이 작은 직사각형 창으로 들어오는 빛에 반짝였다. 겐지로가 무심하게 말했다.

"뭐 해? 어서!"

석진은 송곳을 들어 영주의 손톱이 파인 부분을 찔렀다. 영주가 엄청난 고통에 비명을 질렀다.

"아⋯ 악!"

석진은 잠시 죄책감을 느꼈지만, 자신이 살려면 어쩔 수 없었다. 겐지로는 영주가 비명을 지르는 것을 재미있다는 듯 바라보고선 나갔다.

"어이, 우라기."

"예!"

"네가 조선인인가?"

석진은 잠시 고민하다가 우라기가 마음에 들어 할만한 대답을 아부 부리듯 했다.

"아닙니다! 저는 자랑스러운 대 일본 제국의…."

겐지로는 석진의 말을 끊었다.

"아니, 조선말 할 줄 알지?"

석진이 고개를 끄덕였다.

"예, 할 수 있습니다."

겐지로가 영혼이 없는 영주의 눈을 보며 말했다.

"저년한테서 뭐든 캐내."

석진이 힘차게 대답했다.

"예! 알겠습니다."

겐지로는 석진이 마음에 들었는지 피식 웃고는 나갔다.

끼이익-

쿵-

철문이 닫히자, 영주는 천천히 바닥에서부터 고개를 들어 석진을 보았다. 영주는 눈썹을 구기며 거의 다 쉬어가는 목소리로 말했다.

"…뭐야?"

석진이 탁자에 두 손을 모두 올려놓으며 무기가 없음을 표시했다. 영주는 석진의 옷에 달린 별을 보았다. 당당하게 일본 제복을 입고 있는 석진은 친일 그 자체를 나타냈다. 영주는 속에서부터 끌어낸 울분을 토해냈다.

"네가 왜 여기 있어!"

영주의 눈에서 뜨거운 눈물이 흘렀다. 오른 눈에서 툭 떨어진 눈물에는 헤아리기에는 너무나 많은 것들이 담겨 있었다. 영주는 주먹을 꽉 쥐며 분노가 어린 눈빛을 보내며 말했다.

"면회는, 면회는 왜 안 되고. 네가 왜 여기에 있지?"

영주가 잠시 침묵을 지키더니 뻔뻔하게 고개를 들고 있는 석진을 경멸하듯 보았다.

"대답해, 왜 여기에 있냐고!"

석진은 한숨을 쉬며 사진을 건네었다.

"이거나 봐."

영주는 눈물을 뚝뚝 흘리며 신문을 보았다. 흑백 사진에는 영식의 과거 모습이 찍혀 있었다. 영주는 무관심하게 지켜보고 있는 석진을 향해 소리쳤다.

"오빠한테 무슨 일 생겼어?"

석진은 고개를 저었다.

"아니, 이제 생길 거야."

영주는 석진의 말에 머리가 띵해졌다. 자신의 사랑하는 오빠에게 무슨 일이 생긴다는 생각조차 하지 않았다. 영주는 영식이 걱정됨과 동시에 석진에게 간절히 빌었다.

"원하는 게 뭐야?"

석진은 종이를 1장 건넸다. 흰 종이 위에 펜이 같이 끼워져 있었다.

"동료들에 관한 모든 내용을 적어. 지금 방에서 같이 지내는 사람들도. 과거든 현재든 관계없어."

한마디로 모두의 정보를 팔면 영식에게는 아무 일이 생기지 않겠지만 영주가 정보를 넘긴 사람들에게는 생각할 수 없을 정도의 끔찍한 일이 벌어질 것이다. 석진이 펜을 잡지 않는 영주에게 말했다.

"보상은 똑똑히 해주지. 첫 번째, 정보를 적고 검토하는 즉시 풀어줄게. 두 번째, 그 형한테는 아무 일도 생기지 않을 거야. 그런데, 앞서 말했듯이 조건도 있어."

영주가 계속해서 뜨거운 눈물을 흘리며 들었다. 눈앞이 붉어지고 모든 것이 눈물에 가려져 흐릿하게 보였다.

"조건은 먼저 정보를 하나도 빠짐없이 다 적어. 그리고, 다시는 독립운동을 하지 않겠다고 선언하고 서명해."

영주는 11년 전, 만세운동 때 잡혀 오고서 3년 동안 수감생활을 하다가 풀려났다. 그러고선, 3년 만에 석방되었지만 독립운동을 하다 다시 잡혀 6년 형을 받고 형무소로 끌려왔다.

이종석이 독립운동을 했던 시절에 김창욱 대장과 같이 숨겨놓은 독립자금이 있었다. 하지만 이종석이 친일파가 되자 김창욱 대장이 몰래 장소를 옮겨놓고 그 누구에게도 말해주지 않았다. 하지만 독립단의 자금운영을 담당했던 영주는 자금의 위치를 알고 있었다. 숨겨진 독립단 자금에 대한 내용을 추적하던 이종석은 영주가 자금의 위치를 알고 있을 거라고 확신했고 영주를 고문하기 시작했다. 영식과 연락할 기회도 없이 끌려온 영주는 고통받았다. 석진이 영주를 고문도 해보고, 좋게 회유도 해보았지만 영주는 끝까지 장소를 불지 않았다.

영주는 영식의 모습을 떠올렸다. 영주는 펜을 잡고 종이에 쓰기 시작했다.

*

"석아, 천 좀 줄래?"

화인의 부름에 석이 바로 달려와서 색을 말하지 않아도 척척 가져왔다.

"음, 고마워."

화인이 강아지처럼 눈을 빛내며 칭찬을 바라는 석을 귀엽다는 듯이 보았다. 화인은 장난스럽게 코웃음을 한 번 치고 석의 머리카락을 만져주었다. 둘의 달달한 모습에 견디지 못한 화영이 옆에서 바느질을 하다가 잠시 멈추고 썩은 표정을 지었다. 석은 화인의 볼에 뽀뽀를 하며 온갖 애교를 다 부렸다. 화영은 고개를 절레절레하며 진절머리가 난다는 듯이 몸을 떨었다.

"어휴."

화영은 옆에서 들리는 작은 한숨 소리에 뒤를 돌아보니 유리가 가면을 쓰고 서 있었다.

"안녕?"

화영이 유리가 온 것을 보고 소스라치게 놀랐다.

"으악! 야! 너 언제 왔어?"

유리가 가면을 벗고 화영에게 말린 해당화를 주었다. 해당화는 입체감이 있었지만 말려서 고풍스러운 느낌이 들었다.

"방금."

유리의 목소리에 석이 부끄러워하며 다시 화영의 옆에 앉아 바늘을 잡았다.

"왔어?"

"어."

유리가 탁자 위에 봉투를 올려두고 석의 옆에 앉았다.

"방금 다녀와서 가져온 거야. 확인해 봐."

화영은 친구들의 소식에 눈을 빛냈다.

"현중이는?"

유리는 고개를 저었다.

"아, 걔는 못 봤어."

석은 화인의 옆에 앉아 다시 바느질을 하기 시작했다. 화영은 석의 바느질을 보며 웃어주었다.

"그래도 나름 늘었네요."

석이 화영의 칭찬에 기분이 좋아져 방긋 웃었다.

"그래? 고마워."

경성 난화 양장점, 경성에서 제일가는 양장점이다. 상해에서 돌아온 뒤로 작게 열었던 옷 가게는 빠른 일 처리로 고위층 관료들에게 인기가 많았고, 그로 인해 수입이 점점 많아졌다.

하지만, 어떻게 알았는지. 누군가가 시켜서 양장점은 한 차례 조사를 받았었다. 당연히 물증은 나오지 않았다. 양장점의 수익은 모두 독립운동 단체에 보냈지만 유리를 통해 보내어 소포든, 무엇이든 아무런 증거가 나오지 않았다. 화인은 그저 여유롭게 양장점을 운영하며 독립자금을 보냈다. 돈이 걸릴 일은 없었다. 그리고 지금은, 고위층 관료들이 전보다 더 많이 드나들어 의심이 적어졌다.

유리는 화인이 석과 사귄 지 오래되었지만 아직도 호칭을 정하지 않은 것에 의문을 품었다.

"오빠는 화영이 뭐라고 불러?"

석은 멀뚱히 유리를 보다가 한마디 했다.

"화영아."

유리가 눈을 굴려 화영을 보았다.

"넌."

"나? 유리 오빠 아니면 석이 오빠."

유리가 자신이 생각한 호칭을 말해주었다.

"뭐, 다른 것도 있지 않아?"

석이 모르겠다는 표정을 지으며 말했다.

"뭐가 있는데?"

유리가 딴청을 피우며 은근슬쩍 말했다.

"오빠는 '처제'라든가, 화영이 너는 '형부'라든가. 있잖아."

유리의 거침 없는 말에 석과 화영이 당황했다. 화인은 살짝 웃으며 말했다.

"얘들은 그런 말 잘 못 해."

유리는 한숨을 내쉬었다.

"이제 곧 가족 될 사인데."

화인의 얼굴이 붉어졌다.

"어어? 가족?"

유리가 당연하다는 듯이 말했다.

"예, 가족이요. 둘이 결혼 안 해요?"

화인은 얼굴이 붉어져 부끄러워하고 있는데 석은 의외로 거침없이 말했다.

"안 할 거야? 난 너랑 할 거야."

유리와 화영이 박수를 치며 장난기가 가득 담긴 환호성을 내뱉었다. 유리가 석의 당돌한 눈빛을 보고 말했다.

"어머, 우리 오빠한테 이런 면이 있는지 몰랐네?"

화인은 키득거리며 화인을 놀렸다.

"우리 언니 왜 이러셔? 좋으면서?"

화인이 고개를 돌려 모자를 마저 장식하며 손사래를 쳤다.

"벌써부터, 그런 얘기를 하고 난리야~."

유리와 화영은 석과 화인의 결혼식을 상상하며 서로 웃었다. 석은 바느질을 빠르게 끝내고 표창원 대장에게서 온 전보를 풀어보았다. 흰 종이에는 급하게 휘갈겨 쓴 글씨체로 긴 문장이 적혀 있었다. 문장을 읽는 석의 표정이 점점 어두워졌다.

'1940년 9월 27일 오전 7시, 까마귀 집에 불이 남. 금잔화 양장점 조심할 것. 내부 고발자가 있음.'

까마귀 집은 표창원 대장과 정우, 현중이 지내는 개성산의 이름이다. 까마귀 집이 불에 탔다는 것은 표창원 대장의 위치가 일본에 의해 발각되었다는 것이다. 하지만 직접 편지를 전하는 유리가 이 사실을 모를 리 없었다. 유리는 여유롭게 앉아 있었다. 석은 유리가 이 사실을 모르고 편지를 전달한 것인지 의문이 들었다.

"유리야."

심각해진 석의 목소리에 유리가 경계심을 가지고 말했다.

"…왜?"

석이 걱정스러운 눈빛으로 유리를 보았다.

"너, 이 편지 누구한테 받았어?"

"당연히 대장님한테 받았지? 왜? 문제 생겼어?"

"직접 받은 거야?"

유리는 편지를 발견했던 오후 1시를 떠올려 보았다. 유리가 개성에 도착해 표창원 대장이 지내는 산으로 갔을 때, 표창원 대장과 다른 사람들은 안에 없었다. 나무로 된 집의 문을 열고 들어가자 안은 이상할 정도로 깔끔했다. 서류들이 현중의 책상에 많이 쌓여 있었다. 그리고, 정우의 책상에 있던 컵의 커피가 완전히 식은 것으로 보아 떠난 지 오래된 것 같았다. 표창원 대장의 책상에는 유리가 가져가야 할 표식이 적힌 봉투가 있었다. 표창원 대장은 옆에 러시아어로 하나의 문구를 적어놓았다.

'가져가, 급한 일이 있어서 급하게 간다. 가는 동안 몸조심하고.'

표창원 대장은 평소에 꼭 얼굴을 보고 봉투를 주었기에 조금 이상했지만 별로 의심하지 않았다. 유리도 직감을 하긴 했었다. 무슨 일이 생겼구나, 하지만 무슨 일이 생겼다기엔 방 안이 너무나 깨끗

했다. 유리는 봉투만 가지고 왠지 모르게 소름이 돋아 빠르게 산을 내려갔었다.

"아니, 책상에 놓여 있길래 봉투만 가지고 왔어. 옆에 글이 있던데? 러시아어로 가져가라고."

심각해진 분위기에 화인과 화영이 석의 옆으로 왔다. 석은 책상 바로 가운데에 편지를 놓았다. 유리가 편지를 보고선 주먹을 쥐었다. 화인은 편지를 보고선 시간을 보았다. 벽에 걸린 시계는 오후 4시를 가리키고 있었다. 그렇다는 것은 표창원 대장의 위치가 발각되고도 한참이나 지난 것이었다. 화영이 큰 한숨을 내쉬었다.

"...서점은?"

표창원 대장의 위치가 발각되었다면 연관된 모든 사람들이 위험해졌다는 것이었다. 그렇다는 것은 지금 이 자리에 있는 모두가 안전하지 않다.

띠링-

쾅-

문이 거칠게 열리고 누군가가 안으로 들어왔다. 화인이 나가려는 순간, 유리가 화인을 막아서며 묶은 머리를 위로 올려 다시 정돈한 다음 화인이 만든 자줏빛 모자를 써 모습을 바꾸었다. 평소의 유리 같지 않은 모습으로 1층으로 내려갔다. 유리의 손에는 권총이 쥐어져 있었다.

1층으로 내려간 유리가 마주한 것은 거친 숨을 내쉬고 있는 정우와 현중이었다. 유리는 총을 내려놓으며 둘의 상태를 확인했다. 유리는 재빠르게 문을 잠그고 암막 커튼을 내렸다. 유리는 모든 창문을 막으며 2층에 대고 말했다.

"창문 닫고 불 꺼요."

정우의 턱 쪽에 총알에 긁힌 상처가 났다. 현중은 거친 숨을 몰아쉬었다. 둘 다 꼴이 말이 아니었다. 현중이 손에 쥐고 있던 돈을 쏟았다. 손에 힘이 풀려버린 탓이었다. 현중의 꼴도 말이 아니었다. 유리는 주변을 계속 둘러보는 정우와 현중을 일으켜 세웠다. 큰 소리에 석이 밑으로 내려왔다. 석도 상황을 파악했는지 다시 위로 올라가 총을 꺼내었다. 분명히, 보통 일은 아니었다.

*

경성 제일 형무소 뒤. 새벽 4시.

영식은 갈색 코트를 입고 석진을 기다리고 있었다. 그리고, 뒤에서 석진이 걸어 나왔다. 석진은 영식의 어깨를 잡았다. 영식이 빠르게 뒤를 돌아보았다. 석진이 검은 모자를 살짝 들추었다. 영식은 석진의 얼굴을 보자마자 주먹을 들어 한 대를 치려 했지만 겨우겨우 참으며 말했다.

"빨리 말해."

석진은 조용히 하라며 검지를 들어 입을 가렸다.

영식이 화를 삼키며 말했다.

"빨리…. 영주 어떻게 하면 볼 수 있는데?"

석진이 담배를 꺼내며 말했다. 당당했다.

"불 좀 줘요."

영식은 뻔뻔한 석진의 태도에 화가 치밀어 올랐다.

"하… 묻는 말에 대답해."

석진이 한숨을 쉬며 말했다.

"가만히… 있어 보세요. 안 급해요. 형까지 밀고합니까?"

영식의 눈빛이 흔들렸다. 영식이 석진을 말없이 계속 보았다. 석진이 주머니에서 종이와 펜을 뽑았다. 석진은 담배 연기를 내뿜으며 말했다.

"형, 제안 하나만 할게요."

영식은 '제안'이라는 말이 조금 이상했지만 들어보기로 했다. 석진은 짧게 한번 한숨을 쉬더니, 말을 꺼냈다.

"형이, 여기에 독립운동에 관한 것, 특히…. 서점에 관한 이야기를 적어주면 좋겠어요."

영식은 석진의 말에 눈을 살짝 떨었다. 영식의 버릇이었다.

"이야기를 적으면, 보상도 넉넉히 드릴게요. 첫째, 형은 그냥 보내줄게요. 둘째, 영주 누나 보게 해줄게요. 어때요? 그런데, 정보는 정말 빠짐없이 다 적어야 해요. 다른 거 알고 있으면 적고요. 형, 영주 누나 보고 싶지 않아요? 오늘 저 만나자고 찾아온 것도 이것 때문이잖아요?"

영식은 잠시 고민하다가 펜을 잡았다.

*

양장점.

정우는 턱 쪽에 난 상처를 치료하고 멍하니 바닥을 보고 있었다. 유리는 상황이 어느 정도 진정이 되자 주위를 넓게 둘러보았다. 아직 다 가려지지 않은 작은 창문을 푸른 천으로 가렸다. 유리가 편지와 현중이 가져온 돈을 내려놓으며 말했다.

"…어떻게 된 거야?"

정우가 손을 조금 떨었다. 현중이 돈을 바라보며 말했다.

"누군가가 우리 정보를 빼갔어."

내부 고발자가 있다는 말이었다. 현중이 이어서 말했다.

"아침 6시에 하던 대로 정우랑 빨래하러 나가려고 준비 중이었어."

*

아침 6시, 개성산 본부. 표창원 대장의 거처.

현중이 한동안 빨지 않은 표창원 대장의 코트를 들었다.

"이것도 같이 빨아요?"

표창원 대장이 유리가 가져갈 서신을 쓰려고 종이를 찾았다.

"어? 아니. 오늘 입고 가야 해."

현중이 표창원 대장의 몰골을 보며 가까이 다가갔다.

"이제 좀 세탁하시죠? 주야장천 이것만 입고 다니시잖아요."

표창원 대장이 아이 같은 웃음으로 답했다.

"난 이게 좋아."

현중이 못 이기는 척 다시 옷걸이에 걸어놓았다. 정우가 표창원 대장의 머리 위에 있는 서랍을 열고 종이와 봉투를 꺼내주었다.

"여기요."

표창원 대장이 당황해하며 말했다.

"고마워, 몰랐네."

정우는 집 안을 둘러보았다. 집 안은 깔끔하게 유지가 되고 있었지만 느낌이 뭔가 이상했다. 정우는 표창원 대장의 뒤에 있는 창문으로 무언가를 보고선 불을 붙여놓았던 랜턴의 불을 바로 껐다. 정우의 돌발 행동에 현중이 물었다.

"너 뭐 해?"

표창원 대장도 정우를 멀뚱히 보았다. 정우가 고개로 창문을 가리켰다. 표창원 대장이 곁눈질로 창문을 보았다. 빼곡한 나무 사이로 사람들 세 명이 보였다.

일본 경찰들이었다. 위치가 발각된 듯했다. 이종석이 어떻게 알아낸 것인지 그의 최측근들을 보냈다.

표창원 대장과 현중도 눈치를 채고 책상 밑으로 들어가 몸을 숨겼다. 일본 경찰들도 눈치를 챘는지 총을 쏘았다.

탕-

타탕-

여러 발의 총알이 발사되고 그중 한 발이 정우의 턱을 살짝 스쳤다. 표창원 대장은 종이를 들어 떨리는 손으로 검은 글자를 휘갈겨 썼다. 표창원 대장은 최대한 고개를 숙여 권총 두 자루를 정우와 현중의 쪽으로 던지고 나무 상자를 열어 폭탄을 찾았다. 정우와 현중이 당황하여 어쩔 줄 모르고 있을 때, 표창원 대장이 큰 소리로 말했다.

"지금부터 무조건 그냥 뛰어, 내려가서 기차 타."

표창원 대장은 주머니에서 적지 않은 돈을 쏟아내었다.

"이 돈으로 최대한, 멀리 빨리 가."

정우와 현중이 쉽게 가지 못하자 표창원 대장이 경찰이 없는 유일한 왼쪽 구석을 뚫고 정우와 현중의 등을 떠밀었다. 정우와 현중이 밖으로 넘어졌다. 하지만 돌아볼 시간이 없었다. 돌아보면 바로 총에 맞을 것이었다. 지금 바로 뛰어도 총에 맞을 것이 분명했다. 정우와 현중은 가까스로 총알들을 피해 큰 나무들 사이로 도망쳐 내려갔다. 정우는 곁눈질로 멀어져 가는 나무 집을 보았다. 세 명의 일본 경찰들은 정우와 현중에게는 눈길조차 주지 않았다. 그들의 목표는 오롯이 표창원 대장 한 명이었다. 그리고 정우는 보았다. 석진이었다. 정우는 석진이 어째서 여기에 있는지 이해가 되지 않았다. 현중은 표창원 대장이 괜찮을지 걱정이 되었다. 사실상, 이 상황에서, 도망칠 좁은 구멍 하나 없이 포위된 상황에서 무기도 없는 표창원 대장이 살아남기란 불가능했다. 현중은 정우가 잘 오고 있나 보고선 모자를 눌러썼다. 푹 눌러쓴 모자의 아래로는 석진에 대한 분노와 걱정이 감추어져 있었다.

산 아래로 내려온 정우와 현중은 기차역까지 쉬지 않고 뛰었다. 산을 내려가면 바로 저잣거리였기에 조금만 더 가면 일본 제일 기차역이 나온다. 정우가 현중의 어깨를 살짝 두드리고 권총을 숨겼다.

"기차 타서 바로 경성으로 가자."

현중은 경성으로 가서 어디로 갈 것인지 생각했다. 정우는 유리에게 가는 것이 나을 것 같다고 생각했다.

"유리, 유리한테 가자."

유리라면 해결 방법이 있을 것이다. 하지만, 유리에게 가면 더 의심을 받을 수도 있었다. 그리고, 유리가 묶는 식물원의 근처에는 형무소들이 많고 4달 전, 만세운동이 일어나 경비가 삼엄하다. 개성에 파견된 경찰들이 경성에 연락한다면 유리까지 위험해질 것이다. 현중은 일본 경찰들이 역을 지키고 있는 것을 보고 다른 곳을 하나 생각해 내었다.

"…야, 양장점."

화인의 양장점 쪽에는 일본 경찰들이 감시를 서지 않는다. 그곳에는 친일파들이 많이 가는 카페가 있기에 감시가 없다. 잘만 뚫는다면 들키지 않고 들어가 도움을 구할 수 있었다. 정우도 대충 알아들었는지 고개를 끄덕였다. 그들은 서로 눈빛을 교환한 뒤, 역의 뒤편으로 몰래 숨어 들어갔다.

*

양장점.

석이 이야기를 듣고 나서 눈을 질끈 감았다. 다시 한번 주변인을 잃는다는 것은 끔찍했다. 하지만 이것보다 더 중요한 사실이 있었다. 바로, 내부 고발자. 즉 밀정을 찾아야 했다. 일단 유리나 석, 화인, 화영은 아니었다. 현중은 의심하고 싶지 않았던 서점을 의심할 수밖에 없었다. 서점이 아니면 내부 고발자가 나올 리 없었다. 석진은 이들이 양장점을 하는지, 서점을 계속하는지 몰랐다. 석진이 유일하게 아는 사실은 유리가 일본 경찰들이 잡아야 하는 1순위라는 것뿐이었다.

꺅-!

밖에서 여자의 비명 소리가 들려왔다. 유리는 창문에 끼워두었던 천을 빼고 밖을 내다보았다. 밖에서는 일본 경찰 여섯 명이 단체로 양장점을 향해 걸어오고 있었다. 화인이 이 사실을 알자 한숨을 내쉬며 쓰지 않는 창고를 열었다.

"들어가."

화인이 정우와 현중을 콕 집어서 가리켰다.

"예."

달리 선택지가 없었다. 화인이 심호흡을 하고 1층으로 내려갈 준비를 했다. 그때, 화영이 화인의 옷을 살짝 잡았다. 화영의 눈에는 공포가 서려 있었다. 화영은 자신의 부모님이 일본 경찰에 살해당했던 것처럼, 화인도 그리될까 걱정이 되었다. 화인은 화영의 머리카락을 살짝 만져주었다.

"걱정하지 마."

화인은 태연하게 말했지만 속으로는 정말 떨렸다.

쾅쾅-

문을 두드리는 소리가 들리자 화인이 1층으로 내려갔다.

화인은 들고 있던 열쇠로 문을 열고 경찰을 보았다. 일본 경찰 여섯 명이 물었다.

"2층 수색을 하겠습니다."

화인은 태연하게 미소를 지으며 2층으로 안내했다.

"네, 들어오시죠."

생각보다 순순히 요구를 들어주는 화인의 태도에 경찰들은 조금 놀란듯했다. 화인은 유리를 걱정했다. 유리는 2층으로 올라오는 소리를 듣고 창고로 몸을 숨겼다. 정우가 놀라서 말했다.

"너는 왜?"

"1층에서 경찰 올라와."

정우가 고개를 끄덕이고 소리가 나지 않게 유리가 앉을 자리를 만들어 주었다. 화영은 눈치를 챘는지 창문에 붙은 종이들을 때었다. 석은 태연하게 바느질을 하며 화인에게 불어로 물었다.

"여보, 누구셔?"

화인도 차분하게 불어로 연기했다. 그동안 조금씩 연습했던 불어가 빛을 발하는 순간이다.

"아, 잠시 수색을 하러 들어오셨나 봐."

일본 경찰이 2층을 둘러보았다. 경성에서 가장 유명하고 일본 고위층 관료들이 많이, 자주 들리는 옷 가게여서 그런지 거친 수색은 하지 않았다. 경찰들 중 대장으로 보이는 남자가 화인을 보며 말했다.

"남편분이신가요?"

"네, 남편이 영국에서 왔어요. 저는 조선 사람이지만."

경찰이 석의 얼굴을 보았다. 석은 너무나도 평온한 얼굴로 웃었다. 경찰은 누가 봐도 조선인처럼 생긴 석을 의심했다. 화인이 눈치를 챘는지 경찰의 옆으로 가서 말했다.

"시어머니가 한국 분이셔요."

경찰은 화인을 위아래로 눈을 굴려 쳐다보더니 시선을 창고로 돌렸다.

"잠시, 창고를 검문하겠습니다."

화영의 눈이 살짝 커지며 경찰을 보았다. 화인이 열쇠를 주었다.

"들어가 보십시오."

경찰이 열쇠로 창고 문을 열었다.

철컥-

창고에는 있어야 할 정우와 현중, 유리가 없었다. 화영과 석도 놀라서 고개를 내밀고 보았다. 경찰은 아무도 없자 1층으로 내려갔다. 화인이 1층으로 따라 내려갔다.

"아무 이상이 없군요."

"네, 당연하죠."

"그런데, 왜 가게 문을 이리 빨리 닫습니까?"

"오늘은 몸이 별로 좋지 않아서요."

경찰이 옷들을 둘러보더니 말했다.

"다음에 와서 구매해도 되겠습니까?"

화인은 부드럽게 웃어 보였다.

"저희 가게는 모든 손님들을 환영합니다."

경찰은 비웃듯 입꼬리를 한쪽 올리며 가게를 나갔다.

"아! 이 근방에 24살 남자들과 여자 한 명이 있을 것입니다. 여자는 이상한 가면을 쓰고 다니니 알아보기가 쉬울 겁니다. 발견하시면 연락해 주십시오."

"네, 알겠습니다. 조심히 가십시오."

경찰이 멀리 가자 매대의 안쪽에서 유리가 몸을 빼며 나왔다.

"화인 언니."

화인이 빠르게 매대로 가서 정우와 현중을 보았다. 창고의 아래쪽에 작은 공간을 뚫고 매대로 떨어진 것이었다. 현중이 허리를 펴며 말했다.

"이런 좋은 공간이 있었어요?"

정우도 신기해했다.

"좋은데요?"

화인은 안심하며 바닥에 앉았다. 속으로 엄청 긴장을 하고 있었던 터라 모두가 안전하다는 사실이 크게 와닿았다.

"다행이다…."

정우와 현중이 서로의 어깨를 두드려 주었다. 유리는 빠르게 장총을 챙기고 가면을 썼다. 그러고선 양장점의 지붕으로 이어지는 사다리를 탔다. 화영이 빠르게 내려와 위를 보았다. 유리는 천장의 문을 열고 지붕으로 갔다. 화영이 밖으로 나와서 보니 유리는 능숙하게 경사진 지붕을 걸어가고 있었다.

"하나코 씨한테 도움 청할게요."

유리는 말을 마치자마자 빠르게 뛰어 지붕을 타고 넘어갔다. 석은 혼자 가는 유리가 걱정스러운지 따라가려 했지만 지금 당장 자신이 가면 남겨질 사람들이 또 걱정되었다. 석은 유리를 믿고 양장점에 남았다. 화인은 양장점 안으로 다시 들어가서 전화기를 들었다.

"받아라…."

서점에 전화를 거는 것이었다. 표창원 대장의 쪽이 아니라면 내부 고발자는 서점 쪽에 있을 것이다. 설상가상으로 서점도 전화를 받지 않았다. 화인과 석이 교대로 전화를 열 번이나 했지만 그 누구도 받지 않았다. 하늘이 무너지는 것 같았다. 결국, 직접 서점으로 찾아가야 했다. 서점은 양장점에서 거리가 꽤 있었다. 가려면 한 시간을 가야 할 것이다. 정우가 석의 옷을 잡았다. 석이 정우를 돌아보았다. 정우는 힘들고 지쳐 보였지만 당찬 목소리로 말했다.

"형, 제가 갈게요."

현중이 정우의 말을 듣고 말했다.

"저도, 따라갈게요."

'정우 혼자 가는 건 위험해.'

정우가 현중을 보자 현중은 든든해 보이는 표정을 지었다. 화영은 현중의 겉옷을 한 벌 챙겨주었다. 화영이 직접 만든 두꺼운 코트였다. 정우는 가벼운 겉옷을 입고 있었지만 현중은 셔츠 한 벌만 입고 있었기 때문이다. 푸른 빛이 감도는 코트였다.

"고마워. 잘 입을게."

화인은 서점에 다시 한번 전화를 해보았지만 역시나 전화를 받지 않았다.

"전화를 안 받아."

정우와 현중은 문을 열며 말했다.

"가서 전화할게요."

화영이 걱정을 숨기려는 듯 웃었다.

"응, 잘 가."

현중이 씨익 웃고 밖으로 나갔다. 정우는 올리브색이 도는 모자를 쓰고 상처를 감추었다. 현중이 감시를 피하기 위한 골목길로 들어갔다. 양장점 안에서는 석이 한숨을 쉬며 머리를 쓸어 넘겼다. 석은 어릴 적부터 잘 풀리지 않는 일이 있거나 힘든 일이 있을 때마다 머리카락을 계속해서 뜯거나 쓸어 넘긴다. 요즘은 이런 버릇이 거의 없어지긴 했지만, 지금은 다르다. 화인은 불안한지 식물원에 전화를 했다. 불행 중 다행으로 식물원은 전화를 받았다. 주인인 하나코가 받았다.

"네~. 전화 받았습니다."

화인은 안도하며 유리를 찾았다.

"여기 난화입니다."

'난화'는 화인의 양장점을 말하는 암호이다. 표창원 대장에게 양장점에서 양장을 맞춘 일본인의 사진을 보낼 때 들키지 않게 말하기 위한 수단이었다. 하나코는 알아차렸다는 듯 말했다.

"네, 하나코입니다. 무슨 일이신가요?"

"혹시 유리 도착했나요?"

하나코는 방금 가게에 들어와 심각한 고민에 빠져 있는 유리를 보고 말했다.

"네, 유리… 왔는데, 나가려고 하고 있어요."

화인은 유리가 단번에 서점으로 가려는 것을 눈치챘다.

"…네, 감사합니다."

뚜, 뚜, 뚜-

하나코는 어찌 된 영문인지 몰랐지만 묻는 대로 답해주었다. 유리는 자리에서 일어나 옷을 챙겨 입고 총을 챙겨 나갔다.

"하나코 씨, 나갔다 오겠습니다."

하나코는 나가는 유리를 미소로 배웅해 주었다.

"응. 다녀와."

유리는 식물들 사이를 지나 밖으로 나가 곧장 서점으로 향했다.

*

같은 시각, 서점.

퍽-

"빨리 말 안 해?"

일본 경찰이 원창의 머리채를 잡고 책상에 박았다. 원창의 안경이 부러졌다. 일본 경찰은 원창이 쓰고 있던 우리말 노래의 원고를 찢으며 협박했다. 원창은 어찌 된 영문인지도 몰랐지만 원고만큼은 지켜야 했다. 이미 다른 사람들은 다 끌려간 뒤였다. 알바도는 서양인이라서 끌려가지 않을 것이라고 생각했지만 결국 조사를 받으러 끌려갔다. 향심과 광수도 마찬가지였다. 하지만, 이 자리에는 영식이 없었다. 원창은 모든 원고가 담겨 있는 서점의 천장 틈을 알려줄 수 없었다. 천장을 살짝 눌러보면 조금 파인 틈이 있다. 그곳에 많은 양의 한국의 전통 노래와 시, 말들이 적혀져 있는 원고가 있었다. 원창은 일본 경찰의 얼굴을 올려다보며 말했다.

"내가, 줄 것 같아?"

"뭐라 지껄여! 알아듣게 말해!"

원창은 이대로 가면 다 죽을 것이 분명하다고 생각했지만 뜻을 굽히지 않았다. 원창의 눈 옆에서는 피가 흐르고 있었고 서점은 난

장판이 되었다. 경찰은 더 흥분하여 원창을 바닥에 쓰러트리고 발로 짓밟았다. 왼쪽 다리가 부러진 듯했다.

"커헉!"

입술에서 피가 주르륵 흘렀지만 정신은 잡고 있었다. 일본 경찰이 몸에 힘이 없는 원창을 끌고 밖으로 나갔다. 원창은 끌려 나가는 순간까지 서점을 생각했다. 그리고, 영식을 떠올렸다. 영식이 배신자라고 생각하고 싶지 않았지만 지금 가장 유력한 사람은 영식뿐이었다. 원창은 제발 영식이 아니길 빌었다. 그냥, 어디서 정보가 새어 나간 것이라고 믿고 싶었다.

"넌 각오해!"

일본 경찰의 고함에 원창이 허탈한 표정으로 웃었다.

"허허…. 각오…."

원창이 악착같이 일구어 왔던 모든 것들이 산산이 부서지는 순간이었다. 열심히 살아왔던 지난날들이 부서진 유리 조각처럼 작은 알갱이들로 흩어졌다. 원창의 행복했던 기억의 조각들마저 부서졌다.

세상에서 가장 사랑하는 아내, 향심은 어찌 되는 것일까?

어릴 적부터 같이 지내왔던 친구이자 동료, 광수는?

멀리서 온 손님이자 뜻을 함께하는 동료인 알바도는?

다른 사람들은 다 괜찮을까?

그리고, 정말 영식이 배신했을까?

많은 생각들이 원창을 점점 더 어둡고 깊은 물 속으로 끌어당겼다. 머릿속이 안개처럼 뿌예졌다. 빨리, 진실을 알고 싶었다.

*

　영식은 서점을 향해 터덜터덜 걸었다. 손에는 작은 다과가 들려 있었다. 오는 길에 산 것이었다. 영식이 서점에 거의 도착했을 때, 영식이 느낀 기분은 삭막함이었다. 거리는 쥐 죽은 듯이 조용하고 사람들이 사는 곳이라는 생각이 들지 않았다. 그 흔한 개미 한 마리도 보이지 않았다. 영식이 이상함을 느끼고 서점으로 들어섰다.

　들어선 서점에는 영식보다 먼저 도착한 유리와 정우, 현중이 있었다. 유리는 문이 열리는 소리를 듣자마자 달려 나가 영식을 쏘아보며 말했다.

　"지금까지 어디 있었어?"

　영식은 당황하며 유리의 손을 살짝 건드렸다.

　"나…? 나, 형무소."

　형무소에 갔다면 분명히 석진을 만났을 것이다. 유리는 더욱이 영식을 의심할 수밖에 없었다. 영식은 난장판이 된 서점 안을 넓은 시야로 둘러보았다. 영식은 정우와 현중의 표정에서 심상치 않음을 느끼고 창고로 들어갔다. 영식은 창고에 들어가자 속이 안 좋아짐을 느꼈다. 머리가 어지러워졌고 속이 울렁거렸다. 원고들이 이곳저곳에 흩뿌려져 있었고 간간이 바닥에 피가 번져 있기도 했다. 찢긴 원고들을 본 영식은 그제야 상황을 정확하게 파악했다. 유리는 영식을 의자에 앉혔다. 정우는 영식과 유리의 눈치를 보았다.

　"…형무소를 새벽 4시에 갔는데 지금은 5시야. 심지어 오후 5시. 열여섯 시간도 넘은 시간 동안 뭘 하고 있었어?"

영식은 눈시울이 붉어지는 느낌을 받았다. 영식은 천천히 있었던 일에 대해 다 말하려 했다.

잠들 수 없는 밤 - 2

새벽 4시, 형무소.

영식은 펜을 잡고 종이에 글을 써 내려갔다. 중간중간 자세한 그림도 그리는 것 같았다.

서걱-

석진은 담배 연기를 내뿜으며 기다렸다.

"하⋯."

10분 정도 지났을 때, 영식이 종이를 반으로 접고 석진에게 내밀었다. 영식은 석진을 위아래로 보았다. 석진은 껄렁거리며 종이를 확인하더니 표정이 굳어지며 눈썹을 찡그렸다. 영식은 씨익 웃으며 전력 질주로 달렸다.

"야!"

종이에는 '대한 독립 만세.'라는 문구가 적혀 있었고 밑에는 태극기가 그려져 있었다. 그리고 영식은 한글로 작게 적어놓았다.

'쓰겠냐.'

석진은 얼굴이 붉어지며 화가 났지만 혼자 쫓아갈 수 없었다. 석진은 영식이 도망친 뒤, 쭈그려 앉아서 최후의 방법을 생각해 내었다. 독립단에서 지내던 시절, 가장 활발한 교류를 했던 곳. 서점을 고발하기로 했다. 적어도 옛 동료들은 가슴에 쌓아두기로 했던 혼자만의 맹세는 지금, 깨졌다. 그리고, 서점에서 우리말 사전의 원고를 쓴다는 이야기를 들었다. 김창욱 대장과 교류가 활발했었다. '조원창'. 이름도 기억난다. 독립단 기지에 자주 찾아왔었다. 영식이 자세한 정보를 불어주었으면 더 수월했을 것인데.

 또, 의열단의 표창원 대장. 아버지인 김창욱 대장과 이종석을 암살하려 했던 사람. 이종석에게 바로 보고를 한다면 좋아할 만한 사실이다. 아직도 개성산에 있을 것이다. 석진은 김창욱 대장에게 들은 이야기들을 다 불기로 했다. 석진이 알고 있는 정보들을 다 푼다면 독립운동을 하는 사람들을 잡기는 식은 죽 먹기였다.

 양장점이 문제였다. 분명히 석과 화인이 운영 중이었다. 석진도 의심이 되어 수색을 해보았지만 독립운동의 흔적은 남아 있지 않았다. 유리의 그림자가 보이지 않는 것이 이상했지만 김창욱 대장이 죽고 난 이후로, 석과 화인은 독립운동에서 손을 뗀 것 같았다. 짧지 않은 시간 동안 영국에 다녀왔다는 것과 영국인 양부모의 돈으로 한국에 돌아와 양장점을 차렸다는 것이 전부였다.

 석진은 정보를 모두 끌어모아 말하려니 가슴 한구석이 불편하긴 했다. 이렇게 말하게 될 줄은 생각도 해보지 않았다. 하지만 만약, 지금까지 아무것도 알아내지 못한 채 빈손으로 가면 자신이 해를 당할 것이 분명했다. 그렇지 않아도 형무소에서 낙엽이나 쓸고 있는 처지인데. 심지어 한국인의 신분으로, 큰아빠인 이종석의 추천으로 들어온 것이었다. 선배들은 그런 석진을 좋아할 리가 없었다. 석진은 어떻게 해서든 목숨을 부지하고 싶었다. 이대로 끝낼 수는 없었다. 어떻게 끈질기게 살아남았는데.

석진은 비릿하게 웃으며 경찰 상부에 보고하러 형무소 안으로 들어갔다.

영식은 그 길로 형무소의 밖으로 뛰쳐나가 산을 올랐다. 이모님은 석진이 무엇을 하는지 알고 계실까? 이런 일을 하는 것을 정확히 알고 계실까? 영식은 산의 중턱에 서너 시간 만에 올라갔다. 독립단의 기지가 있었던 자리였다. 1933년을 마지막으로 7년 만에 밟아보는 그곳은 더 기이한 분위기를 풍겼다. 나무로 된 집은 곰팡이가 피다 못해 무너져 가고 있었다. 영식은 주변 풍경을 보며 김창욱 대장의 집으로 갔다. 사람의 형상이 보이지 않았다.

텅텅-

"이모님."

아무 인기척이 없었다. 영식이 이곳으로 온 것은 충동적인 선택이었다. 총도, 다른 무기도 없는 영식이 혼자 이곳으로 왔다는 것은 위험했다. 아무리 다 큰 성인 남성이라지만 아무도 없는 산속에, 무너져 가는 폐가는 정말 위험했다. 영식은 산을 한번 둘러보았다. 풀은 높이 자라 있었다. 연무장에 놓여 있던 일본군의 옷을 입힌 허수아비는 그대로 남아 있었다. 영식은 아무도 없는 것을 확인하고는 숨을 골랐다. 그러고선 다시 산을 내려가 서점으로 가려 했다.

퍼석-

누군가 풀을 밟는 소리가 났다. 영식이 뒤를 돌아보니 세월이 지나 얼굴에 주름이 많아진 이모님이 있었다. 이모님은 단번에 영식을 알아보았지만 손을 떨며 안으로 들어가려 했다. 영식이 이모님을 불렀다.

"이모님, 얘기 좀 해요."

이모님은 영식을 피하며 빠른 걸음으로 걸으며 집 안으로 들어갔다. 이모님은 안으로 들어가 문을 잠그고 겁에 질려했다. 영식은 얼핏 들은 이야기가 떠올랐다. 몇 년 전, 한국에 다시 돌아왔을 때, 들리던 말로는 김창욱 대장이 죽고 이모님이 미쳐버렸다는 이야기가 많았다. 영식은 이모님을 뒤로하고 등을 돌렸다.

"…안녕히 계세요."

영식은 바로 산을 내려가지 않았다. 더 올라갔다. 어린 시절의 추억을 생각하고 싶었다. 영식은 산 정상으로 가서 사격을 연습했던 곳을 가보기도 하고 물소리를 들으며 시를 썼던 개울가를 가보기도 했다.

*

서점(현재).

"그러면 안 됐어, 바로 서점으로 왔어야 했어."

영식의 눈에는 초점이 거의 사라진 상태였다.

'사장님은? 광수 아저씨는? 누가… 고발한 거야?'

영식의 생각은 온통 물음표로 가득 찼다. 정우가 난장판이 된 서점을 정리했다. 찢긴 원고들을 책상 한쪽으로 몰아놓고 피가 묻은 바닥을 닦았다. 현중은 밖으로 나가 상황을 살폈다. 밖의 모든 가게들의 문이 굳게 닫혀 있었다. 맞은 편의 카페 '불란서'의 사장이 눈치를 보다가 문을 열고 나왔다.

"저기, 서점과 관련 있으십니까?"

현중이 대답했다.

"예, 지인입니다."

30대 초반으로 보이는 사장이 설명했다.

"몇 시간 전에, 일본 놈들이 서점으로 들이닥쳐서 서점 사장님이랑 다른 사람들을 다 끌고 갔어요. 그… 양인으로 보이는 남자도 한 명 있었고요."

현중이 넋을 놓고 생각하고 있자 사장이 덧붙여 말했다.

"이곳을 최대한 빨리 나가시는 것이 좋을 것입니다."

현중은 영식을 보았다. 아무리 봐도 영식이 내부 고발자는 아니었다. 그렇다면 도대체 누구인가? 영주? 영주는 아닐 것이다. 영주라고 해도 표창원 대장은 모를 것이다. 현중이 영식에게로 걸어갔다. 영식은 손을 떨며 눈물을 흘렸다. 영식의 눈이 점점 뜨거워졌다. 영식의 손에는 원창과 광수, 알바도가 미처 다 적지 못한 찢긴 원고가 들려 있었다. 유리는 무릎을 꿇고 앉아 있는 영식을 가만히 바라보았다. 충분히 슬퍼할 시간을, 자책할 시간을 주기로 했다. 하지만 유리는 이 상황에서 더 이상 시간을 지체할 수 없었다. 지금을 슬퍼하기보다 내부 고발자를 먼저 찾는 것이 더 중요했다.

'그럼 누구지? 영주 언니도 아니고, 영식이 오빠도 아니고.'

유리는 창밖을 응시하며 계속해서 추리를 이어나갔다.

표창원 대장이 어디에 있는지 정확히 아는 사람.

원창이 사전을 집필하는 것을 아는 사람.

그렇다면 이들을 오래전부터 본 사람, 그리고 정보를 넘길만한 주변인이 있는 사람. 단 한 명뿐이었다.

'고모.'

떠 오른 두 단어, '고모'. 유리는 1933년에 대한민국에 왔을 때, 연무장에서 각자 어디로 갈 것인지 무엇을 할 것인지를 이야기했던 기억을 떠올렸다. 마치 낡고 빛바랜 사진처럼 머릿속을 스쳐 지나갔다. 그리고 그 내용을 처음부터 끝까지 알 수 있었던 사람은 고모였다. 이모님. 유리는 독립운동을 돕던 자신의 고모가 변했다는 것을 믿기 힘들었다. 이 사실을 말해야 했지만 입이 열어지지 않았다. 유리는 입술을 한번 씹고서 말했다.

"고모야."

영식이 고개를 들었다. 자신을 피하던 이모님의 모습이 뇌리를 스쳤다. 그때, 이모님이 하려던 말이 무엇인지 유추가 되었다.

'네가 왜 여기 있어?'

분명했다.

영식은 주먹을 꽉 쥐었다.

"이모님?"

정우와 현중도 동시에 유리를 보았다. 제아무리 유리라지만 추리가 틀릴 수도 있었다. 유리도 믿고 싶지 않았다. 아버지에 이어서 고모까지 배신자라니. 정말 어지러워 쓰러질 지경이었다. 현중이 눈썹을 살짝 올리며 물었다.

"이모님이라고?"

그들은 유리의 고모를, 김창욱 대장의 아내를, 이모님을 잊고 산 지 꽤 오래되었다. 그리고 이 상황에서 나올 것이라고 생각지도 못한 인물이었다. 유리는 힘없는 눈빛으로 말을 이어나갔다.

"고모는 모든 것을 알고 있었어. 그리고 그 정보를 석진한테 팔았겠지. 그럼 그 애는 친일 경찰이니까 자기보다 더 높은 직급인, 친분이 있는 사람에게 넘겼을 거야."

유리의 말은 생각보다 설득력이 높았다. 모든 퍼즐이 들어맞는 느낌이었다. 정우는 날카로운 목소리로 질문했다.

"그 애가 친분 있는 경찰이 있어?"

영식은 유리의 쪽으로 걸어갔다. 현중도 말 한마디 없이 집중해서 들었다. 유리는 눈이 시큰해지는 기분을 느꼈다.

"가령…."

유리는 자신의 손톱으로 왼쪽 손목을 살짝 그었다.

"이종석….""

유리는 뒷말이 이어지지 않았다. 사실, 석진이 지금 그 자리에 경찰로 자리매김하고 있는 것도 다 이종석이 자신의 조카라면서 띄워준 것이었다. 유리는 그 사실을 다 알고 있었다. 하지만 다른 조치를 취하지 않았다. 유리의 생각에 석진은 아무것도 하지 못하는 남자였다. 하지만 어째서 유리는 눈치채지 못했을까. 아는 정보가 없었던 석진의 옆에 모든 정보를 알고 있는 고모가 있었다는 것을.

그 고모의 앞에는 막강한 권력을 잡은 배신자 이종석이 있다는 것을. 유리는 머리를 정말 철로 한 대 얻어맞은 것 같았다. 영식은 눈물을 살짝 닦으며 유리를 보았다. 일단, 이종석을 잡아야 했다. 하지만 무슨 수로? 머릿속이 복잡해졌다. 유리의 정신이 점점 아득해져 갔다. 정우가 유리의 눈을 파악하고 어깨를 두드렸다.

"일단 양장점에 전화 먼저 하자."

"아, 응."

유리는 원창의 책상에 있는 전화기로 전화를 걸었다. 영식은 '이종석'이란 말에 자꾸만 유리를 보게 되었다. 이종석의 딸, 유리가 정보를 팔았을 가능성은 없는 것일까? 계속 동료를 의심하게 된다. 아무도 믿지 못하는 상황이 왔다. 유리는 머리가 아픈지 눈을 잠시 감았다가 떴다.

"네, 경성 양장…."

전화를 받은 사람은 석이었다.

"오빠, 거기 아무 일 없지? 문 닫았지?"

석이 아무렇지 않은 목소리로 말했다.

"어, 괜찮아. 왜? 알아냈어?"

유리가 작게 말했다.

"오빠, 고모야."

"뭐가?"

"내부 고발자가 고모라고."

석이 당황해서 아무 말도 하지 않자 유리가 이어서 설명했다.

"생각을 해봐. 우리를 처음부터 끝까지 보았던 사람이 누구야?

그리고 막강한 권력이 뒤에 있는 사람은?”

석도 생각을 해보니 딱 들어맞는 것을 알았다. 누가 남매 아니랄까 봐, 석은 유리가 전에 말한 설명들을 토대로 퍼즐을 맞추기 시작했다.

“고모가 김석진한테 정보를 주고 김석진은 아빠한테 정보를 넘겼다. 이 말이야?”

“응, 맞아. 아무래도 맞을 거야. 확실해.”

“고모한테 갈게.”

“응, 조심해.”

“어.”

뚝-

전화가 끊기자 유리는 옷소매를 살짝 걷어 올리며 영식을 보았다. “일단 양장점으로 가서 있자. 오빠가 고모 만나러 간대.”

영식은 유리의 서늘한 표정을 보았다. 러시아와 중국에서 보았던 유리의 싸늘함이 돌아왔다. 현중은 서점의 문을 닫았다. 유리가 뒷문을 열었다. 영식도 천천히 일어나서 밖으로 나갔다.

“가자.”

영식은 모든 것이 사라졌다는 허무감이 들었지만, 더 이상의 피해가 발생하지 않게 행동해야 했다. 유리가 차분하게 계획을 설명했다.

“우리는 지금부터 가장 안전하게 양장점으로 가야 해. 알았지?”

유리의 머릿속에서 또 다른 물음이 올라왔다. 그다음은? 석진을 찾아가 사살할 것인가? 석진을 죽인다 한들 이종석을 죽일 수는 없지 않은가? 유리는 생각들을 가라앉혔다. 현중이 바닥에 뿌려진 원고 마지막 1장을 올려놓으며 나갔다.

"나와."

시간을 지체하지 않겠다는 생각이었다.

*

뒷산.

화영인 숨을 헐떡거렸다. 오랜만에 걸어보는 산이라 어색했다.

"언니, 언제까지 가?"

독립단에서 나오기 전까지는 산을 올라간다는 것이 이렇게 힘든 일인지 몰랐다. 이런 느낌은 화인도 마찬가지였다.

"조금만 더 가자."

석은 올라오는 내내 아무런 말도 하지 않았다. 석은 자신의 아버지가 자신의 또 다른 소중한 것들을 사라지게 했다는 생각에 분노했다. 김창욱 대장이 죽었을 때도 똑같았다. 석이 이종석 때문에 잃은 것들은 넘쳐났다. 하루 동안 말해도 모자랄 것이다. 석은 가족과 집과 소중한 것들을 잃었다. 대신에 의심을 가지게 되었다. 의심은 원하지 않은 감정 중 하나였다. 집을 나온 뒤로 연락도 하지 않은 채 자신의 모든 것을 가져간 이종석이 원망스러웠다. 어떻게 자기의 아내를 직접 총살하는가? 석은 아직도 어머니가 자신의 아버지에 의해 총살을 당한 날을 기억했다. 그리고 그날이 석이 유리와 집을 나온 날이었다. 어머니가 금가락지를 팔아 독립자금을 전달했다는 사실을 안 이종석은 품에서 권총을 꺼내어 마당 앞에서 쏘아 죽였다. 그날은 비가 왔었다. 그 바람에 피가 빗물과 섞여 대리석 바닥에 번졌다. 그리고, 석은 유리와 함께 나가려던 중, 그 광경을 목격하고 말았다. 아직도 소나기만 오면 대리석 바닥에 번진 그 검붉은 피가 생각이 난다. 초점이 없던 어머니의 눈빛도.

이런저런 생각들을 하다 보니 고모의 집에 도착하는 것은 시간문제였다. 화영이 익숙한 집을 발견하고 말했다.

"도착했다."

석이 집으로 달려갔다.

퍼석-

퍼석-

많이 자란 풀들이 스치며 소리를 내었다.

"고모!"

석이 문을 벌컥 열고 들어갔다. 이모님은 안절부절못하며 떨었다. 화영은 난장판이 된 안을 보았다. 석이 들어온 화영을 보고선 말했다.

"화영아, 네 언니랑 나가 있어."

화인이 화영의 머리를 쓸어주며 밖으로 이끌었다.

나란히 마주 보고 앉은 석과 이모님은 한동안 아무런 말도 하지 않고 있었다. 석이 먼저 말을 꺼내었다.

"고모, 김석진 어디로 갔어요?"

이모님은 이미 들켰다는 것을 체감한 것인지 자세를 고쳐 앉고 말했다.

"…몰라."

끝까지 입을 다무는 고모의 태도에 석은 더욱 강하게 나갔다. 고모마저 이렇게 행동할 줄은 몰랐다. 아버지에 이어 김석진, 고모까지. 충격적이었다.

"정말 모르세요?"

"지금 형무소에 있어. 네 아빠는 형무소 소장실에 있을 거고."

석은 이유라도 묻고 싶었다. 어째서 친일을 택한 것인지. 나올 답은 뻔했다.

"고모, 친일을 택한 이유가 뭐예요?"

'살아야 해서.'

"…너 같으면, 남편이 죽고, 먹고살 수도 없는데…. 어떻게 할래? 끝까지 지킬래?"

석은 예상했다는 듯 고개를 끄덕이며 총을 잡아서 장전을 하고 일어섰다. 이모님은 벌벌 떨며 소리쳤다.

"석아, 석아!"

석은 지금 당장 방아쇠를 당기지 않으면 더 큰 피해가 닥친다는 것을 알았다.

"죄송해요."

탕-

"고모."

이모님은 탕, 소리가 나자마자 바닥으로 나동그라졌다. 총성을 들은 화인이 문을 열었다. 석은 그 자리에 우두커니 서서 생각에 잠겼다.

'자기의 남편이 독립운동을 했었는데 의지가 이렇게 빨리 져버리나?'

화인은 석의 차가운 손을 살짝 건드렸다. 석의 표정은 화인의 생각보다 무심했다. 석이 격분하거나 많은 대화를 나눌 것이라고 생각했던 것과는 달랐다. 마치, 처음부터 배신자를 처단하려 왔던 것처럼 태연했다. 화영이 이모님의 시체를 보지 않으려고 시선을 돌렸다. 석은 피가 튀겨 얼룩진 손으로 머리카락을 살짝 털었다.

"…."

석은 아무 말도 하지 않고 고개를 돌려 화인을 보았다. 화인은 끔찍한 광경을 보고선 토가 올라오는 것을 느꼈다. 화인은 아랫입술을 살짝 깨물고선 석의 손을 잡고 집을 나왔다. 석은 유리와 같은 서늘한 표정으로 말했다.

"가자."

양장점을 나온 지 40분밖에 되지 않았다. 생각보다 빠르게 끝난 상황에 화영이 석을 따라갔다. 화영은 보지 않으려 했지만 집을 스쳐 지나가는 과정에서 보게 되었다.

붉은 피로 물든 마룻바닥을.

화영은 이제 24살이었다. 완전한 성인이다. 다 큰 어른이어도 아직 피는 익숙지 않았다. 아직도 피를 보면 속이 울렁거렸다. 화영은 석의 눈치를 보며 뒤를 따라갔다. 화영은 다시는 올 일이 없는 연무장을 보았다. 어릴 적, 열심히 뛰던 연무장은 이제 골칫덩어리 잡초들이 자란 하나의 땅이었다. 석이 화인을 보며 말했다.

"다시 가서 말하자. 지금쯤 다 와 있을 거야."

화영은 석과 화인의 눈치를 살살 보았다. 여기서 다른 말을 했다가 괜히 더 분위기를 침울하게 만들 것 같았다. 사실, 화영은 이렇게 끝나는 것만으로도 충분히 다행이라고 생각했다. 더 많은 피해가 발생하지 않았다는 것에 가장 안도감이 들었다. 지금은 양장점을 운영하며 조용히 독립운동을 하고 있지만 독립단에서 몸으로 뛸 때는 많은 동료들이 죽는 것을 보았기에 더 그랬다. 화영에게는 지금 남은 사람들이 전부였다. 물론 서점 사람들이 거의 다 끌려간 것은 심각했다. 화영은 유리를 걱정했다. 경성에서 잡아야 할 여자 1순위이다. 유리는 가면을 쓰고 다녀서 경찰들이 얼굴은 모르겠지만 혹여나, 유리까지 잡혀갈까 두려웠다. 정우와 현중도 화영의 마음에 걸렸다. 이미 얼굴이 보여졌으니, 들키면 끝장이었다. 이런저런 생각들을 하다 보니 산 아래까지 내려왔다. 석이 잠시 멈춰서 산을 넓게 둘러보았다. 다시는 올 일이 없을 산이었다. 화인도 같이 돌아보았다. 석은 다시는 오지 않을 산을 흘겼다. 화인이 발걸음을 떼자 석도 걸음을 옮겼다. 그들은 아무 말도 없이 걸었다. 지금은 다들 마음이 좋지 않을 것이다. 석은 제발 아무 일도 없기를 기도했다. 무교였던 석은 지금, 세상의 모든 신들을 다 불러보았다.

*

모두가 모인 양장점.

분위기가 싸늘했다. 석은 고모가 죽었다는 말을 해야 했다. 자신이 죽였다고, 말해야 했다. 하지만 용기가 나지 않았다. 무서웠다.

자신이 사람을 총으로 쏘아 죽여서 유리가 더 충격을 받을까 봐, 자신을 싫어하게 될까 봐. 석은 자신의 동생 유리처럼 담담하게 말할 수 없었다. 유리는 무언가 할 말이 있어 보이는 석에게 무심히 말을 했다.

"오빠, 말해."

석이 우물쭈물하다가 결국 말을 꺼내지 못하자 유리가 눈을 굴렸다.

"그래서, 고모는 정리됐어?"

석이 놀라서 고개를 들자, 유리가 아무것도 아니라는 듯 말했다.

"했어?"

석이 고개를 끄덕였다.

"어, 그러면 고모는 됐고."

정우가 뒷말을 이어서 했다.

"이제 김석진이랑 이종석만 남았네."

유리는 고개를 끄덕였다. 그 둘은 어찌할 방법이 없었다. 특히 이종석은 어쩔 수 없었다. 유리는 눈을 감고 생각했다.

'양장점은 안전할 거야. 많은 사람들이 지나치고 일본 고위층 관료들도 많이 다녀가는 곳이니까 이곳을 처리해서 좋을 것이 없어. 이종석이 가장 중요하게 여기는 권위가 무너질 거니까 이곳이 가장 안전해. 식물원은, 아무도 모르니까. 지금처럼만 지내면 되는 거야. 그런데 서점 사장님이랑 광수 아저씨는? 향심 아주머니랑 알바도는? 알바도는 서양인이니까 풀려나려나? 표창원 대장님은? 내 아버지 때문에 다 사라지는 거야?'

머릿속이 의문으로 가득 찼다. 유리가 자리에 있는 모든 사람들을 둘러보았다.

"지금은, 다 괜찮을 것 같아요. 정우랑 현중이는 양장점에서 봐줄 수 있죠?"

화인이 힘없이 고개를 끄덕였다.

"전 식물원에서 계속 일할 거고요. 영식 오빠는 어떻게 할 거예요?"

영식은 달리 할 일이 없었다. 양장점에서 신세를 지자니 염치가 없었고 식물원에서 신세를 지자니 사정이 넉넉지 않았다.

"난 상해로 갈게."

석이 영식을 돌아보았다. 상해에는 아주 작은 집이 남아 있었다. 상해에서 지내던 시절, 다 처분하고 한국으로 왔지만 만일을 대비해 그 집만은 팔지 않았다. 화영이 한숨을 쉬었다.

"그 집이 이렇게 쓰이네."

현중이 머리카락을 쓸어 넘겼다.

"그러게."

영식은 더 이상 잃을 것이 없어 아무것도 두렵지 않았다. 독립을 위해서라면 무엇이든지 할 수 있는 상태였다. 더 이상, 아무 피해가 생기지 않을 거란 것을 확인한 정우가 말했다.

"다들, 들어갈까요."

영식이 가장 먼저 자리에서 일어나 나갔다.

"다들, 몸조심해. 연락할게."

영식의 걸음에는 그림자만이 남아 있었다. 공허한 그림자. 유리는 석과 따로 할 말이 있었다. 정우가 대충 분위기를 보고 1층으로 내려가자 했다. 현중과 화영, 화인이 일어나면서 다들 1층으로 이동해 옷들을 손봤다.

"오빠, 아직도 이종석이 아버지야?"

유리의 말에는 여러 가지 뜻이 담겨 있었다. 석은 괴로운 듯 머리를 감쌌다.

"아직도 모르겠어."

석이 마음을 굳힌 순간이다. 유리는 석의 눈빛을 유심히 살폈다. 살짝 흔들리는 석의 눈빛 사이로 유리는 불안감과 지침을 보았다. 석은 아버지가 자신의 모든 것을 빼앗았다는 사실을 부정하고 싶었다. 인정하고 싶지 않았다. 이해가 되지 않았다. 어느새 석의 눈시울이 붉어지고 눈물이 조금 떨어졌다. 유리는 석의 옆으로 조금 더 다가갔다. 석은 유리를 슬쩍 올려다보았다. 유리는 석을 보고 있지 않았다. 아무것도 없는 정면만을 응시했다. 석은 일부러 자신을 보지 않는 것을 알아차렸다. 유리가 할 수 있는 최선의 배려였다.

"오빠, 이해하려 하는 방법보다 인정하는 방법이 편할 때가 있더라."

석은 유리의 말을 듣고 눈물을 살짝 닦았다.

'이해보다 인정이 빠르다.'

"이종석은 친일파구나, 이렇게 생각해. 이런 사람들을 이해하려고 하면 끝도 없더라."

유리는 이미 이해를 해보려 많은 시간을 썼지만 절대, 이해할 수 없었다. 헛된 고민이란 것을 깨닫고 난 뒤에는 이해하려 하지 않았다. 유리의 진심 어린 조언에 석이 오랜 시간 묻어두었던 생각들을 꺼내었다.

"모르겠어. 정말, 독립이 가능한 건지."

석이 아무에게도 말하지 않은 내용이었다. 항상 대한민국에도 봄이 올 것이라 말했던 희망찬 석의 의지가 반쯤 꺾였다. 사람들 앞에선 밝은 분위기로 사기와 의지를 북돋아 주었던 석이 이런 말을 한다는 것은 큰 결심이었다.

"확신이 없어."

유리도 이해는 했다. 석의 고충을. 하지만 이렇게 터놓고 말을 하는 것은 어색했다. 단 한 번도 유리의 앞에서는 약한 모습을 보여주지 않았다. 유리는 석의 어깨를 살짝 잡으려다가 자리에서 일어나 1층으로 내려갔다.

"천천히 와."

석은 유리가 1층으로 내려가자 소리 없이 눈물을 흘렸다. 바닥에 흐르는 눈물은 비참하고 애석했다.

'봄이 오기는 할까.'

유리가 1층으로 내려갔다. 정우가 유리의 의자를 빼주었다. 유리가 고개를 살짝 숙였다. 현중은 주먹을 꽉 쥐었다.

"이대로 있을 거야?"

화인은 무슨 말인지 이해를 하지 못해 어리둥절해하고 있었다. 현중이 유리를 보았다. 다른 곳을 보고 있는 것 같았지만 분명히 유리의 눈을 보고 있었다.

"이종석, 이대로 둘 거야? 우리끼리라도 계획을 세워서 암살하자."

경호가 따라붙는 이종석을 암살하기란 하늘의 별 따기였다. 유리는 섣불리 대답을 하지 못했다. 이미 한 번 암살을 시도했었지만 실패했다. 그리고 그 과정에서 김창욱 대장을 잃었었다. 현중은 화영을 보았다. 화영은 시선을 피했다. 정우도 현중의 눈을 보고선 살짝 내리깔았다. 영식이 가장 먼저 말을 꺼냈다.

"지금은 위험해."

영식의 말에 현중이 반응했다.

"위험해도 더 이상 많은 피해자가 발생하지 않기 위함이잖아요."

화인이 손을 만지며 말했다.

"그래도, 실패 확률이 너무 높아."

언제 내려온 것인지 석도 자리에 앉았다. 석의 눈이 살짝 충혈되어 있었다.

"맞아."

유리가 말을 주저하다가 주먹을 꽉 쥐었다.

"그리고, 이제는 잃고 싶지 않아."

현중은 유리의 말에 자신이 한 말이 얼마나 대책 없었는지 알게 되었다. 계획을 세운다 한들 실행에 옮길 수 있는 확률은 희박했다. 현중은 바로 뜻을 굽혔다. 영식은 굳게 닫힌 문을 보았다.

'영주는, 잘 있을까.'

*

형무소의 고문실.

"꺄악!"

영주의 비명 소리가 고문실 안을 가득 채웠다. 겐지로가 뜨거운 쇳덩어리를 영주의 목에 가져다 대었다. 영주의 살이 타들어 갔다.

"아악!"

겐지로는 성에 차지 않았는지 날카로운 가시가 박혀 있는 방망이로 영주의 머리를 쳤다.

"말 안 해!"

영주는 이 형무소에서 독립운동에 관한 사실을 가장 많이 알고 있는 사람이었기에 고문관들은 모든 방법들을 총동원해 영주를 고문했다. 살아 있는 게 용했다. 영주가 한국어로 소리를 쳤다.

"절대 안 해! 특히 너 같은….”

겐지로가 주먹으로 영주의 얼굴을 내리쳤다.

퍽-

영주의 머리가 띵해졌다. 영주는 순간적으로 머리가 깨지는 느낌을 받았다. 겐지로가 고함을 쳤다.

"알아듣게 말해!"

영주는 피식 웃으며 겐지로를 똑바로 올려다보았다.

"너나 알아듣게 말하세요."

겐지로는 한국말을 못 알아듣는 것이 분한지 뒤에서 지켜보던 석진을 불렀다.

"어이! 너 조선말 알아듣지?"

"예!"

"통역해.”

겐지로가 가시 몽둥이를 들고 영주의 허벅지를 짓눌렀다. 영주는 필사적으로 고통을 참으며 말을 이어나갔다.

"내가, 죽는 한이 있어도 너한테는 말 못 해."

겐지로가 들고 있던 몽둥이로 영주의 머리를 강하게 쳤다.

퍼석-

몽둥이의 가시가 부러지는 소리가 났다. 영주의 머리에서 피가 다시금 흘렀다. 영주는 의식이 희미해짐을 느꼈다. 눈앞이 흐려지기 전에 영주는 석을 노려보았다.

"김석진, 친일을 해서 네 삶이 편해졌어?"

석진은 영주의 말에 눈을 떨었다. 가슴에 가시가 박혔다. 겐지로는 한참을 씩씩거리다가 주먹을 쥐어 영주의 머리를 한 대 강하게 때리고 문을 닫았다.

"어이, 너."

"네."

"적당히 하고 나와."

"네!"

끼익-

철컹-

석진은 자신을 노려보고 있는 영주의 앞으로 다가갔다.

"그냥 몇 마디만 하면 끝나는데."

영주는 석진을 올려다보며 코웃음 쳤다. 영주의 웃음에는 불쌍함이라는 감정이 담겨 있었다. 영주는 석진을 향해서 의미심장한 말을 남겼다.

"불쌍한 녀석, 이러니까 살만하냐?"

석진은 분하여 손을 들어 영주의 뺨을 때리려고 했지만 어째서인지 손이 내려쳐지지 않았다. 석은 공중에서 내려치려던 손을 멈추었다. 석진은 왼쪽 눈을 조금씩 떨며 문을 세차게 닫고 나갔다.

쾅!

어느새, 좁은 고문실 안에는 영주 혼자만 남았다. 영주는 의식이 흐릿해짐을 느꼈다. 눈앞이 핑핑 돌고 모든 사물이 뿌옇게 보였다. 영주는 위에서 내려오는 한줄기의 밝은 빛을 올려다보았다. 아주 작은 틈 사이로 빛이 들어왔다. 영주는 그 빛을 보며 죽음을 직감했다. 더 이상 몸이 버틸 수 없다고 신호를 보내왔다.

'이만하면 괜찮으려나?'

영주는 차가운 고문실 안이 그 한 줄기의 빛으로 따뜻해짐을 느꼈다.

'오빠는 어디에 있을까? 다들 잘 지내고 있을까?'

영주가 천천히 눈을 감았다. 차갑던 몸이 누군가 감싸주는 것처럼 따스해졌다.

'죽을 때여서 그런가?'

영주는 마지막으로 눈을 한 번 떠서 빛을 보았다. 적은 빛이 감사하게 느껴졌다.

'가는 길은 따듯할 수 있어서 감사합니다.'

영주는 고요한 적막 속에서 눈을 감았다. 영주의 손에 힘이 풀리며 툭, 하고 의자와 살짝 부딪혔다.

'봄이 온다.'

*

형무소의 둘레. 시체 처리소 앞.

석진은 영주가 했던 말을 계속 곱씹고 있었다.

'불쌍한 녀석, 이제 살만하냐.'

'불쌍한 녀석, 이제 살만하냐….'

생각할수록 화가 났다. 석진은 강해지려고, 더 편하게 살려고 친일을 하고 있었다. 김창욱 대장, 석진의 아버지가 죽고 어머니는 점점 피폐해졌고 생계는 더욱 어려워졌다. 나이가 들었지만 아직도 아이들은 망국노라 불렀다. '망국노'라는 말이 듣기 싫었다. 나라가 있다고 당당하게 말하고 싶었다. 하지만, 아무리 시간이 지나도, 곧 있으면 봄이 올 것이라는 김창욱 대장의 말과는 달리 봄날은 오지 않았다. 그래서 택한 방법은 큰 삼촌인 이종석에게 도움을 요청하는 것이었다. 어머니에게 정보를 받고 형무소의 소장인 이종석에게 정보를 팔면 손쉽게 돈을 받을 수 있었다. 아무리 기다려도 오지 않는 헛된 봄을 기다리는 것보다, 영원한 겨울을 지키려는 친일파가 되는 것이 더 나았다.

덜컹-

시체 처리소 쪽으로 수레가 끌려왔다. 석진은 왠지 그 시신을 확인해 보아야 할 것 같았다.

"잠깐만."

수레가 멈추었다. 석진은 수레 쪽으로 다가갔다. 석진이 수레 위로 덮인 천을 살짝 들추었다. 석진은 시신의 얼굴을 보자마자 급하게 반대편으로 뛰어갔다. 석진이 본 시신은, 영주였다.
　석진은 반대편으로 뛰어가서 헛구역질을 했다.
　"으… 읍."
　창백했지만 미소를 살짝 머금은 영주의 얼굴이 잊히지 않았다. 너무나 평온해 보이던 영주의 얼굴을, 석진은 인정할 수 없었다. 석진은 마른침을 삼켰다.
　'내가 원한 결과가 이거였나?'
　회의감이 들었다. 지금 이 일로 행복한가? 이러한 삶에 만족을 하는가? 아니다, 석진이 원하는 삶은 이런 것이 아니었다. 더 나은 삶을 살고 싶었다. 그냥, 한 번이라도 사람답게 살아보고 싶었다. 산속에서 추위에 떨며 지내는 것이 아니라 따뜻한 곳에서 살고 싶었다. 밥도 배불리 먹고. 하지만, 이것이 정녕 석진이 원했던 삶인가? 사람답게 살아보고 싶었던 석진은 결국 사람답게 살지 못하고 있다. 추운 곳에서 잠을 설치고, 밥도 제대로 못 먹던 때가 더 인간다운 삶이었다. 석진은 공활한 하늘을 보았다. 하늘에는 아무것도 없었다. 심지어 있을 법한 구름 한 점 없었다. 할 수 있다면, 이종석에게 연락을 취했을 때, 그때로 돌아가고 싶었다. 만약 돌아간다면, 다시는 그러지 않을 것이다. 이런 삶 일 줄 알았으면 절대 연락을 하지 않았다. 더 힘들어도 스스로의 힘으로 일어설 방법을 찾았을 것이다.
　하늘은 석진에게 아무 답도 해주지 않았다. 그저, 유유하고 무료하게 흐르고 있었다. 석진은 회의감과 자괴감에 빠져 고통스러워하며 몸부림을 쳤다.

*

형무소 안. 남자 감옥.

원창은 남자 여러 명이 지내는 좁은 방 안으로 들어갔다.

"들어가!"

교도관이 원창을 밀어 넣었다. 넘어지려는 원창을 잡아준 것은 다름 아닌 광수였다. 광수는 먼저 잡혀가 고문을 당하고 바로 온 것이었다. 광수의 눈이 시퍼렇게 부어 있었다.

"성님."

원창은 광수를 보고선 더욱더 자책감이 들었다. 나름 잘사는 집에서 종으로 일하며 지낼 수 있었던 광수를 괜히 독립운동으로 끌고 들어온 것은 아닐까. 원창은 방을 주루룩 둘러보았다. 좁은 방에 30명 가까이 되어 보이는 사람들이 줄줄이 서 있었다. 원창은 광수를 찾았다. 광수는 원창의 피 묻은 입술을 닦아주었다.

"성님, 안쪽으로 오셔유."

원창은 다들 있지만 보이지 않는 알바도의 행방을 물었다.

"알바도는?"

광수가 난처한 표정을 지었다.

"그… 알바도 형님은 아메… 뭐시기로 간다 합니다."

'아메리카, 미국으로 돌아가는구나.'

"그래, 고맙다."

'향심은, 여자 형무소로 들어갔겠지?'

안으로 들어가자 가장 나이가 많아 보이는 한 남성이 원창을 밝은 미소로 맞이해 주었다.

"어이구, 또 한 명 들어오셨네."

눈가에 주름이 잡혀 있는 70대 노인이었다. 원창이 고개를 살짝 숙여서 인사했다. 방 안의 분위기는 생각보다 밝았다.

"나는 '함명경'이라고 하네. 편하게 영감님이라고 부르게. 여기서는 다들 그렇게 부른다네."

원창이 떨리는 마음을 감추고 차분하게 말했다.

"예, 저는 '조원창'이라고 합니다."

원창이 이름을 말하자 뒤에서 누군가 원창을 툭툭 쳤다.

"…."

말없이 서 있는 표창원 대장이었다. 표창원 대장의 몰골은 말이 아니었다. 살이 다 까지고 곳곳에서 진물과 피가 나고 있었다. 원창은 표창원 대장이 이곳에 있다는 것을 인정할 수 없었다.

"자네가, 왜 여기에 있나?"

표창원 대장은 원창의 어깨를 두드리며 웃었다. 웃는 얼굴은 여전했다.

"정의를 실현하다가 왔지."

원창도 살짝 웃어주었다. 원창은 생각했던 것과 다른 형무소의 분위기에 조금 놀랐다. 암울하지 않았다. 저마다 각기 다른 희망을 품고 있었다. 함명경이 원창에게 물었다.

"그래, 자네는 뭘 하다가 들어왔나?"

30명이 넘는 사람들이 다 원창을 보았다. 시선이 집중되고 있는 가운데, 원창이 입을 열었다.

"저는, 작은 서점을 하다가…."

광수가 중간에 끼어들어서 설명했다.

"아따, 성님. 작은 서점이 뭡니까! 이분이요, 경성에서 가장 큰 책방 있죠? 으뜸가는 책방이요. 양의 책방."

이름을 들으니 들어온 지 5년이 된 규하가 말했다. 25살이었다.

"어, 양의 책방. 알아요."

원창이 수줍게 고개를 끄덕였다. 함명경 영감이 박수를 쳤다.

"아이고, 대단하시네."

다른 30대 남자가 원창에게 말했다.

"형님, 시집도 만드신다고 하시지 않았나요?"

옛 독립단에서 봤었던 철영이었다.

"응, 철영아. 거의 완성이… 되어가고 있었는데."

원창이 말끝을 흐리자 함명경 영감이 원창을 벽 쪽으로 데려갔다.

"자네, 여기에 시를 쓰게나."

다짜고짜 시를 쓰라니 조금 당황하기는 했지만 원창은 영식이 썼던 시 한 편을 똑같이 썼다.

반딧불이

검은 하늘에 바람이 스며드는 밤
가만히 어둠 속에서 반짝이는 너
작고 여린 몸짓으로
침묵의 땅을 비추는 빛이여

억압의 그림자가 긴긴 들판을 덮을 때
반딧불이는 소리 없이 울었다
타들어 가는 산과 들
집이 아닌 폐허가 된 마을을 지나며
희미한 빛으로 길을 내주었다
숨죽인 산새들의 노래
닳아버린 나무뿌리의 탄식 속에
누군가 외친다
"저 불빛 따라가자 희망을 찾으러"
꺼질 듯 꺼지지 않는 작은 불씨여
그 빛은 사라진 것이 아니었다
별이 없는 하늘 아래서도
사람들은 반딧불이를 따라 걸었다
그날의 반딧불이는 말없이 약속했다
언젠가 이 땅의 아침이 다시 밝아올 때
이 빛은 희망의 노래로 바뀌리라고
작은 날갯짓이 거대한 역사가 될 거라고

원창이 글을 다 적자 곳곳에서 작게 박수를 쳤다. 규하가 원창을 보며 말했다.

"좋은데요? 나중에 나가면, 제가 1등으로 가서 구매할게요."

원창은 기회를 놓치지 않으려고 영업에 들어갔다.

"여기 계신 분들은 다 공짜입니다."

사람들이 환호성을 내뱉었다.

"호~."

그때,

쾅-

쾅-

"조용히 안 해!"

일본 간수가 작은 철창을 두드렸다. 사람들이 금방 조용해지며 서로 눈빛을 주고받았다.

'그래, 조금만 버티면 광복이니까. 상처도 금방 아물 거야.'

*

밖은 너무나도 쌀쌀한 가을이었다. 쌀쌀하다 못해 휑했다. 형무소로 잡혀간 사람들은 모두 광복만을 기다리며 남겨진 사람들을 걱정했고, 남겨진 사람들은 형무소로 잡혀간 사람들을 걱정했다. 영식은 영주가 어찌 된 것인지도 모르고 기다렸다. 영식은 앞으로도, 계속해서 영주를 기다릴 것이다. 원창은, 어디로 갔을지 모를 알바도를 걱정하고 아내인 향심을 걱정할 것이다. 유리와 석은 소중한 사람들을 더 잃지 않을까, 걱정하고 화인과 화영, 정우, 현중은 각자의 자리를 맡아 지킬 것이다. 앞으로도.

함성 들리는 날 - 1

1945년 8월 15일, 오후 1시. 경성 잔화터.

"와아아~."

사람들의 함성 소리가 이곳저곳에서 들려왔다. 골목에서는 아이들, 학생들, 노인들, 나이를 가리지 않고 모든 사람들이 나와서 태극기를 들고 환호성을 질렀다. 흰색 바탕에 붉은 양과 푸른 음, 검은 건곤감리가 새겨져 있었다. 사람들의 함성 소리에 유리가 식물원의 문을 열고 밖으로 나갔다. 하나코가 창밖을 내다보며 말했다.

"어머, 무슨 일이 있나?"

유리는 펄럭이는 태극기를 보고선 라디오를 틀었다.

지직-

"대일본제국은 1945년 8월 15일부로 항복을 선언하며…"

유리가 라디오를 그대로 틀어놓고 밖으로 나갔다. 유리의 눈에는 점점 빛이 감돌고 있었다.

유리가 밖으로 나오자, 신문을 뿌리는 소년이 유리에게 신문을 주었다.

"호외요, 호외!"

유리는 떨리는 손으로 신문을 펼쳐보았다.

바스락-

회색 신문 위, 헤드라인에는 유리가 가장 듣고 싶어 했던 말이 쓰여져 있었다.

'대한제국 아닌 대한민국으로….'

유리는 이 문장을 계속해서 보았다. 열 번째로 읽던 때, 검은 교복을 입은 남학생과 동생으로 보이는 여자아이가 태극기를 들고 유리의 옆을 스쳐 지나갔다.

"대한 독립 만세!"

유리가 정신을 차리고 주변의 소리를 집중해서 듣자, 사람들이 공통 적으로 외치는 말이 있다는 것을 알았다.

'대한 독립, 만세.'

유리도 속으로 생각을 하다가 주변 사람들을 보고선 따라 외쳤다.

"대한 독립 만세!"

유리의 눈에는 눈물이 살짝 고여 있었다. 유리는 숨이 턱 끝까지 찰 정도로 달려서 양장점으로 달려갔다. 양장점까지는 5분이 걸렸다. 유리는 벅차오르는 가슴을 진정시키며 달렸다. 꿈만 같았다.

지금 알고 있는 신문의 내용과 이 상황이 꿈이 아닌지 의심할 정도였다. 하지만, 불어오는 바람과 그에 따라 흔들리는 유리의 머리카락이 꿈이 아니라고 증명해 주고 있었다. 분명히 현실이었다. 유리는 그토록 염원하던 일을 이루니 느낌이 신기했다. 정말, 말로 다 표현을 할 수 없을 정도로 기뻤다. 유리는 함성을 내뱉고 자유롭게 우리말을 사용하고 태극기를 흔드는 사람들의 모습을 보니 코가 시큰해졌다. 유리의 눈에는 푸른 하늘이 감돌았다.

*

러시아 기준, 오후 12시.
'아, 빵집에서 또 뭘 만들지?'
러시아에서 새로 직업을 가진 영식은 평원에서 가만히 하늘을 보며 누워 있었다. 한없이 같은 일들을 반복하며 지내던 영식은 점점 무료함에 빠지고 있었다. 영식은 하늘을 보고선, 품에서 한 권의 노트를 꺼냈다. 노트에는 만년필도 같이 달려 있었다. 영식은 만년필을 잡고 공책을 높이 들어 글을 썼다.

고향

고향의 산천 대신
나를 에워싼 것은
한 줌의 바람과 푸른 하늘

먼 산도 없는 이곳에서
내 시선은 하늘을 베어 물고
뭉게구름을 따라 흘러간다

고향은
바다 너머 강철에 잠기고
나의 용감한 누이는
왼손으로 별빛을 그린다
나는 오늘도 끝없이 공허한 하늘에 묻는다
'봄은 오는가?'
하늘을 어제와 똑같이 답을 해주지 않는다

오직 바람과 하늘만이 나의 위로이다
끝이 없는 평원
끝이 없는 하늘
그리운 내 조국에도
이런 하늘이 아직 있으리라

 영식은 시를 쓰고선 퇴고를 해보며 생각에 잠겼다. 영식은 광복이 되면, 시집을 내려고 준비 중이었다. 벌써 쓴 시들을 모아보면 적어도 두꺼운 시집 두세 권 정도가 나올 것이다. 영식이 한참 무료한 시간을 보내고 있을 때, 알바도가 영식을 불렀다.
 "영식."

알바도의 얼굴에는 간만에 보는 생기가 가득했다. 알바도의 에메랄드색 눈이 반짝이며 빛났다. 알바도가 신문을 영식에게 쥐여주며 말했다.
"빨리, 봐."
영식이 놀라며 신문을 펼쳤다. 평온한 눈매로 보던 영식의 눈이 커졌다. 영식이 본 것은, 한국과 일본에서 온 신문이었다. 두 신문에는 같은 문구가 쓰여져 있었다.

'일본, 패전국.'

영식이 알바도를 보았다. 영식의 눈에서 작은 눈물이 떨어졌다. 영식은 신문의 내용이 믿기지 않는지 여러 번을 보고, 또 보았다. 영식이 자리에서 일어나 알바도와 부둥켜안았다. 이제, 감옥에 갇혀 있는 사람들을 볼 수 있다는 안도감과, 자유롭게 살아갈 수 있다는 꿈이 펼쳐지려 했다. 영식이 눈을 감으며 말했다.
"이제 갈 수 있어요…. 이제."
알바도가 호탕하게 소리 내어 웃었다.
"허허, 가자."
'가자.'라는 말이 영식에게 얼마나 큰 위로가 되고 있는지, 영식이 얼마나 듣고 싶었는지, 알까?
'갈 수 있다. 영주도, 볼 수 있어.'
영식은 영주를 볼 수 있다는 기대감에 눈물이 나왔다. 알바도는, 사랑하는 친구들, 동지들인 원창과 광수, 향심을 볼 수 있다는 사실이 가장 기뻤다. 감옥에 갇힌 이들이 얼마나 고생을 했는지 그 고통을 다 헤아릴 수는 없겠지만.

*

양장점.

"일본이 항복을 선언했습니다."

양장점 안에 있던 사람들이 모두 바느질을 멈추었다. 화인은 라디오의 볼륨을 키웠다. 더 또렷하게 들리는 일본의 항복 선언에 현중이 머리를 쓸어 넘겼다.
"…진짜야?"
"와아아!"
밖에서 들려오는 함성 소리로 보아선, 진실이었다. 화영의 눈에 뜨거운 눈물이 고였다. 석이 화인을 보고선 꽉 끌어안았다. 현중이 화영의 옆으로 가서 말했다.
"나가자."
"응!"
정우가 화영을 보며 말했다.
"맞다, 유리는?"
띠링-
때마침, 문이 열리는 소리가 들렸고 석은 단번에 유리라는 것을 직감했다. 유리는 가면을 쓰고, 총을 들고 오지 않았다. 유리가 숨을 헐떡이며 석에게 달려가 안겼다.
"오빠, 오빠."
석이 말없이 유리를 안아주었다. 석의 눈에서는 눈물이 흐르고 있었다. 유리는 뒤에 서 있는 화영과 정우, 현중을 보고 오라는 손짓을 했다. 화인도 유리를 보고선 미소 지으며 유리를 안았다. 유리는 얼굴들을 한번 둘러본 뒤에 눈에 고인 눈물을 닦았다. 눈물이 흐르지 않게 하기 위함이었다. 이 기쁜 날에 울 수는 없었다. 화인은 뜨거운 함성 소리와 맞은편 건물에 높게 걸린 태극기를 보며 생각했다.
'고대하던 날이 왔네.'
정우는 유리를 보고선 밝게 웃었다. 화영이 유리를 다시 한번 꼭 안았다. 유리는 화영의 머리카락을 살짝 넘겨주며 웃었다.
"어리광쟁이."
화영이 유리의 말에 키득거리며 웃었다. 현중이 유리에게 주먹을 내밀었다. 유리가 주먹으로 현중의 주먹을 톡 치며 친근감을 표했다. 유리가 화인에게 다가가서 장난스럽게 말했다.
"우리도 나가서 만세 외쳐야죠. 새언니."
'새언니'라는 단어에 화인이 얼굴을 붉혔다. 정우가 유리의 말에 웃음이 터졌다. 화인이 창고에서 천으로 덮인 막대를 꺼내어 펼쳐주었다. 바닥에 펼쳐진 흰 종이에는, 태극 무늬가 그려져 있었다. 그리고 밑에는, '1926년 11월 3일.'이라고 새겨져 있었다. 19년 전, 독립단과 의열단, 서점에서 단체로 서명을 한 태극기를 화인이 보관하고 있었다. 화영은 태극기를 보며 옛 추억을 떠올렸다.

"다들 기억나?"

현중이 피식 웃었다.

"응, 기억나고말고."

태극기는 19년이란 세월이 무색하게 보존이 잘 되어 있었다. 화인이, 얼마나 예전을 그리워했는지, 기억을 하고 싶어했는지 더 잘 느낄 수 있었다.

이유리, 이석, 서화영, 서화인, 유정우, 지현중, 박영식, 박영주, 표창원, 조원창, **김창욱**.

석이 태극기를 조심스럽게 들어 밖으로 나갔다. 유리가 정우가 밖으로 따라 나갔다. 석은 양장점의 간판 옆에 자랑스럽게 걸어놓았다. 태극기가 여름 바람에 흔들렸다. 석은 태극기를 바라보며 살면서 지은 웃음 중 가장 밝은 웃음을 지었다. 유리는 석의 옆으로 가서 태극기를 찬찬히 보았다. 맑게 해가 비치는 하늘 아래, 태극기가 반짝이며 빛나고 있었다. 화영이 통신기로 알바도에게 연락을 보내었다.

'대한, 해방, 고향.'

화영이 통신을 보내고 몇 초 뒤, 바로 답이 왔다.

'고향길, 세 시간 뒤.'

화영이 화인을 불렀다.

"언니!"

화인이 화영의 쪽으로 달려갔다. 화영은 뽑은 통신 종이를 들고 보여주었다. 알바도와 영식이 한국으로 돌아올 것이란 사실이었다. 현중은 문득 영주가 생각이 났다. 묻어두고 있었던 기억인 영주, 지금쯤이면 형무소에서 모든 동료들이 나오고 있을 것이다. 현중이 옆에 있던 화영에게 말했다.

"영주 누나, 보러 가야지."

오랜만에 듣는 영주라는 이름에 화영이 멈칫했다. 몇십 년 동안 보지 못했던 영주, 화인도 영주의 생각이 났는지 소매를 걷어 올리고 작은 태극기를 들었다.

"보러 가자, 영주."

정우가 석을 보았다. 석이 정우와 눈이 마주치자 알아차렸다는 듯, 마른침을 삼켰다. 솔직히 말하면, 석은 영주를 볼 면목이 없었다. 그날, 잔화터에서 만세운동을 하던 날, 자신이 조금만 더 잘 챙겼더라면 영주는 지금, 영식의 곁에 같이 있었을 것이다. 영식도 예전 같은 기운을 되찾았을 것이다. 하지만, 지금이 중요했다. 이제는 영주와 만날 수 있고, 영주의 이름을 부르고, 영식도 한국으로 돌아온다. 석은 슬며시 눈을 감았다 뜨며 유리를 보았다. 유리는 한결 부드러워진 표정으로 태극기를 보고 있었다.

'영주 언니도, 볼 수 있어.'

*

제일 남자 형무소.

"우와아!"

엄청난 함성 소리에 광수가 부스스 일어났다.

'만세운동 중인가?'

표창원 대장이 광수를 두드렸다. 광수가 응답을 하지 않자 표창원 대장이 더욱 강하게 흔들었다.

"아, 와요! 또, 뭐 새라도 날아간데요?"

표창원 대장이 고개를 저었다. 조그만한 틈으로 보이는 태극기가 광수의 눈에 들어왔다. 광수가 틈으로 눈길을 옮겼다.

"만세운동 중이여유?"

"대한 독립, 만세!"

표창원 대장이 고개를 갸웃했다.

"뭘까유?"

표창원 대장과 광수가 마주 보고 있을 때, 간수가 방망이로 감옥의 철창을 강하게 쳤다.

탕탕-

"표창원, 광수. 나와."

갑자기 둘 다 나오라는 소리에 표창원 대장은 마음의 준비를 하고 있었다.

'또, 끌려가야 하나?'

광수는 이미 허탈한 표정으로 어제 맞은 다리를 살폈다. 왼쪽 다리는 이미 치료가 불가능해 절고 있었고 오른쪽 다리는 어제, 부러졌다. 광수는 거의 표창원 대장이 광수를 살짝 부축하여 자리를 옮겼다. 그런데, 지금은 조금 다르다. 간수가 떨떠름한 얼굴로 말했다.

"석방."

일본어를 알아들은 표창원 대장이 광수를 보았다. 혼자만 알아들지 못한 광수가 표창원 대장을 어리둥절한 표정으로 보았다.

"뭐라는 거유?"

표창원 대장이 손을 떨며 말했다.

"…아, 아까 들리던 소리가….”

표창원 대장은 이제야 아까 전 들리던 함성 소리의 뜻을 알았다. 대한 독립 만세는 만세운동이 아니었다. 대한의 광복을 알리는 소리였던 것이다. 간수가 날카롭게 쏘아붙였다.

"안 나가?"

표창원 대장이 광수를 부축하여 나갔다. 광수는 절뚝거리며 걸었다.

"아니, 뭐 허는 겁니까?"

"해방이랍니다.”

광수는 표창원 대장의 말을 계속해서 머릿속으로 돌려 듣다가 잠깐 멈추어서 말했다.

"그라모, 인제 나갈 수 있는 깁니까?"

표창원 대장의 눈이 붉어졌다.

"그렇습니다.”

광수가 기뻐하며 웃었다.

"하, 하하!"

한참을 기뻐하고 있을 때, 다른 방에서도 하나, 둘씩 동지들이 나오기 시작했다. 멀리서 규하가 인사를 했다.

"선생님들!"

오랜만에 규하를 보자 광수가 웃음을 지었다.

"규하야!"

일본 간수가 몽둥이로 벽을 쳤다.

"줄을 서서 차례대로 나가!"

간수의 말에 앞을 돌아보자, 사람들이 앞에서부터 두 명씩 줄을 서 걷고 있었다. 표창원 대장은 멀리서 보이는 빛에 눈물을 머금었다. 광수는 절뚝이면서도 밝은 얼굴로 표창원 대장을 보았다.

"날래 나가입시더."

"그럽시다."

밖으로 나온 표창원 대장은 5년 만에 제대로 보는 바깥세상에 크게 놀랐다. 건물 곳곳에 태극기가 붙여져 있었고 사람들이 형무소 앞에서 가족과 동지들을 기다렸다. 규형이 누군가를 보고 달려가 안았다.

"형님!"

규형이 감옥에서 매일 같이 찾던 형이었다. 규형이 형을 꽉 끌어안고 울자 태극기를 든 규형의 형도 눈물을 훔치며 안았다. 형제간의 상봉장면이었다. 표창원 대장은 급하게 누군가를 찾기 시작했다. 광수는 혹시나, 향심이 먼저 나와 있을지, 영식이나 알바도가 와 있을지, 아니면… 다른 동료가 와 있을지 찾고 있었다. 하지만 아무리 찾아도 아는 얼굴은 보이지 않았다. 표창원 대장이 한숨을 살짝 내뱉었을 때, 광수가 표창원 대장을 툭툭 쳤다.

"저기, 유리 아니여유?"

유리가 맞았다. 누가 보아도 유리였다. 여름이지만 긴팔을 입고 계속해서 주위를 두리번거리는 여자. 광수가 시끌벅적한 주위를 뚫고 유리에게 갔다.

"유리야!"

표창원 대장도 유리를 불렀다.

"유리야!"

유리가 자신을 부르는 소리를 듣고 주변에 있던 사람들을 불렀다. 화영과 정우, 현중이 표창원 대장과 광수를 발견했다. 화영이 반가운 얼굴로 말했다.

"아저씨!"

표창원 대장이 자신이 나갈 차례가 와서 완전히 철문을 넘으려던 순간, 석진을 보았다. 석진은 앞에서 서명을 받고 있었다. 석진도 눈치가 보이긴 하는지 고개를 숙이고 펜을 내밀었다.

"이름을 기재해 주시길 바랍니다."

표창원 대장은 날카롭게 한마디를 속삭였다.

"…어때? 결과가."

여러 가지 소리가 겹칠 수밖에 없는 상황이었지만 석진에게는 표창원 대장의 말만 들렸다. 다른 소리가 들리지 않고 표창원 대장의 말만 들렸다. 광수는 석진을 보고서 아무 말 없이 지나쳤다. 석진은 철창 바로 앞에 서 있는 유리와 눈을 마주치지 않으려 일부러 고개를 반대쪽으로 돌리고 있었다. 표창원 대장과 광수가 드디어, 철문을 넘어 형무소 밖으로 나왔다. 정우가 표창원 대장에게 다가갔다. 표창원 대장은 면도를 하다가 다친 정우의 턱을 보고선 괜스레 웃음이 나왔다.

"정우야, 너 다쳤어?"

정우가 씨익 웃으며 현중을 가리켰다. 현중도 턱 쪽에 상처가 나 있었다. 형무소로 간다고 둘 다 급하게 면도를 하다가 다친 것이었다. 석은 표창원 대장과 악수를 나누었다. 유리는 보이지 않는 원창을 찾았다.

"광수 아저씨, 사장님은요?"

광수가 원창의 이야기를 묻는 유리에게 차마 원창이 돌아오지 못한다는 사실을 말할 엄두가 나지 않았다. 유리의 표정은 기대가 되는 표정과 살짝 걱정이 되는 표정이 겹쳐져 있었다. 광수가 말을 얼버무렸다.

"어… 그….".

광수는 주위를 둘러보다가 화인과 같이 걸어오고 있는 향심을 보았다. 향심이 광수를 보더니 긴장한 표정을 누그러뜨리며 웃었다. 광수가 터져 나오는 울음을 참지 못하고 결국 고개를 떨어트렸다.

"마님, 저…."

향심은 힘이 없는 눈으로 다들 모여 있는 곳을 둘러보더니 원창이 없다는 것을 눈치채고선 눈물을 흘리는 광수를 토닥여 주었다.

"괜찮다, 너라도 살아 돌아왔으니."

유리도 사실을 알았는지 시선을 아래로 옮겼다. 기쁘던 시간은 잠시였다. 유리는 원창이 돌아오지 못했다는 사실이 믿기지 않았다. 유리는 고개를 들어 하늘을 보았다. 하늘은 여름답게 아주 맑았다. 맑고도, 너무나 맑았다. 구름이 적당히 떠 있었다. 하지만, 평소와 다르게 여러 마리의 새들이 하늘을 날고 있었다. 유리는 다시 광수와 표창원 대장을 보았다. 표창원 대장의 얼굴에는 약간의 애절함과 쓸쓸함이 떠오르고 있었다. 광수는 울지 않으려고 애를 썼지만 한 번 터져 나온 울음은 다시 삼킬 수 없었다. 향심은 원창이, 자신의 남편이 돌아오지 못했다는 것을 알면서도 슬퍼하는 기색을 내보이지 않았다. 유리는 석을 보았다. 석은 계속해서 유리를 보고 있었다. 유리는 석에게 작게 말했다.

"그래도, 거의, 다 모였네."

석은 유리의 슬프지만 담담한 태도에 마음 한편이 시큰해짐을 느꼈다. 화영이 유리에게 다가가 말했다.

"일단 양장점으로 가서 이야기하자."

유리가 고개를 끄덕였다.

"다들 양장점으로 가서 얘기해요."

광수가 조용히 고개를 끄덕이며 따라갔다. 화영이 앞장서며 길을 잡아주었다. 정우와 현중은 표창원 대장의 옆에 붙어 떨어지지 않았다.

*

양장점. 오후 2시.

화영이 커피를 타서 올라왔다.

"가베당이요."

표창원 대장이 커피를 한 입 맛보더니 표정을 찡그렸다. 화영은 그럴 줄 알았다면서 약과를 꺼내어 주었다. 광수는 전보다 평온해진 표정으로 말없이 밖을 보았다. 창밖에서는 모두 만세를 외치고 태극기를 흔들고 있었다. 화영이 통신기를 다시 보았다. 화영이 종이를 뽑아보자 반가운 소식이 적혀 있었다.

'고향길, 두 시간 남음. 도착, 형무소, 직진.'

"영식 오빠랑 알바도는 4시에 도착해서 형무소로 바로 올 거래요."

일주일 전, 한국으로 돌아와 독립자금을 전해준다던 영식은 이제 두 시간만 있으면 도착한다. 화영은 광복 소식이 들리자마자 통신기로 연락했고 영식은 기차 안에서 연락을 받았다. 영식은 때에 맞게 잘 도착할 것이다.

향심은 커피를 한 모금 마시더니 하늘을 활짝 연 창문을 보았다. 표창원 대장은 하늘을 보면서 뭔지 모를 쓰림을 느꼈다. 이 좋은 날, 표창원 대장의 곁에는 있어야 할 한 사람, 아니 두 사람이 없었다. 김창욱 대장과 원창. 하늘은 한없이 맑고 푸르렀지만, 표창원 대장은 마음껏 만끽할 수 없었다. 동료들이 없다는 죄책감이 표창원 대장의 가슴을 찔렀다. 사실, 표창원 대장도 고문을 당하느라 몸이 성치 않았다. 왼쪽 어깨는 아예 쓰지 못하게 되었으며 오른쪽 눈은 거의 실명 상태이다. 그건 광수도 마찬가지였다. 화인이 조심스럽게 말했다.

"영주는, 못 나온 것 같아요."

화인의 눈이 살짝 붉어져 있었다. 여자 형무소를 다녀오는 길에 울었나 보다. 석은 영주가 돌아오지 못한다는 소식에 영식을 걱정했다. 분명히, 지금쯤 영식은 영주를 만날 생각에 들떠 있을 것이었다. 석은 영식이 다시 한번 좌절하지 않을까를 걱정했다. 석이 유리를 보았다. 유리는 말없이 커피잔을 보고만 있었다. 향심이 조심스럽게 말을 꺼내었다.

"원창은, 어떻게 된 거니?"

광수가 우물쭈물거리다가 말했다.

"…올해 1월에, 결국 못 돌아왔어유."

향심은 광수의 말을 듣고 아무런 반응을 보이지 않았다. 분명히 슬플 것이다. 가슴이 찢어질 것인데, 내색을 하지 않았다. 아무런 반응을 보이지 않았다. 그냥, 묵묵히 광수의 옆에 앉아 다독여 줄 뿐이다.

"그동안 고생했다."

광수가 향심을 보았다. 향심은 부드럽게 미소를 지어주었다. 광수는 향심의 따듯함에 사르르 녹았다. 광수가 무언가 생각이 났는지 급하게 말을 꺼내었다.

"거, 서점은 우째 됐심까?"

서점, 5년 전을 마지막으로 문이 닫혀 있는 상태이다. 아직까지, 서점의 문은 굳게 잠겨 있다. 그 아무도 서점을 건드리지 않았다. 서점은 5년 전 그때 그대로 있을 것이다. 유리가 커피를 한 번에 다 마시고 말했다.

"영식 오빠 오면 가봅시다."

광수가 유리의 눈빛을 살폈다. 유리는 무언가 많은 것을 감추고 있는 눈빛을 하고 있었다. 화영이 맑은 하늘을 보며 말했다.

"날이 왔네요."

현중이 벽에 걸린 시계를 보았다. 2시 10분을 정확히 가리키고 있었다. 유리는 화영이 준 정보 종이를 손에 쥐고 있었다.

'오랜만에, 알바도를 만나는 거네? 영식 오빠랑.'

유리의 입가에는 약간의 미소가 감돌았다. 정우가 옆 건물에 걸린 태극기를 보며 작은 목소리로 중얼거렸다.

"진짜 봄이 왔네."

유리가 석과 화인을 번갈아 보더니 장난스럽게 말했다.

"그럼, 이제 둘은, 결혼하는 거야?"

화인의 얼굴이 붉어졌다. 석이 낯간지러워하며 유리를 보았다.

"넌, 무슨 그런 소리를…."

화영이 석을 툭, 하고 쳤다.

"형부."

석의 귀가 화끈하게 달아올랐다. 화영이 씨익 웃었다. 유리가 화인의 옷소매를 잡았다.

"올케언니."

화인이 왼손으로 얼굴을 가렸다.

"아니, 지금 당장이 아니라."

화영이 화인의 말을 끊었다.

"지금 나이 몇인데, 언니 이제 34살이야. 노처녀라고!"

화인이 어이없어하며 말했다.

"허, 넌? 넌 지금 29살이야. 만만치 않아. 그리고…."

화인이 뜸을 들이더니 손을 슬며시 들어 올렸다. 석이 사람들의 시선을 피해 고개를 숙였다. 화인의 손에는 은가락지가 끼워져 있었다. 꽃무늬가 인상적이었다. 화영의 얼굴에 화색이 돌았다. 광수가 손가락을 가리키며 말했다.

"아니, 저건 뭣이여."

석이 부끄러운지 고개를 숙였다. 유리가 석의 어깨를 쳤다.

"뭐야~. 오빠, 진짜?"

석이 묵묵히 고개만 끄덕였다. 석의 표정엔 평소에 보지 못하는 부끄러움이라는 감정이 있었다. 정우가 박수를 쳤다.

"다들 박수~."

표창원 대장이 한 손으로 박수를 쳤다. 광수도 부럽다는 표정을 지으며 박수를 쳤다. 현중이 석을 보았다. 석은 겨우 고개를 들고 사람들을 보았다. 현중이 장난스럽게 말했다.

"이 형 상남자네."

유리가 무언가가 생각이 났는지 벌떡 일어서 창고로 갔다.

끼익-

유리가 무언가를 덜그럭거리더니 술병을 꺼냈다.

"지난번에, 마시기로 하고 안 마셨잖아요. 저녁에 마셔요."

정우가 엄청나게 좋아했다.

"좋아!"

유리가 정우를 웃으며 바라보았다.

"너 술 못 마시잖아."

정우가 멋쩍은 표정을 지었다.

*

형무소 소장실.

쨍그랑-

쿠당탕-

소장실에서 일본 제복을 입은 이종석이 물건을 던졌다.

"젠장!"

이종석의 얼굴은 빨개져 있었다. 이종석은 일본의 항복 소식을 듣고 화가 머리끝까지 치밀어 올랐다. 이종석은 신문을 찢었다.

찌직-

신문이 갈기갈기 찢겼다. 이대로라면, 이종석은 빠른 시일 내에 처벌을 받을 것이 분명했다. 죄목은, 강간, 살인, 폭행 등 다양한 이유가 있을 것이다. 그리고 무엇보다 위험한 것은 자신의 자식들, 두 명이었다. 이석과 이유리. 분명히 자신을 암살하러 올 것이란 것을 알고 있었다. 3일, 어쩌면 내일 바로 암살을 당할지도 모른다. 일본이 패전국이 되면서 이종석을 지키던 병력들이 다 떠나갔다. 이종석은 이 상황을 어떻게든 막아야 했다. 이종석은 한 가지, 아주 악랄하고도 비겁한 방법을 생각해 내었다.

'친미파.'

스스로 친미파로 줄을 다시 서는 것이었다. 친일파에서 친미파로 바꾸는 것은 그리 어렵지 않았다. 돈을 조금 쥐여주고 미국으로 망명을 하면 된다. 그만한 돈이 없겠는가? 이종석이 지금까지 뜯어낸 돈만 세어보아도 확실히 미국으로 가서 집 한 채 사고, 먹고살 정도는 있었다. 이종석은 특유의 비릿한 웃음을 지으며 방을 나갔다.

석진은 지금 손톱을 물어뜯으며 고민에 빠졌다. 당장 형무소의 일 아니면 먹고 살 능력이 없다. 이미 '독립운동가 아버지 밑에서 나온 친일파'로 경성 모든 동네에 낙인이 찍혔다. 지금 이종석에게서 떨어지면 분명히 독립단에서 누구든지 찾아와 자신을 죽이거나 앙갚음을 할 것이 뻔했다. 하지만 이종석에게 붙을 수도 없었다. 석진은 지금 이종석에게 철저히 이용당했다는 것을 느꼈다. 어차피 버리는 패였다. 석진은 혼자서 먹고살 길을 찾아야 했다. 그래야만 살 수 있었다. 석진은 살고 싶었다. 좋은 곳에서 번듯한 직업을 가지고 좋은 옷을 입으며 좋은 음식을 먹고 싶었다. 하지만, 이보다 중요한 사실을 석진은 잊고 지냈다. '인간성'. 석진은 가장 중요한 '인간성'을 잊어버렸다. 솔직히, 석진은 지금 하늘을 올려다볼 자격도 없다고 스스로 느끼는 중이었다. 이제 혼자 살아가야만 했다. 이종석은, 도움이 되지 않을 것이었다. 그리고 석진은 잊고 있었던 김창욱 대장을 떠올렸다. 김창욱 대장은 몸을 바쳤다. 김창욱 대장은 자신의 모든 것을 독립운동에 바쳤었다. 하지만 김창욱의 최종 목표였던 이종석을 죽이는 계획은 실패했다. 석진은 그 당시 꽤 어렸지만 한 가지를 알게 되었다.

'아무리 노력해도 봄은 오지 않는다.'

이 문장만이 석진의 뇌리에 박혔었다. 석진은 자신의 아버지 김창욱 대장이 그토록 싫어하고 증오했던 한 사람, 친일파 이종석에게 붙었다. 석진은 자신이 이종석에게 들었던 말을 곱씹었다.

'살아야 하지 않겠니?'

친일을 하면 돈을 주고 잘 곳을 제공해 준다는 말에 넘어간 석진은 자기 자신이 너무나 후회스러웠다. 석진은 머리를 쥐어뜯었다.

"시발!"

거친 숨소리와 함께 욕이 튀어나왔다. 석진에게는 선택지란 없었다. 선택이라는 말은 석진에게 너무나 과분한 말이었다. 석진이 한참을 고민하던 때, 석진의 앞에 영주가 나타났다. 영주는 저벅, 저벅 석진의 앞으로 다가왔다. 그러고는 웃으며 말했다.

"어때? 살만하니?"

석진이 소리를 지르며 뒤로 몸을 옮겼다.

"아냐…. 아니야. 아니라고!"

석진이 손으로 머리를 감쌌다.

"아니야, 내가 원한 건 이런 삶이 아니라고!"

영주는 한참을 서늘하게 서서 석진을 보다가 동쪽으로 걸어갔다. 영주의 모습이 점점 사라지자, 석진이 겁에 떨며 주먹을 쥐었다.

"난, 그냥…."

석진은 뒷말을 잇지 못하고 영주가 사라진 방향을 보았다. 석진은 앞으로가 막막했다. 석진은 감히 하늘을 올려다보지 못했다. 하늘을 보면, 어디선가 김창욱 대장이 자신을 한심하게 보고 있을 것 같아서였다.

"아… 빠."

석진은 친일을 한 뒤로, 모든 것을 잃어갔다. 어머니가 총살당하며 두려움이 커져갔고 그 두려움은 어느새, 석진의 마음 한구석에서 검은 가시를 자라게 하고 있었다. 잘못된 것인 줄 알면서도, 정보를 팔았다. 그 결과 많은 사람들이 잡혀갔었고 친했던 동료들과도 연락이 끊겼다. 석진은 바닥만 내려다보며 주먹을 쥐었다.

"이제, 어떻게 하지?"

더 이상, 아무런 탈출구가 없다. 석진은 그간 많은 사람의 탈출구를 빼앗으며 살아왔다. 그런데, 지금은 석진이 과거에 쌓은 업보들이 석진에게 그대로 돌아오고 있었다.

*

러시아에서 한국으로 돌아오는 기차. 3시.
영식이 맥주를 들이켰다.
"역시! 맥주!"
서양식의 술인 맥주를 마시는 영식의 얼굴에는 생기가 돌고 있었다. 알바도가 통신기가 든 가방을 꼭 끌어안고선 영식을 보았다. 영식은 흔들리는 기차의 창밖을 보았다. 영식은 푸르른 하늘이 좋기만 했다. 어서 영주를 만나 같이 밥을 먹고 싶었다. 알바도는 원창과 광수, 표창원 대장이 보고 싶었다. 향심도 걱정이 되었다. 알바도는 5년 전, 원창이 잡혀가기 전, 자신에게 주었던 시계를 보았다. 원창이 준 시계는 원래 김창욱 대장의 시계였다. 테두리가 금색이고 안쪽 유리가 살짝 깨져 있는 시계. 시간이 멈춘 시계. 알바도는 원창이 준 시계를 계속 간직하고 있었다. 지금까지. 알바도도 술을 한 모금 마셨다. 알바도가 담배를 꺼내서 피우려 했다. 영식이 알바도의 담배를 보고선 알바도를 째려보았다.
"Why?"
영식이 못마땅한 표정을 지었다. 기차에는 일본인들도 조금 타고 있었다. 그중에는, 임신을 한 여자도 있었다. 화려한 기모노를 입고 머리를 한쪽으로 틀어 비녀를 꽂아 우아하고 고풍스러워 보였다. 임신한 여자는 알바도의 담배 연기에 콜록거렸다. 영식은 차마 그 여자를 무시할 수 없었다. 영식이 그토록 미워한 일본인이지만 여자이고, 임신 중인 약자였다. 영식이 알바도에게 눈치를 주었다.

"크흠."

알바도가 눈치를 채지 못하고 계속해서 담배 연기를 내뿜자, 영식이 결국 한국어로 말했다.

"아저씨!"

알바도가 깜짝 놀라 담배 연기를 들이마셨다.

"쿡, 쿨럭. 또 왜!"

영식이 눈짓으로 임신한 일본 여자를 가리켰다. 알바도가 영식을 이상하다는 듯이 쳐다보았다.

"일본인이잖아?"

영식이 잠시 고민을 하다가 주먹을 쥐었다. 영식은 할 말이 없었다. 일본을 증오하는 것도 맞고 일본인을 싫어하는 것도 맞았다. 하지만, 어째서인지 자꾸만 눈길이 갔다.

"담배 때문에 기침하잖아요, 임신 중이고."

알바도가 뻘쭘한 듯 담뱃불을 꺼트렸다. 알바도는 다시 표정을 풀고 창밖을 유심히 보는 영식이 신기하다고 생각했다.

'역시 너무 착해.'

영식은 타고난 본성을 숨기지 못했다. 러시아에 있을 때도 그랬다. 길을 가다가 넘어진 일본 아이를 일으켜 세워주고, 돈이 없는 일본 할머니를 대신해 돈을 내주었다. 알바도는 그런 영식을 보면서 신기함을 느꼈다. 알바도가 영식에게 일본에 대해서 말할 때면 항상 영식의 대답은 늘 똑같았다.

"이러나저러나 일본인들은 다 똑같이 싫어요."

알바도는 창문에 기대어 희미한 미소를 짓고 있는 영식을 보았다. 영식은 영주를 만날 생각에 기분이 아주 좋아 보였다. 러시아에서 오고 나서부터 빵집에서 일을 하고 초원에 누워서 시만 적었던 영식은 번 돈의 절반이 넘는 양을 다 대한민국 임시정부에 주었다. 알바도도 마찬가지였다. 빵집에서 일만 했다. 가끔 러시아의 거리를 걷기는 했지만 한국에서 있을 때만큼의 감정들이 느껴지지 않았다. 영식은 러시아의 동네에서 동양인이라는 이유로 경찰들의 감시를 받아야 했다. 알바도는 서양인이라 딱히 의심을 사지 않았다. 알바도가 감옥에 가지 않은 이유도 서양인이어서였다. 한편으로는 죄책감도 들었다. 모두를 두고 왔다는 사실에. 하지만, 지금은 한국으로 가는 길. 알바도는 좌절과 죄책감, 슬픔을 모두 버리고 영식과 같이 창문을 보았다. 그들은 도착하면 형무소로 가장 먼저 달려갈 예정이었다.

함성 들리는 날 - 2

형무소, 오후 5시.

한국으로 돌아오는 길이 생각보다 오래 걸려 오후 5시나 되어서야 도착했다. 영식은 철문으로 들어가기 전, 심호흡을 했다. 오랜만에 만날 영주는 어떨지 궁금했다. 알바도가 영식의 머리를 툭 하고 건드렸다. 알바도가 피식 웃으며 안쪽으로 들어갔다.

안쪽에는 석진이 우두커니 서 있었다. 감옥 안은 이상하리만치 조용했다. 휑하고 썰렁했다. 영식은 들어온 지 2분이나 지나서야 러시아와 한국은 시간이 조금 차이가 난다는 것을 알았다. 알바도도 눈치를 챘는지 말했다.

"양장점으로 갈까?"

영식이 어이없다는 듯 웃었다.

"핫, 네."

영식은 두려움에 떨고 있는 석진을 보았다. 석진은 영식과 마주치지 않으려 고개를 푹 숙이고 있었다. 영식은 석진인 것을 눈치채고 고개를 까딱 숙여 석진의 얼굴을 보았다. 영식의 표정이 싸하게 굳었다.

"영주는."

'영주'라는 이름을 듣자, 석진이 아무 말을 하지 못했다. 이미 이 세상 사람이 아니라고 말을 하면 영식에 의해 죽을 것 같았다. 영식은 아무 말이 없는 석진을 보고선 불길함을 느꼈다. 알바도가 영식을 석진에게서 떨어뜨려 놓았다.

"일단, 양장점으로 가자."

석진이 돌아서는 영식에게 떨리는 목소리로 말했다.

"가도 없어요."

영식이 발걸음을 멈추고 돌아보았다.

"무슨 소리야?"

석진이 두 주먹을 꽉 쥐고 영식을 조심히 보았다.

"지금 양장점으로 뛰어가 봤자 영주 누나랑 조원창 선생은 없다고요."

알바도가 석진의 앞으로 성큼성큼 다가갔다. 당장이라도 죽일 듯이 석진을 보았다. 알바도의 눈빛은 어느새 서늘해져 있었다.

"제대로 말해."

석진이 허리춤에 차고 있는 칼을 만지작거리며 말했다.

"그 사람들은 이미 이 세상 사람들이 아니라고요."

그 말은 즉, 영주와 원창이 감옥에서 죽었다는 사실이었다. 알바도가 석진의 뺨에 주먹을 날렸다.

퍽-

"아!"

석진이 뒤로 넘어졌다. 알바도가 석진을 살벌한 눈빛으로 보았다. 알바도는 지금 당장 석진을 죽이고 싶었다. 어찌 저리 악랄할 수 있는가? 석진은 한때 동료였던 사람들의 죽음이 아무렇지 않아 보였다. 석진은 아무리 그래도 영주와 원창의 죽음은 자신이 직접 알려야겠다고 생각했다. 석진은 생각하지 못했을 것이다. 자신의 말이 더 큰 화를 불러일으킬지. 석진은 지금이라도 반성을 하고 싶었다. 늦었지만 용서를 구하고 사람답게 살고 싶었다. 하지만 늦었다고 생각할 때는 기회가 없기 마련이다. 석진은 분노하는 알바도를 보고선 할 말이 없었다. 알바도는 넘어진 석진을 한심하다는 분노의 눈빛으로 노려보았다. 석진은 고개를 다시 숙였다.

"죄송합니다."

알바도가 한 대를 더 치려 하자 영식이 알바도를 말렸다. 알바도가 공허한 영식의 눈빛을 보고선 옷깃을 다듬었다. 알바도는 영식을 걱정하며 등을 밀었다.

"…가자."

영식이 석진을 한 번 쓱 쳐다보고선 힘없이 철문으로 걸어 나갔다.

저벅-

저벅-

철문을 나오자 영식이 주머니에서 빈 종이를 꺼내어 만년필로 간단한 약도를 그려주었다.

"먼저 가 계세요. 전 조금만, 돌아다니다가…."

영식이 뒷말을 잊지 못하자 알바도가 영식의 어깨를 살짝 감 싸 주었다.

"조금만 있다가 들어와."

알바도는 내심 걱정을 했다. 혹여나, 영식이 정말 좋지 않은 선택을 할까 봐. 영식의 눈은 공허하다 못해 심연의 바다에 빠진 것 같았다. 영식이 알바도의 생각을 읽었는지 목이 메인듯한 목소리로 말했다.

"멀쩡하게 들어갈게요."

알바도가 눈을 내리깔며 약도를 보았다.

"…그래."

알바도는 중절모를 쓴 뒤 길을 걸었다. 뜨거운 해가 알바도의 에메랄드빛 눈을 비추어 주었다. 항상 보석처럼 빛나던 알바도의 눈은 탁한 남색이 들어간 듯 오묘해졌다. 알바도는 곳곳에 걸린 태극기를 보고는 쓴웃음을 지었다.

"Why?"

알바도는 오늘, 한 명의 동지를 또 잃었다. 알바도는 고개를 들어 하늘을 보았다. 하늘에는 세 마리의 새들이 고요히 날고 있었다. 알바도는 영식이 그려준 약도를 유심히 보며 길을 걸었다. 오랜만에 만나는 광수와 향심은 어떤 이야기를 해줄지 궁금하기도 했다.

*

영식은 형무소 뒤편으로 갔다. 영주와의 마지막 면회를 했을 때는 봄이었다. 봄바람이 따스하게 불어올 때, 영식은 닿을 수 없는 영주와 약속을 하였다.

"진짜 봄이 오면, 시를 보여줄게."

이제는 지킬 수 없는 약속이 되어버렸다. 영주는 정말 닿을 수 없어졌다. 마음마저 닿을 수 없었다. 영식이 아무리 영주의 이름을 부른다 한들, 영주는 들을 수 없다. 영식은 지금까지 적어두었던 시들을 떠올렸다. 10편을 적었다 하면 그중 6편은 영주에 대한 그리움을 담은 시였다. 나머지 3편은 고향에 관한 슬픔, 마지막 1편은 일제의 억압에 대한 자유를 표현했었다. 영식은 천천히 고개를 들어 하늘을 보았다. 여름이어서 해가 늦게 졌다. 해는 유난히도 반짝거렸다. 영식이 하늘에 대고 소리쳤다.

"왜! 모든 걸 빼앗아 가! 그만하면 됐잖아…."

영식의 눈에서 눈물이 뚝뚝 떨어졌다. 속에서 무언가가 올라오고 있었다. 영식은 죄책감에 휩싸였다. 영주가 잡혀가던 날, 자신이 조금 더 영주를 챙겼더라면 이런 일은 없었을 것이다. 서점 사람들이 끌려가던 날, 영식이 산으로 가지 않고 바로 서점으로 돌아왔더라면 달라졌을 것이다. 영식은 머릿속으로 계속해서 질문을 던졌다.

'내가 만약 그랬더라면 어땠을까?'

'조금은 달라져 있을까?'

'영주가 이렇게 가지 않았을 거야.'

'서점에 바로 갔었으면 나도 끌려가지 않았을까?'

'그러면 내가 원창 아저씨 대신 고문을 받았을 수도 있잖아.'

'차라리.'

영식의 입에서 비참한 말이 튀어나왔다.

"내가 죽는 것이 더 나았겠다."

세상에서 가장 비참한 말이었다. 영식이 많은 질문들을 던진 끝은, 결국 자기 자신을 향한 화살로 돌아왔다. 영식의 마음은 가시로 칭칭 감겼다. 마치, 시든 장미처럼 생기가 없어진 영식의 눈빛은 하늘을 향하고 있었다. 영식은 무릎을 꿇었다. 하늘을 향해 질문을 했다.

"어째서 나의 모든 것을 빼앗아 가시는 겁니까?"

하늘은 당연하게도 아무런 답을 해주지 않았다. 영식은 답을 기대하지 않았다. 애당초, 신을 믿지 않았다. 하지만 지금은 세상의 모든 신들을 다 불러 말하고 싶었다. 어째서 이렇게 가혹한 것일까? 자신이 무엇을 잘못했길래, 이런 운명을 받아들여야 하는 것일까? 그리고, 오늘 영식의 마음은 산산조각이 나버렸다. 지금까지 '고생 끝에는 낙이 온다.'라는 일념 하나로 버텨왔다. 모든 것을 내려놓고 싶을 때에도 언제가 올 봄을 생각하며 지냈다.

봄은 왔다. 오늘, 1945년 8월 15일.

하지만 영식의 정신은 이 좋은 날에 부서지고 말았다. 1945년 8월 15일에.

차라리 영주의 죽음을 조금만 더 빨리 알았더라면 이렇게까지 마음이 아프지 않았을 것이다. 원창의 죽음을 누군가가 전해주었더라면. 영식이 시로 쓴 좋은 봄날은 이런 날이 아니었다. 먼저 떠나간 동지들을 추억하며 기뻐하는 날이 좋은 봄날이었다. 죽음을 더 일찍 알았으면 기뻐하며 추억할 동지에 영주와 원창이 속하였을 것이다. 영식은 이미 적응이 되었다고 생각했다. 동료들의 죽음을 눈앞에서 수없이 목격해 왔다. 러시아에서도, 한국에서도, 중국에서도, 심지어 일본에서도 끌려가는 동지들과 총살당한 동지들을 보았다. 이미 죽음에는 무덤덤해진 줄 알았다. 그 생각은 오산이었다. 영식은 준비되지 않았다. 영식은 너무나도 당연하게 돌아와 줄 것이라고 생각을 했던 자신이 한심해지기까지 했다.

하늘은 맑고 평온했다. 영식은 다시 땅을 내려다보았다. 그러자, 원창이 해주었던 말이 떠올랐다.

영식이 서점의 앞에서 책을 찾아주는 업무를 보고 있던 날이었다. 어떤 일본 남자 손님이 찾는 책이 없자 다짜고짜 영식에게 화를 내었다. 영식이 고개를 숙여가며 사과를 했지만, 그 남자는 미안하면 자신의 다리 사이로 기어가라 하였다. 사과는 얼마든지 할 수 있었지만 이 부탁만은 들어줄 수 없었다. 영식은 남자를 노려보며 이야기를 했었고 그 남자는 더욱더 화가 나 영식의 뺨을 강하게 내리쳤다. 그날, 서점이 아주 발칵 뒤집혔었다. 결국 사장인 원창이 나가 직접 허리를 숙여가며 사과를 했고 겨우겨우 남자가 나갔다. 하지만 이 일로 근방 일본인들에게는 서점이 좋지 않게 소문이 났다. 원창이 잡혀가기 불과 일주일 전이었다. 영식은 우울했다. 자신이 그냥 다리 사이로 기었으면 이렇게 서점이 뒤집히고 서점이 좋지 않게 소문이 나지 않았을 것 같았다. 괜히 자신 때문인 것 같았다. 그렇게 한참을 우울해 있을 때, 원창이 영식의 어깨를 두드렸다.

"괜찮아, 어깨 펴! 네가 왜 우울해하고 있어? 그리고 생각을 해 봐. 우리나라 서점에 왜 일본 책이 있어? 이상하잖아?"

영식이 힘없이 웃자, 원창이 영식의 옆자리에 앉았다.

"…후회하니?"

영식은 후회하지 않았다. 맞서고 싶었다. 부당한 것을 요구하는 사람에게 정당함을 말하고 싶었다.

"아니요."

원창은 웃으며 말했다.

"그래, 그럼 된 거야. 잘했어!"

원창이 일어나려다가 뒷말을 덧붙였었다.

"그리고, 네가 만약 다리 사이를 기었어도 소문은 안 좋게 났을 거야. 절대, 네 탓이 아니야."

'절대 너의 탓이 아니다.'

영식이 지금 가장 듣고 싶은 말이었다. 자책하는 자신이 보기 싫었다. 영식의 옆에 원창이 있었다면, 아마도 영식의 탓이 아니라고 말해줄 것이다. 영식은 원창이 했던 말을 계속 되뇌었다. 5년이 지났지만 아직까지도 기억이 났다. 원창은 항상 영식의 선택을 믿어주었다. 부모님이 없는 영식에게는 원창이 아버지와도 같았다. 항상 자신을 믿어주고 지지해 주던 사람이었다. 영식은 원창을 생각하며 눈물을 닦았다. 원창이 이 기쁜 날에 자신 때문에 영식이 우는 것을 좋아하지 않을 것이다. 영식은 후회하지 않기로 했다. 살아서 광복을 본 것을 기뻐하기로 결심했다. 지금까지 열심히 쓴 시들과 원래 같이 만들기로 했던 책도 마무리하기로 했다. 지금까지 희생한 사람들이 있었기에 영식이 여기까지 올 수 있었던 것이다. 영식의 눈물은 어느새 흐르지 않고 있었다. 영식이 천천히 무릎을 들었다. 하늘은 여전히 묵묵무답이었지만 영식은 이제 하늘의 답이 필요하지 않았다. 영식은 웃는 얼굴을 보여주고 싶었다. 영식이 특유의 장난기 넘치는 웃음을 지어 보이곤 작게 말했다.

"다들 조금만 기다려 봐요. 제가 멋진 작품 하나 내어줄게요."

영식은 다른 감정들을 모두 뒤로 밀어두었다. 영식의 기쁨 뒤에는 항상 영주와 원창이 있을 것이다. 영식은 천천히 온전한 한국을 느끼며 양장점을 향해 걸었다.

*

양장점. 영식까지 다 모인 상황. 7시.

영식은 광수와 표창원 대장을 통해 원창의 마지막을 들었다. 영식은 이야기를 다 듣고 씁쓸한 웃음을 지었다. 얼마나 아팠을지 헤아릴 수는 없었다. 그래도, 이야기를 듣고 나니 얼었던 마음이 조금은 풀려나는 것 같았다.

"그랬나요."

유리는 영식의 얼굴을 살폈다. 오랜만에 본 영식은 그대로였다. 하나도 달라지지 않았다. 똑같은 모습이었다. 그저, 입은 옷이 달라졌을 뿐이다. 유리가 조심스레 말을 꺼냈다.

"우리 서점으로 가볼까?"

광수가 우물쭈물거렸다. 광수는 서점으로 갈 용기가 없었다. 원창의 모든 것이 담겨 있는 서점으로 가서 어찌해야 할지 몰랐다. 유리가 차분히 계획을 들려주었다.

"서점을 먼저 청소합시다. 그리고 아직 끝내지 못한 책이 있잖아요?"

 영식은 원고가 남아 있지 않을 확률이 높다는 것을 알았다. 원고가 없으면 좌절할 것이라는 자신의 마음도 잘 알았다. 영식은 고민 끝에 말했다.

 "난 가서 다시 책을 만들고 싶어."

 알바도는 영식의 단단해진 모습에 조금 놀란 듯 보였다. 이대로 서점으로 가면 원고는 없어져 있을 것이 분명했다. 서점도 어떤 모습일지 몰랐다. 낡아 문이 부서져 있거나, 불에 타 있을 수도 있다. 알바도는 원창과 했던 약속이 떠올랐다.

 '어떤 일이 있어도 책은 완성하기.'

 서점을 차릴 때부터, 원창을 만났을 때부터 했던 약속이었다. 알바도는 약속을 지키기 위해서라도 서점으로 가야 했다.

 "나도, 가보려고."

 광수는 향심을 살폈다. 향심은 우수에 찬 눈빛으로 알바도를 보았다. 향심이 광수를 보았다. 광수는 향심이 어떤 선택을 하든 따를 것이었다. 원창이 없는 지금, 광수가 따라야 할 사람은 향심이었다. 사실, 향심도 원창의 모든 것이 있는 서점으로 발을 옮기고 싶었다.

 "그럼, 지금 가보도록 하죠."

 광수가 자리에서 일어나며 말했다.

 "다들 기대하슈. 지가 멋진 서점, 보여드릴랑께요."

 광수의 눈에 빛이 비쳤다. 천장에서 내려오는 밝은 전구가 비친 것인지, 아니면 생기가 도는 것인지. 알 수 없었지만 분명히 좋은 감정 중에 하나였다. 유리가 일어나지 않고 가만히 있자 향심이 유리를 이끌었다.

"유리야, 너는 안 가니?"

유리는 잠시 고민을 하는듯싶더니 자리에서 일어나 태극기를 챙겼다.

"…가야죠."

서점 입구에 반짝이는 태극기를 걸 생각이다.

*

광수는 서점을 보자마자 기겁을 했다. 서점의 철문에는 녹이 슬어 있었고 나무 간판은 헐거워져 끼익 소리가 났다. 광수가 문을 톡 쳤다.

"아따, 이거이 뭐라요? 내 참, 미치겄네."

유리는 한숨을 쉬었다.

퍼석-

문이 부서졌다. 덜컹 소리를 내며 부서진 문은 그대로 바닥에 꽂혔다. 알바도가 거미줄을 보며 탄성을 뱉었다.

"Oh, my god! What is that?"

곳곳에 거미줄이 쳐져 있었다. 서점의 뒤편으로 더 들어가니 업무를 보던 책상들이 있었다. 책상은 생각했던 것보다는 멀쩡했다. 그저, 종이가 흩뿌려져 있고 빛바랜 핏자국들이 곳곳에 묻어 있다는 점 빼고. 향심은 원창의 책상 서랍을 열었다. 책상 서랍에는 당연하겠지만 원고가 없었다. 원창이 항상 소중히 보관해 놓던 두꺼운 원고 뭉치는 흔적도 없이 사라졌다. 향심이 이것저것 고민을 하고 있을 때, 영식이 소리를 질렀다.

퍽-

"아!"

영식의 머리 위로 나무토막이 떨어진 것이었다. 지붕을 받혀주고 있었던 지지대 하나가 떨어졌다. 영식이 천장을 올려다 보니 새가 천장을 뜯고 있었다. 영식이 수첩으로 새들을 쫓았다.

펄럭-

새들이 다 날아가자 광수가 무언가를 발견한 듯 천장을 가리켰다. 지지대의 틈으로 종이들이 걸려 있었다. 삼각형 천장 밑으로 걸린 지지대의 사이로 종이 뭉치가 있었다. 알바도가 의자를 밟고 올라갔다. 알바도가 낚아챈 종이는 자료지와 원고지였다. 원창이 끌려가기 전, 자세히 봐도 보일락 말락 하는 곳에 숨겨두었던 것이다. 영식의 얼굴에 기쁨이 흘렀다. 영식은 가슴 한편이 뜨거워지는 것을 느꼈다. 향심은 끌려가는 순간에도 원고를 지켰을 원창의 모습이 상상되었다. 유리는 그 자리에서 한참을 멈춰 있었다. 유리는 기적적으로 살아 있는 원고가 신기했다. 이제, 몇십 년에 걸친 작품을 마무리할 수 있었다. 향심이 유리의 옆으로 다가갔다. 유리는 향심을 안아주었다.

"있네요."

"그래, 다시 해보자."

광수가 한 원고를 들고 향심에게 왔다.

"마님!"

광수의 목소리에는 예전 같은 활기가 있었다. 향심이 광수의 원고를 보았다. 원고에는 책의 목차를 정리한 누군가의 글씨체가 있었다. 유리의 글씨였다. 약간 날려썼지만 반듯해 보이는 마법 같은 글씨, 밑에는 향심의 글씨로 날짜가 적혀 있었다.

1926년 8월 15일.

19년 전 오늘이다. 알바도가 의지를 담은 목소리로 말했다.

"좋아, 그러면 다음 8월 15일에 책을 내면 되겠네."

광수가 좋은 아이디어가 생겼는지 활기찬 목소리로 말했다.

"그라믄 광복 몇 주년 기념, 뭐 이런 식으로 내면 되겠네유."

알바도가 영식과 통했는지 손바닥을 부딪쳤다. 향심은 원창의 자리를 보며 과거를 회상하는 듯했다. 영식이 생각에 잠긴 유리를 보았다. 유리는 가까스로 모든 감정들을 억누르고 있었다. 영식은 유리의 머리를 손으로 툭 쳤다. 유리는 이제 29살이었다. 온전히 성인이었다.

"나 애 아니야."

영식이 피식 웃었다.

"그냥 조금의 장난."

유리는 돌아온 영식을 보았다.

"돌아온 걸 환영해."

영식이 씨익 웃었다.

"응, 기대해. 책이 완성될 거야."

유리가 환하게 미소 지었다.

"응. 기대할게."

유리가 밖으로 나가서 태극기를 꽂았다.

푹-

태극기가 살살 흔들렸다. 유리는 서점이 어떻게 변해갈지 궁금했다. 책도 궁금했다. 한때, 같이 서점을 키워갔던 한 사람으로서. 유리는 할 일을 다 마쳤는지 먼저 나갔다.

"저, 가볼게요. 들으셨죠? 이따가 9시쯤에 양장점으로 가서 저녁 먹는 거."

향심이 따듯하게 웃으면서 말했다.

"알았다, 가마."

원창이 없는 지금 실질적으로 이 서점의 주인은 향심이었다. 유리가 고개 숙여 인사했다.

"그럼, 이따가 봬요. 사장님."

유리는 기분 좋게 길을 돌아섰다. 바람이 불었다. 여름 바람인 더운 바람. 유리는 흔들리는 태극기를 보았다. 태극기는 서점을 환하게 만들어 주었다. 몇 년 동안이나 오지 않았던 서점에 사람이 찾아오니 생기가 돌았다. 유리는 앞으로 만들어 나갈 미래를 생각하며 길을 걸었다. 유리의 걸음은 가벼웠다. 무거운 구두의 뒤로 가벼움이 나왔다. 유리는 이제, 총을 잡지 않을 것이다. 총 대신에 태극기와 꽃을 들고 해보고 싶었던 것들을 해볼 것이다.

저녁 8시 30분. 축하식 30분 전.

유리가 책상에 놓여져 있는 양주를 보았다. 양주 옆에는 알바도가 러시아에서 사 온 다른 술들도 있었다. 유리는 술을 마실 생각에 벌써부터 설레었다. 화영이 유리의 옆에 앉아서 말했다.

"술이 그렇게 좋아?"

유리가 고개를 끄덕였다.

"응, 좋아. 빨리 마시고 싶어."

화영이 웃으며 문을 보았다. 투명한 유리로 된 문은 이제 해가 다 넘어간 하늘을 보여주고 있었다. 유리는 품에서 시계를 꺼내었다. 화영은 어딘가 낯이 익은 시계를 뚫어져라 보았다. 유리가 쓴웃음을 지었다. 유리는 시계를 열어 위 칸에 있는 낡은 사진 1장을 꺼내어 보여주었다.

"기억나?"

화영이 고개를 기울였다.

"뭔데?"

유리가 뒷면에 쓰여진 숫자를 보여주었다.

1926년 8월 11일.

화영이 사진을 유심히 보았다. 사진에는 유리와 화영, 정우와 현중이 태극기를 가운데에 두고 서 있었다. 10살이었다. 유리는 작은 몸으로 총을 메고 있었다. 화영은 자세히 기억이 나지 않았다. 다만, 한 가지 기억이 나는 것은 이날이 현중을 처음 만난 날이란 것이다.

"현중이 온 날 아니야?"

음식을 나르던 정우가 사진을 슬쩍 보더니 단번에 알아차렸다.

"맞네, 이때… 유리가 총 쏘고 바로 왔는데 대장님이 사진 찍자고 해서 찍었잖아."

화영이 놀라며 말했다.

"진짜? 그걸 기억해?"

정우가 당연하다는 듯이 고개를 끄덕였다.

"당연한 거 아니야? 이때 재가 꼴 이런데 사진 찍기 싫다고 엄청 뭐라고 했잖아."

유리가 시치미를 뚝 떼고 가만히 있자 정우가 태극기를 가리켰다.

"이 태극기가 밖에 걸려 있는 태극기야. 지금 사진이어서 잘 안 보이는 거지. 이름들이 다 있잖아."

화영은 사진에서 희미하게 보이는 것을 발견했다.

"보이는 것 같기도?"

현중이 무슨 일인가 싶어 빠르게 달려왔다.

"뭐야, 뭐야?"

화영이 사진을 보여주었다.

"이거, 그거!"

정우가 현중을 보았다. 현중이 머리를 긁적였다.

"내가 니들이랑 같이 찍은 첫 번째 사진."

정우가 현중과 손바닥을 맞추었다.

짝-

"역시!"

화영이 고개를 절레절레 흔들었다. 유리가 다른 사진들도 꺼내주었다. 어느새 표창원 대장까지 와 있었다.

다른 첫 번째 사진은 1926년 8월 15일에 태극기 앞에서 사진을 찍은 것이었다. 김창욱 대장의 시계에 꽂혀 있기도 했던 유품.

김창욱 대장, 표창원 대장, 원창, 석, 화인, 영식, 영주, 알바도, 유리, 화영, 정우, 현중.

두 번째 사진은 1936년 8월 15일에 주막집 뒤에서 태극기를 들고 찍은 사진이었다.

표창원 대장, 원창, 원창, 석, 화인, 영식, 알바도, 유리, 화영, 정우, 현중.

마지막 세 번째 사진은 1940년 9월 18일에 영식이 러시아로 가기 전, 양장점 안에서 카메라로 찍은 사진이었다.

표창원 대장, 석, 화인, 영식, 알바도, 유리, 화영, 정우, 현중.

점점 사람들이 줄어갔다. 표창원 대장의 표정에 순간 씁쓸함이 스쳤다. 시간이 지날수록 수가 적어졌다. 그만큼, 빈 공간도 많아졌다. 꽉 차서 카메라를 멀리 두어야 했던 1926년과는 확연히 달랐다. 1940년에는 카메라를 가까이서 찍었다. 들고 있는 태극기가 뚜렷이 보였다. 화영은 머리카락을 살짝 만졌다. 연도에 따라서 화영의 머리카락 길이도 달라졌다. 1926년에는 아주 짧았지만 1936년에는 날개뼈를 넘어섰고 1940년에는 허리보다 조금 안 되게 자랐다. 지금은, 허리까지 오는 긴 갈색 머리카락을 유지하고 있는 중이다. 현중과 정우의 키도 달라졌다. 처음에는 현중이 정우보다 조금 더 컸지만 1936년에는 정우가 더 커졌다. 그리고 마지막 1940년에는 어떤 일이 있었는지는 모르겠지만 현중과 정우의 키가 같아졌다. 그중 거의 변하지 않은 사람은 유리뿐이었다. 다들 조금씩 변해 있었지만 유리는 모든 옷이며 머리카락이며 다 똑같았다. 유리는 머리카락이 여전히 똑같이 길고 검은색이었고 옷도 비슷한 검은 계열의 긴 셔츠였다. 바지색이나 넥타이 색이 달라지지도 않았다. 유리는 빛이 바래가는 사진들을 보며 말했다.

"나중에 서점 사람들까지 다 오면 사진 1장 찍죠."

화인이 음식을 접시에 담아 왔다. 닭백숙이었다.

"어머? 사진이야? 옛날이네, 추억이다."

석이 화인의 뒤로 와서 사진을 보았다. 석이 1926년도 사진을 가리켰다.

"저건 완전 옛날 사진인데? 우리 15살 때 찍은 거 아니야?"

띠링-

문이 열리고 서점 사람들이 단체로 들어왔다. 영식이 생기 있는 목소리로 말했다.

"왔습니다~. 뭐야? 백숙?"

광수가 백숙을 보며 손으로 박수를 쳤다.

"아따, 맛있겠구먼유."

알바도가 백숙의 흰 살을 보았다. 화인이 옆을 가리켰다.

"죽도 있어요."

향심의 입꼬리가 올라갔다.

"어머, 진짜?"

영식이 1926년 사진을 보고선 옛 생각이 나는 듯 웃었다.

"이거, 우리 학교 다닐 때다. 15살 아니야?"

석이 영식과 손을 잡으며 웃었다.

"맞아, 기억하네?"

영식이 살벌하게 웃는 표정을 지었다.

"이때 내가 학교에서 시 썼는데 그걸로 학교 다니는 내내 처맞았어. 아직도 기억해."

화인이 안쓰럽다는 눈으로 말했다.

"아직도 기억나?"

영식이 눈에 불을 켰다.

"그럼, 그때 일본 문학 선생한테 구두 뒷굽으로 짓밟혔어. 미친, 학교 끝나고 두 시간 동안 그러고 맞았다니까?"

영식은 떠올리기도 싫은지 치를 떨었다.

다들 자리에 앉자 표창원 대장이 술잔을 들었다.

"주사를 내가 해?"

다들 고개를 끄덕였다. 표창원 대장은 조금 뻘쭘하긴 했지만 우물쭈물하다가 결국 짧게 말했다.

"이 시간까지 함께해 준 동지들에게 경의를!"

창-

잔들이 부딪혔다. 유리는 마시고 싶었던 술을 원 없이 마셨다. 정우가 유리의 술잔을 보았다. 가득 차 있던 잔이 텅 비었다. 정우가 유리에게 술을 따라주었다.

"천천히 마셔."

유리가 웃었다.

"안 죽어!"

1936년에 술을 마셨을 때도 다들 만취해 있었지만 유리 혼자 너무나 멀쩡하게 말을 이어나갔었다. 술에 내성이 있었던 알바도가 나갈 정도면 유리가 술에 얼마나 강한지 알 수 있었다. 유리는 고뼈가 풀린 말처럼 평소보다 2배로 마실 예정이었다. 화영은 반의 반도 마시지 않았다. 자기 자신이 술에 약하다는 사실을 알았기 때문이다. 다른 사람들은 주량이 다 거기서 거기였기 때문에 각자 맞추어서 마셨다. 영식이 주머니에서 낡은 사진들을 꺼내었다.

"지금까지 보관하고 있었던 것들이에요."

영주의 사진, 다른 기념일에 찍은 사진까지 많았다. 유리는 많은 사진들을 눈으로 훑어보며 웃었다. 표창원 대장은 모두가 모였던 사진이 나오자 가장 독한 술을 들었다.

표창원 대장이 술을 다 마시고 신음을 내뱉었다. 독하긴 한가 보다. 유리가 박수를 쳐주었다.

그렇게, 한참을 재미있게 놀고, 사진을 찍을 시간이 왔다. 석이 먼저 말했다.

"다들, 사진 한번 찍어야죠?"

현중이 자리에서 일어나 필름지를 챙겼다.

"그렇네, 더 취하기 전에 찍어야지."

정우가 자리에서 일어나 사진기를 준비했다. 현중이 필름을 빠르게 교체했다. 유리가 태극기를 넣은 액자를 가운데에 두었다. 그리고 옆에 있는 작은 서랍장 위에 시계와 낡은 사진을 올려놓았다.

"다들 모여요."

사람들이 다 모여 앉았다. 앞에는 유리와 화영, 정우와 현중이 앉았고 옆으로는 석과 화인이 나란히 섰고 그 뒤로 영식이 섰다. 왼쪽 옆에는 향심이 섰고 뒤로 표창원 대장과 알바도가 섰다. 화인이 사진기와 연결된 셔터를 눌렀다.

찰칵-

사람들이 자리에서 일어나며 사진이 인화되는 과정을 보았다. 사진은 총 14장이 인화되었다.

"다들 하나씩 가져가세요."

각자 하나씩 가져가고 석이 남은 2장을 잡았다. 석은 주머니에서 김창욱 대장의 시계를 꺼내어 열었다.

달칵-

석은 여운이 있는 듯 살짝 웃으며 새로운 사진을 시계의 맨 윗부분에 끼웠다. 다들 다시 자리에 앉아 술을 마시기 시작했다. 석도 자리로 돌아갔다.

"이번에는, 벌주가 세요."

석이 술을 모두 섞었다. 유리가 재밌어했다.

"으아, 진짜 다 마셔?"

정우가 박수를 쳤다.

"마셔!"

짠!

*

더운 8월 15일 밤, 그들은 각자의 꿈을 이룬 것을 축하하며 밤새도록 놀았다. 이제는 각자의 꿈을 향해 전진할 것이며 옛 동료들을 계속해서 추억할 것이다.

맑은 술이 담긴 술잔에 비친 밝은 달 아래로 새들이 날아가는 것이 보였다. 그 새들은 동쪽으로 날아가고 있었다. 달빛에 의지하며 동쪽으로 멀리 날아가는 새들은 자유로운 삶을 사는 동료들과 같이 보였다.

태극꽃
피는 정원

1947년 10월 5일.

반짝거리는 유리창 너머로 두껍기도 하고 얇기도 한 책들이 진열되어 있었다. 유리는 서점의 뒷문으로 갔다. 다른 사람들은 모르고, 오롯이 서점 사람들만 알고 있는 비밀스러운 뒷문.

끼익-

유리가 문을 열고 들어갔다. 안은 이상할 만큼 조용했다. 아무런 인기척도 들리지 않았다. 그저 책상에 수많은 자료와 신문이 놓아져 있었다. 유리는 천천히 발을 옮겼다.

또각-

아무도 없는 줄 알았던 서점의 앞문이 열리고 앞쪽에서 영식의 다급한 목소리가 들렸다.

"손님, 한 줄로. 한 줄로 서주세요."

유리는 피식 웃었다.

요즘 서점은 바쁘다. 몇 달 전 새로 출판한 우리말 소설집이 큰 인기를 끌며 서점에는 사람들이 많이 몰렸다. 특히 오후 2시, 특히 지금 이 시간이 오면 사람들이 더 많이 몰렸다. 사람들이 모여 쓴 책에는 한국의 전통 소설인 《홍길동전》, 《춘향전》, 《자린고비》 등 여러 한글 소설이 적혀 있었다. 이 외에도 영식이 고심 끝에 선정한 시들과 전통 노래가 있다. 책의 종류도 여러 가지다. 소설만 모아놓은 것, 노랫말만 모아놓은 것, 영식이 적은 시들을 모아놓은 것. 이 중에서도 소설을 모아놓은 책이 가장 인기가 있다. 영식의 시집도 인기가 많았다. 소설과 비교할 수 없을 정도였다. 원래는 책을 대여해 주는 형식이었지만 대여를 해주다 보니 책이 너덜너덜해지고 없어지는 쪽이 있어서 사는 형식으로 바꾸었다. 서점은 날이 갈수록 번창해 갔다. 서점의 물건들을 새것으로 바꾸고 배치도 바꾸었다.

하지만, 바뀌지 않은 유일한 것이 있었다. 소설을 몰래 준비하던 원창의 자리는 그대로였다. 2년 동안 서점의 많은 것이 바뀌었지만 원창의 자리에 있는 만년필은 그대로였다.

유리는 천천히 원창의 자리로 갔다. 원창의 자리는 서늘하지 않았다. 오히려 온기가 감돌고 있었다.

드르륵-

문이 열리고 영식이 유리가 있는 뒤 창고로 들어왔다. 영식의 손에는 얇은 종이 뭉치가 들려 있었다. 뒤에서 광수도 따라왔다. 광수는 종이를 적어도 50장 정도 가져온 것 같았다. 영식이 정신없게 종이를 내려놓으며 유리를 보았다. 영식은 귀신이라도 본 것처럼 유리를 보았다. 유리는 익숙하다는 듯 손에 든 꽃을 건네었다. 코스모스였다.

"축하해, 책 많이 팔리네."

광수가 유리를 보고선 아주 반가운 얼굴로 악수를 청했다.

"아이고, 유리야!"

유리도 광수의 손을 잡으며 말했다.

"오랜만이네요."

영식은 북적거리는 밖을 살폈다.

"저기, 이따가 저녁에 보자. 오늘 모임 맞지?"

유리가 고개를 끄덕였다.

"응, 맞아."

영식이 거의 뛰는 걸음으로 밖으로 나갔다. 광수도 유리에게 인사를 하며 말했다.

"미안타, 저녁에 보재이."

유리가 싱긋 웃었다. 유리의 눈에선 밝은 보랏빛 꽃이 피어나고 있었다.

"예, 가보세요."

광수가 손을 흔들며 영식을 뒤따라 나갔다.

탁!

다급하게 뒷문이 열렸다. 알바도가 헉헉대며 많은 종이를 책상에 쏟았다. 알바도는 유리를 발견하곤 박수를 쳤다.

"Oh, *pure*!"

Pure는 최근 생긴 유리의 다른 이름이다. 알바도가 바쁘고 정신이 없을 때 이렇게 부른다. 발음이 가장 편하다고 했다.

"언제 왔어?"

유리는 알바도의 의자에 앉았다.
"방금요."
책상에 올려져 있는 홍차가 차갑게 식어 있었다. 오랜 시간 밖에 있었나 보다. 알바도는 유리가 왜 이곳으로 왔는지 단번에 눈치챘다.
"오늘 모임 때문에 왔지?"
유리가 웃었다. 정확한 이유를 콕 집어서 말해주었다.
"하하, 네. 맞아요."
알바도가 유리를 보더니 잠시 생각에 잠겼다. 무언가를 생각 중인 눈빛이었다.
알바도는 유리가 10살이었을 때를 생각 중이었다. 다짜고짜 찾아와서 일하고 싶다 했던 10살짜리 여자아이는 어느새 서른이 넘는 여인이 되어 있었다. 알바도가 책꽂이에서 신문을 하나 꺼내었다.
"오늘 아침 신문이었어."

'이종석, '친미파'로….'

유리는 신문 기사를 읽고선 아무렇지 않은 눈빛으로 알바도를 올려다보았다.
"읽어봤어요."
이종석이 친미파로 변경했다는 것은 이종석에게 빠져나갈 구멍이 생겼다는 것이다. 미국으로 귀화해 잘살 수 있었다. 하지만 이 일을 가만히 두고 볼 유리가 아니었다. 유리는 소름 끼치는 표정으로 신문 속 이종석을 보았다.

"이종석은, 절대 이곳을 빠져나가지 못해요."

알바도는 유리에게 어떠한 계획이 있는 것을 눈치챘다. 알바도는 유리를 믿고 주먹을 내밀었다. 유리가 주먹을 보고 멈칫하더니 이내 자신의 주먹으로 툭 쳤다. 둘의 믿음을 주고받는 신호였다.

"전 가볼게요. 저녁에 봬요."

유리가 싱그럽게 웃고선 뒷문을 통해 밖으로 나갔다. 알바도는 유리의 뒷모습을 보았다. 어딘가 굳건해 보였다.

"쟤도, 다 컸네."

*

유리는 길을 양장점으로 향했다. 석을 만나야 했다. 이종석이 친미파로 노선을 갈아타다니, 어느 정도 예상은 했지만 2년 만에 이루어질 줄은 꿈에도 몰랐다. 적어도 3년 이상이 필요하다고 생각했다. 유리는 때가 왔다고 생각했다. 그동안 이종석이 공개석상에 나오지 않아 마주칠 일도 없었고 당연히 암살을 시도할 틈도 없었다. 유리는 목표가 있다. 이종석을 처단하는 것. 그렇게 해서, 많은 이들의 원수를 갚는 것. 이 일을 처리하기 위해선 석의 도움이 필요했다. 석도 당연히 알아야 하는 일이었다.

일단, 오늘 오후 5시에 이종석이 러시아로 향하는 기차에 오른다고 했다. 그때 암살을 할 수 있다. 유리는 혹여라도, 자신이 죽는 한이 있더라도 이종석을 암살할 것이다. 그래야 모든 원한이 풀릴 것만 같았다. 유리의 손에는 꽃이 두 송이 더 있었다.

한 송이는 흰 국화로 유리의 집 앞마당에서 직접 키우는 꽃이었다. 양장점에 줄 꽃이다. 유리는 양장점에 들어가자마자 펼쳐질 광경이 상상되었다. 분명히 석과 화인이 애정행각을 벌이고 화인은 그 옆에서 홍차를 마시며 바느질을 하거나 위층 음식점에서 표창원 현중과 수다를 떨고 있을 것이었다.

다른 한 송이는 노란색 국화다. 이것도 마찬가지로 유리가 키운 것이다. 양장점 바로 위에 있는 음식점에 전달을 해줄 생각이다. 음식점에는 표창원 대장과 정우, 현중이 지내고 있다.

화인의 양장점은 광복 이후에 다른 건물로 옮겼다. 훨씬 큰 건물로.

그럴 돈이 어디 있겠냐 싶겠지만 돈은 신기하게도 있었다. 원래, 그동안 모은 돈을 1945년 9월 1일에 다른 독립운동 단체에 전달할 예정이었지만 8월 15일, 광복이 오며 계획이 무산되었다. 상해 독립단에 전달하기로 했었다. 돈은 건물 한 채를 살 돈이었다. 화인이 상해 독립단 기지를 세워주겠다고 무서운 속도로 매출을 올렸다. 그러니 석도 덩달아 바빠졌다. 그 덕에 석의 손은 돈을 세는 데 적합하게 변했다. 그리고, 원래 2층 건물에서 양장점을 할 예정이었지만 정우와 현중이 돈을 보태고 유리까지 돈을 조금 주며 화려한 3층으로 이사를 했다. 그래서 1층에는 양장점, 2층에는 양장점의 창고, 3층에 표창원 대장이 운영하는 작은 음식점이 생겼다. 음식점도 나름 잘되었다. 사람들은 몰랐지만 표창원 대장은 요리를 은근히, 아니, 정말 잘했다. 화인과 석도 3층에 가서 먹는다. 유리의 집은 옮긴 양장점 뒤에 작은 마당 달린 건물이었다. 하지만, 유리의 집이라고 해서 유리만 사는 것은 아니었다. 화영이 화인과 석에게서 나와 유리와 같이 살고 정우와 현중도 같이 지내기로 했다. 정우와 현중은 음식점에서 퇴근하고 나오면 유리의 집으로 가 생활했다. 모두 돈을 조금씩 합쳐서 겨우 산 집이었다. 사실 집보다 마당이 더 크긴 했다. 이건 유리의 바람이었다.

유리는 혼자 살 예정이었지만 현중이 하도 같이 살자고 졸라서 지금처럼 되었다. 광복 직후, 유리는 어떻게 살아가야 할지 몰랐다. 자신은 지금까지 한 일이 정보를 빼 오고 암살하는 일뿐이어서 특별한 기술이 없었다. 식물원의 하나코도 일본으로 돌아가 갈 곳이 마땅하지 않았다. 유리는 적은 돈으로 단칸방을 하나 얻어 살려 했지만 현중이 절대, 놔두지 않았다.

"혼자 산다고? 안 되지. 우리 예전에 독립단에 있었을 때처럼 같이 살자."

현중의 제안은 파격적이었다. 정우도 동의했다. 유리는 어리둥절하긴 했지만 수락했다. 광복을 맞이하고 일주일 만에 결정된 일이다. 화영이 바라는 것이 있으면 모든 말을 해보라 하여 작은 정원을 가지고 싶다 했더니 정말 집과 마당이 거의 비례하는 수준으로 맞추어 놨다. 유리는 파격적인 행동에 당황하긴 했지만, 이 생활도 나름 좋았다. 친구들과 같이 사는 이 삶도 편했다. 무언가에 지켜지고 있다는 느낌은 아주 상냥했다. 유리는 집에서 매일 같이 서재에 있었다. 서재, 정원, 서재, 정원, 잠을 자는 방. 단순했다. 유리는 그동안 하지 못했던 공부와 연구를 원 없이 했다. 그런 유리를 아무도 말리지 않았다. 그렇다고 유리가 수입이 없는 것도 아니었다. 유리는 식물을 잘 다루는 특기를 살려 특별한 일이 있을 때 남들에게 꽃을 팔았다. 다들 유리를 응원해 주었다.

이런저런 것들을 떠올리다 보니, 어느새 양장점 앞에 도달했다. 양장점의 문은 화려하지만 한국의 고풍스러움을 잘 살려 만들어졌다. 유리가 문을 열고 들어갔다.

*

띠링-

문을 열자 유리를 맞아준 것은 석이었다. 석은 요즘 앞에 나와 손님들을 상대하는 일을 많이 했다.

"어서 오십시오, 제가 안내….”

유리가 석의 앞에 꽃을 놓았다.

"안내는 됐어요.”

유리의 목소리가 들리자 화영이 부리나케 2층에서 내려왔다.

"유리다!”

화영의 쩌렁쩌렁한 목소리에 유리가 깜짝 놀랐다. 화영이 만들고 있던 자주색 모자를 옷걸이에 걸었다.

"뭐야? 아직 일하는 중인데?”

유리가 환하게 웃으며 답했다.

"아, 오빠한테 할 말이 있어서.”

화영이 고개를 끄덕이며 꽃을 보았다. 꽃이 자연광을 받아 빛을 내었다. 화영은 보곤 머릿속에 번뜩이는 무언가가 떠올랐다. 새로운 모양으로 스카프를 만들고 싶었다.

"난 이만!"

화영이 다시 뛰어 2층으로 올라갔다. 석이 먼저 말을 꺼내었다.

"이종석이 미국으로 귀화하는 것 때문에?"

유리가 먼저 말을 한 석을 보고 살짝 웃었다.

"응, 맞아. 그래서 말인데. 때가 온 것 같아."

유리가 말하는 '때'를 석은 정확히 알 수 있었다.

'이종석을 암살할 때.'

유리가 천천히 계획을 설명했다.

"이따 오후 5시에 이종석이 러시아로 가는 기차를 탈 거야. 그럼 그때 이종석을 암살하자."

석은 고민이 되었다. 분명히 죽여야 했다. 목표였다. 석의 원래 목표는 이종석을 암살하는 것. 김창욱 대장의, 원창의, 희생된 사람들의 원수인 이종석을 석은 암살해야 했다. 하지만 지난번처럼 실패로 돌아가 누군가를 잃을까 두려웠다. 심연이 석을 집어삼키고 있었다. 석은 총을 잡는 것이 두려웠다. 유리는 석의 마음을 대충 꿰뚫어 보았다. 분명히 보였다. 유리는 석의 어깨를 잡았다.

"오빠, 힘들면 나 혼자 할게. 그냥, 오빠가 알아야 하는 일이어서."

석은 잠시 눈을 감았다.

석은 생각을 조금 정리한 뒤, 말했다.

"아니야, 같이 갈게. 총만 챙겨줘."

유리는 석이 두려움을 뒤로 제쳐두고 말하는 것이 대단했다. 석은 광복이 온 이후에 선언했다. 절대로 다시는 총을 잡지 않겠다고. 하지만 지금, 유리가 그 다짐을 깨어버린 것이다. 유리는 석의 어깨를 두드리곤 3층으로 올라갔다. 유리의 마음에는 한결같이 떠나간 이들이 머물러 있었다. 유리는 아름다운 이별을 하고 싶었다. 그들의 시간을 추억하고 웃으며 말하고 싶었다. 그리고, 원수를 갚아주고 싶었다.

*

3층.

3층으로 갔더니 어쩐 일인지 휑했다. 정말 아무도 없었다. 유리는 생각과 다르게 삭막한 3층의 끝자리에 앉았다. 표창원 대장과 다른 사람들이 보이지 않았다. 유리가 가만히 앉아 정면을 보고 있었다. 유리는 손에 쥔 국화를 흔들어 보았다. 정성 들여 키운 꽃이어서 그런지 더 풍성해 보였다. 가을 해를 받아 노란 국화가 더 밝게 빛나는 것 같았다. 유리는 한쪽으로 길게 묶은 머리를 만져보았다. 유리가 눈을 감았다. 유리는 지난 2년간 있었던 일들을 떠올려 보았다.

'나름, 평화로웠나?'

유리가 생각하고 눈을 떴을 때, 주방에서 인기척이 느껴졌다. 유리는 누군가 싶어 돌아보았다. 주방에서 현중이 나왔다. 현중은 이상하게 하얀 가루가 묻은 머리를 털며 말했다.

"어? 유리네?"

유리가 웃었다. 현중이 도도도 달려와 유리의 앞에 앉았다.

"어쩐 일로 왔어? 꽃은 또 뭐야?"

유리는 평소와 같은 현중을 보았다. 현중이 주머니에서 화투를 꺼내었다.

"쉬는 시간인데, 한 판 해?"

유리는 헛웃음을 치며 고개를 저었다.

"이따가 저녁에."

현중이 화투를 다시 넣었다. 현중이 주방을 보았다.

"표창원 대장님이랑 정우는 장 보러 나갔어."

유리가 꽃을 물병에 꽂았다. 유리는 자리에서 일어났다.

"저녁에 보자. 난 가볼게."

현중이 고개를 끄덕였다.

"그래, 나중에 봐."

유리가 2층으로 내려가는 계단으로 향했다.

타다닥-

다다다-

계단을 올라오는 소리가 들리고 표창원 대장과 정우가 식재료를 한가득 들고 올라왔다. 유리가 정우가 유리를 발견하고 손을 겨우 흔들었다.

"왔어?"

"응."

표창원 대장이 짐을 빠르게 주방으로 옮기고 유리에게 양손을 흔들었다.

"지금 가니? 저녁에 보자!"

유리도 손을 살짝 흔들었다. 정우가 유리에게 달려갔다. 정우는 고민이 되는 얼굴로 말을 망설였다.

"답답해, 빨리 말해."

정우가 고민에 고민을 거듭한 끝에 말했다.

"그, 신문 기사…."

정우는 유리가 불편해할까 봐 말을 흐렸다.

'괜히 말했나?'

유리는 생각보다 밝게 말했다.

"아, 알고 있어."

정우는 유리의 반응에 조금 놀랐지만, 곧바로 다시 웃었다.

"그래?"

어색한 침묵이 계속되었다. 유리는 정우의 반응이 웃겼다. 자기가 먼저 물어봐 놓고 후회를 하다니, 약간 어이가 없기도 했다. 유리는 눈으로 꽃을 가리켰다.

"꽃 봐."

유리는 짧은 말을 남기고 1층으로 내려갔다. 정우는 작게 웃으며 꽃을 보았다. 유리가 눈썰미는 또 있는지 빛이 가장 잘 드는 구석에 꽃을 놓았다. 분위기 하나는 끝내주었다.

'쟤가 보는 눈이 있네.'

표창원 대장이 정우와 현중을 불렀다.

"야들아, 와라!"

재료를 손질해야 했다. 현중이 주방으로 달려갔다. 정우가 살짝 흙이 묻어 위생적이지 않은 손을 보며 말했다.

"손만 씻고 갈게요."

표창원 대장이 감자를 우르르 쏟았다.

"어, 오늘 유리네 집에서 모일 때까지 이것들 다 손질해 놔야 해. 우리 내일 메뉴가 감잣국이야."

정우가 감잣국이란 말에 얼굴에 화색이 돌았다. 정우는 감잣국을 아주 좋아한다. 뭐, 감잣국이 아니어도 감자가 들어간 웬만한 것들은 다 좋아한다. 표창원 대장이 감자의 개수를 세더니 말했다.

"남으면 감자전 부치자."

현중이 멀뚱히 서있는 정우에게 빨리 오라고 손짓했다.

"알았어, 갈게."

정우가 소매를 걷어 올리며 감자를 다듬으려 했다.

*

오후 4시 40분. 경성 제일 기차역. 이종석 암살 작전 잠복 시간.

유리는 독립단이 쓰던 올리브색 모자를 썼다. 석도 마찬가지였다. 석과 유리는 골목길로 들어갔다. 유리가 심호흡을 하고 권총을 꺼내 석에게 주었다. 석은 총을 조심스럽게 받았다. 오랜만에 잡아보는 총이었다. 딱딱하고 차가운 총은 석에게 다시금 공포감을 알려주었다. 유리는 신문지로 감싼 긴 장총을 뒤로 메었다. 유리가 차분하고 점잖은 목소리로 암살 계획을 설명했다.

"이종석은 비밀리에 러시아에 가기로 되어 있어. 그래서 사람이 없는 역에서 기차를 탈 거야. 당연히 보좌관 따위는 없어. 난 지붕

위로 올라가서 이종석을 쏠 거야. 내가 이종석의 다리를 쏘면, 오빠가 붙잡아 소리도 못 내게. 나….”

유리가 말을 하다가 말았다. 유리는 천천히 고개를 들며 석을 보았다.

“물어보고 싶은 게 있어서.”

석은 유리의 간절한 눈빛을 보고는 흔쾌히 허락을 해주었다.

“그래.”

보좌관도 없고 경호하는 사람들도 없어서 작전을 짜는 것이 한결 편했다. 이번 작전은 실패 확률이 없다. 무조건, 성공이다. 석은 안으로 들어가 잠복하기 전, 눈을 지긋이 감았다 떴다.

‘오늘이야말로.’

*

터벅-

터벅-

이종석이 누군가와 같이 들어왔다. 석은 예상 밖의 일에 당황하며 위쪽에 있는 유리를 보았다. 유리도 어찌 된 영문인지 몰라 가만히 지켜보았다. 옆에 있는 일본인은 장교복을 입고 있었다. 어깨에는 밝은 노란색 훈장을 달고 있었다. 석이 둘의 대화에 집중했다.

“대좌님, 이쪽으로 가시죠.”

일본인은 이종석을 기차로 안내했다. 기차역에는 사람이 정말 한 명도 없었다. 이종석은 주위를 두리번거리더니 가방을 소중히 들었다. 갈색 가방에는 금이라도 들었는지 정말 아꼈다. 이종석이 소곤거렸다.

"내가 미국으로 가면, 내 집은 처분해."

일본인이 놀라며 말했다.

"예? 그럼 그 아이들은…?"

이종석이 무책임하게 한마디를 툭 던졌다.

"알아서 살라고 해."

석은 대화를 듣던 중 일본인의 목소리가 낯이 익다고 느꼈다. 얼굴을 반대편으로 돌리고 있어서 잘 보이지 않았지만 아는 사람이 분명했다. 석은 유리를 올려다보았다. 유리는 장총을 겨눈 채 넋을 놓고 둘을 보았다. 일본인이 난감해하며 고개를 돌렸다. 석이 일본인의 정체를 알자, 총을 장전했다. 일본인이 아니었다. **석진**이었다. 석진이 이종석에게 다급히 말했다.

"저는?"

이종석이 징글징글하다는 듯 비열하게 말했다.

"넌 뭐."

석진이 충격을 받은 표정으로 이종석을 보았다.

"…그럼, 가십시오."

석진은 고개를 푹 숙이며 자리를 떠났다. 석은 석진이 자신 쪽으로 오는 것을 보고는 근처에 있는 큰 상자 뒤에 숨었다. 석진은 다행히 보지 못했다. 이종석이 다시 한번 주위에 아무도 없다는 것을 확인한 뒤에 아무도 없는 기차에 올라타려 했다. 아마도, 돈으로 기차를 산 것 같았다. 석은 이종석의 다리를 정확하게 겨냥하여 권총의 방아쇠를 당기려 했다. 석이 방아쇠를 당기자, 석을 발견한 이종석도 급하게 총을 꺼내어 방아쇠를 당겼다.

탕!

동시에 총소리가 났다. 유리는 돌발 상황에 석을 보았다.

"허억, 아…."

바닥에 붉은 피가 번졌다.

툭-

"으아아악!"

총에 맞고 쓰러진 쪽은 **이종석**이었다. 이종석의 총알이 가까스로 석을 피해 갔다. 석은 거친 숨을 몰아쉬며 이종석에게 다가갔다. 유리가 장총을 거두고 아래로 가볍게 뛰어 내려갔다. 이종석이 소리를 질렀다.

"으아악! 뭐야!"

유리는 서늘한 표정으로 내려와 이종석을 보았다. 지금, 몇십 년 만에 제대로 이종석과 대화를 할 수 있다. 유리는 묻고 싶은 것이 많았지만 모든 것을 정의할 한 가지 말을 했다.

"…왜 친일을 하셨어요?"

이종석은 유리를 죽일 듯이 올려다보았다. 이종석은 다리에 총을 맞아 움직일 수 없는 상태였다. 이종석은 유리의 질문에 똑같이 한 마디로 답했다.

"…하니까."

석이 이종석의 대답에 한 걸음 다가갔다.

"나는 살아야 하니까!"

유리의 표정이 굳었다. 이종석도 똑같았다. 다른 사람들과. 석이 이종석에게 권총을 겨눈 채 가만히 있자, 이종석이 마지막 발악을 하듯 열변을 토했다.

"독립운동을 한다고, 달라질 줄 몰랐지! 난 살아야 했어. 더 큰 쪽에 붙어서 권력을 누리며 살아야지! 그리고,"

이종석이 빨개진 얼굴로 소리쳤다.

"이렇게 될 줄 알았으면, 독립운동을 계속했을 거야…. 누가 봄이 올 줄 알았어? 한 번 하고, 두 번을 해도 오지 않았었어. 이렇게 봄이 올 줄 알았으면 내가 이런 선택을 하지 않았어."

이종석의 터무니없는 말에 얼이 빠진 유리를 뒤로한 석이 권총으로 어깨를 쏘았다.

탕-

"으어억!"

교묘하게 심장만 비껴서 맞았다. 석은 이어서 이종석의 복부에 총을 대었다. 총은 마지막 한 발이 남았다. 유리가 힘없이 말했다.

"질문, 다 했어."

석이 유리에게 신호를 받고 머리에 쏘려 했지만 이종석이 석의 얼굴이 가까이 오자 아는척했다.

"너, 석이지?"

석은 어이가 없었다. 자기 아들을, 아무리 세월이 지났어도 잊을 수가 있는가? 이종석이 한 팔로 뒤에 서있는 유리를 가리켰다.

"넌 유리구나."

이종석은 허탈한 실성한 듯 계속해서 웃었다.

"허, 하하, 너희가 여기를 어떻게 왔어!"

유리가 석의 뒤에서 말했다.

"이름 부르지 마세요, 역겨우니까."

이종석은 죽음이 두려운지 벌벌 떨며 말했다.

"자식이, 자식이 어째 아비에게 이럴 수 있냐?"

유리는 표정을 구기며 이종석을 보았다. 유리는 당장이라도 죽일 기세로 장총을 조준했다.

"나는, 단 한 번도 아버지라 생각해 본 적이 없어요."

유리의 말이 끝나자 석이 이종석의 귀에 대고 속삭였다.

"당신이 그랬잖아, 기회는 왔을 때 잡으라고. 나한테는 지금이 그 기회야."

석은 말을 마치고 바로 방아쇠를 당겼다.

탕–

이종석이 다시 반항할 새도 없이 유리가 총을 한 번 더 쏘았다.

탕–

이종석은 비틀거리다 결국 뒤로 넘어졌다. 석이 무심코 유리를 보았다. 석은 지금까지 한 번도 본 적 없는 유리의 눈빛을 보았다. 유리의 눈에는 온갖 감정들이 뒤섞인 무언가가 있었다. 화남, 실망. 비참하고 애절한 감정의 가운데로 눈물이 보였다. 유리는 겨우겨우 눈물을 욱여넣어 가고 있었다. 유리는 석과 눈이 마주치자, 죽어가는 이종석에게 한 발을 더 쐈다.

탕!

이종석의 숨이 완전히 끊겼다. 유리는 숨을 천천히 고른 뒤, 흐를

락 말락 하는 눈물을 삼켰다. 그러고선, 반대 방향으로 총을 겨누었다.

철컥-

조준하는 소리가 들리자, 석도 똑같은 방향을 보았다.

유리는 석진을 겨냥하고 있었다. 석진은 두려움에 떨고 있었다. 석진의 눈으로 공포감이 비쳤다. 눈물을 억누르려는 웃음이었다. 석은 유리의 총을 살짝 저지했다. 유리가 석을 보았다. 석은 유리에게 살짝 웃어주었다. 석의 눈시울이 붉어져 있었다. 석은 유리의 귀에 한마디를 속삭였다.

"나중에, 조금만 있다가."

석이 석진에게 다가갔다. 석진은 석을 보자마자 무릎을 꿇었다.

"잘못했습니다, 형. 제발, 제발 살려주세요…."

구차한 변명, 석이 가장 싫어하는 것이다. 석진은 싹싹 빌었다. 살고 싶은 마음이 눈에 보였다. 석진은 울며 사정했다. 그리고, 물어보지 않았는데도 구구절절 말했다.

"살고 싶었어요, 한 번만 사람답게 살아보고 싶었는데, 아니었어요. 제발 한 번만 살려주세요…. 제발!"

석은 석진을 자세히 보았다. 자신의 사촌, 끝까지 신념을 지키며 독립운동을 했던 김창욱 대장의 아들. 석은 심란했다. 석진은 어떤 말을 해도 용서가 되지 않을 것이란 것을 알았지만 용서를 구해보았다.

"죄송해요, 잘못했어요."

석이 유리를 돌아보았다. 유리는 이미 사살하기로 마음을 굳힌 상태였다. 유리는 더 할 말이 없으면 비키라는 눈빛을 보냈다. 석이 유리에게 고개를 끄덕였다. 석은 세상에서 가장 온화해 보이는 표정을 지으며 석진에게 손을 내밀었다. 석진이 석의 손을 잡았다.

"형…."

푹-

석의 손에는 단도가 들려 있었고 이것으로 석진의 복부를 찔렀다.

"후회하니?"

석진의 눈빛이 점점 꺼져갔다. 석진은 눈앞이 희미해지는 순간, 영주를 보았다. 영주는 평온한 듯 웃더니 사라졌다. 그리고, 딱 한 마디가 들렸다.

'그래서, 사람답게 행복했어?'

석진이 가까스로 정신을 부여잡고 보니 영주로 보였던 사람은 유리였다. 유리는 마지막 남은 한 발을 석진에게 쏘았다.

탕!

이제 끝이었다. 이종석도 죽고, 석진도 죽었다. 모든 복수가 완성되었다. 광복 후, 2년이나 지나서야 성공했다. 석은 무언가 이상한 기분을 느꼈다. 복수의 성공으로 그리 기쁘지 않았다. 오히려, 풀리지 않은 것이 있는 듯 보였다. 유리가 석의 등을 손으로 짚었다.

"오빠, 끝났어. 이제 가자."

석이 하늘을 보았다. 하늘에는 새들이 날고 있었다. 석은 허탈하게 웃으며 말했다.

"그래, 가자. 집으로."

석이 유리를 향해 돌아섰다. 유리는 어느샌가 울고 있는 석의 눈물을 닦아주었다.

"우리 오빠 자주 우네."

석은 사람을 쏘았다는 자괴감에 빠졌다. 유리는 자기보다 훨씬 큰 석을 다독여 주었다.

"다 끝났어. 이제 더 이상 마음 쓰지 않아도 괜찮아."

석이 천천히 울음을 삼켰다.

"너도, 고생 많았어."

유리가 긴장을 푸는 웃음을 지었다.

"빨리 가자, 여기에 있기 싫어."

석도 웃으며 빛이 보이는 길을 걷기 시작했다. 유리는 기차 통로를 나오기 전, 마지막으로 죽은 둘의 시체를 보았다. 유리는 무언가가 남아 있는 듯한 표정으로 발걸음을 옮겼다.

*

유리의 집, 정원. 저녁 6시 30분. 노을이 아주 아름다운 하늘.

석은 양장점에 들러 먼저 가서 모임 준비를 하겠다고 하고 유리의 집으로 왔다. 석이 피곤해 보이는 유리에게 말했다.

"들어가서 쉬어. 내가 준비할게. 한두 번 해본 것도 아니고."

유리는 자신을 걱정해 주는 석에게 웃어주었다.

"고마워."

유리의 웃음은 그 어느 때보다 밝았다. 마음에 걸리던 문제가 처리되어서일까? 무엇인지는 모르지만 석도 덩달아 기분이 좋아졌다. 석은 자신보다 5살이나 어린 여동생 앞에서 울었던 것이 조금 부끄러웠다. 석이 혼잣말로 중얼거렸다.

"쪽팔려…."

석은 먼저, 접시를 놓으려 찾았다. 모두가 한자리에 모이는 것인 만큼 완벽하게 준비하고 싶었다. 오늘은, 유리가 준비한 삼치로 국을 만들어 먹을 것이다. 석은 오랜만에 요리로 신이 났다. 조금만 있으면 표창원 대장도 오고 화인도 올 것이다. 서점 사람들도 모두 모인다. 정우와 현중은 화영과 만나서 오기로 했다.

*

유리는 정원에 가서 꽃을 보았다. 용담이 아주 예쁘게 피었다. 유리는 용담 앞에 앉았다. 유리의 넓은 바지가 바람에 살짝 흔들렸다. 유리는 자신의 앞에 누군가가 있는 것 같아서 고개를 들어보았다. 유리의 앞에는, 김창욱 대장이 서 있었다. 김창욱 대장은 자신을 넋 놓고 바라보고 있는 유리에게 웃어주었다. 유리는 분명히 자신이 만든 환상이라는 것을 알면서도 이야기하고 싶었다. 김창욱 대장이 유리의 옆에 앉았다. 김창욱 대장이 은은한 보랏빛이 감도는 용담을 살짝 만졌다. 유리는 아무 말도 하지 못하고 김창욱 대장을 보았다. 김창욱 대장이 먼저 말을 건네왔다.

"유리야, 수고 많았다."

유리는 자신의 이름을 불러주는 김창욱 대장의 손만 보았다. 김창욱 대장이 유리의 머리를 감싸주었다. 김창욱 대장은 평소에도 남자아이들이 머리카락은 흩트리지만 여자아이들의 머리카락은 조심히 감싸주었다. 예전 행동 그대로 나타난 김창욱 대장을 살짝 올려다본 유리는 눈물을 참을 수 없었다. 유리는 소리 없이 조용히 눈물을 흘렸다. 유리는 눈시울이 붉어짐을 느꼈다. 그리고, 유리의 옆에는 이제는 볼 수 없는 사람들이 나타났다. 원창, 영주. 죽기 전까지는 절대 보지 못할 사람들. 원창은 밝게 웃으며 말했다.

"잘했다, 잘했어."

노을빛이 원창의 뒤로 비추어졌다. 영주는 유리가 마지막으로 본 모습이 아닌 더 큰 모습으로 나타났다. 영주가 유리를 말없이 안아주었다.

유리는 터져 나오는 눈물을 멈추지 못했다. 그동안, 눈물을 삼키기만 했다. 약한 모습을 보이고 싶지 않았다. 그렇지 않아도 힘든 상황인데, 자신까지 울면 안 될 것 같았다. 유리는 하고 싶은 말이 많았다. 물어보고 싶은 것도 많았다. 그런데, 말이 나오지 않았다. 이상하게 말문이 막혔다. 유리는 자신이 만든 환상이란 것을 알았다. 가슴에 사무치도록 그리워 눈에 보이는 것이란 것을 너무나도 잘 알았다. 유리는 겨우 말을 꺼내었다.

"너무 보고 싶은데."

고개를 들어 원창을 보았다. 원창은 늘 그랬듯이 유리를 지켜봐 주고 있었다. 김창욱 대장은 유리가 말을 할 때까지 기다려 주었다. 유리는 참아냈던 말들을 다 꺼냈다. 유리는 원창을 보며 말했다.

"복수를 한다고 해서, 아저씨가 돌아오는 건 아닌데, 어쩔 수가 없었어요. 죄송해요…."

항상 복수는 새로운 복수를 낳는다고 말을 했던 원창이 피식 웃었다. 유리는 예상 밖의 반응에 조금 놀랐다. 유리가 아는 원창은 이렇지 않았다. 원창이 다시 말을 했다.

"난 단 한 번도 너의 생각이 옳지 않다고 생각해 본 적이 없어. 넌 항상 많은 고민 끝에 결정을 하는 아이였어. 어렸을 때도 마찬가지였지. 지금도 여전히 그래. 무슨 말인지 알지?"

원창이 안경을 살짝 올리며 웃었다. 유리는 원창의 목소리를 다시 한번 들을 수 있어서 좋았다. 유리는, 한 명 더 미안함을 전해야 할 사람이 있었다. 영주.

"언니, 죄송해요…."

유리는 뒷말을 잇지 않았다.

'그렇게 오랜 시간 고문을 당하다 가지 않았을 거예요.'

영주의 긴 머리카락이 유리의 어깨를 감쌌다. 유리는 용담꽃을 만지며 웃는 영주를 보았다. 영주는 용담이 핀 흙에 태극기를 그렸다.

"어머, 얘가 지금 무슨 말을 하니?"

영주가 유리와 눈을 맞추었다.

"지금, 자책하는 거야? 어머, 절대 하지 마."

영주의 반응에 유리가 살짝 웃었다. 영주는 항상 그랬다. 누군가가 우울해할 때마다 가서 이야기를 해주었다. 자신이 우울했던 이야기, 즐거운 이야기. 다 그대로였다. 유리가 고민 끝에 말했다.

"너무 후회스러워서 미칠 것 같아요."

유리가 눈물을 뚝뚝 흘렸다. 김창욱 대장은 안쓰러운 표정을 지었다. 김창욱 대장이 사뭇 진지하게 말했다.

"정말 후회스럽니?"

유리가 아무 말도 하지 않고 가만히 있자 김창욱 대장이 다시 웃으며 말했다.

"잘 찾아봐, 무엇이 후회스러운 건지? 과연 넌 너의 선택을 후회하는 걸까?"

원창도 한마디 덧붙였다.

"맞네, 예시 잘 드셨어."

김창욱 대장이 원창과 손바닥을 맞부딪쳤다. 유리는 말을 곱씹어 보았다. 무슨 뜻일까, 도통 감이 오지 않았다. 도대체 어떤 의미인지? 나의 선택을 후회하지 않는다면 무엇을 후회하는 것일까? 아니, 애초에 정말 김창욱 대장과 원창, 영주였다면 이러한 말들을 했을까? 그냥, 내가 듣고 싶은 말이 아닐까? 일단, 마지막 의문은 아니다. 정확히 말하자면 유리가 듣고 싶은 말을 잘 해주는 사람들이 나타난 것이다. 유리를 너무나 잘 알고 있었다. 그들이 동시에 자리에서 일어났다. 원창이 빙긋 웃었다.

"자, 이제 가볼까?"

김창욱 대장과 영주가 눈빛을 교환하더니 움직이기 시작했다. 김창욱 대장은 정원의 뒷문으로 나가려 했다. 유리는 아무것도 하지 못했다.

더 있다가 가라고, 더 같이 있어 달라고.

이런 말들을 하지 못했다. 유리가 용기를 내어 말했다.

"다들, 감사했습니다."

그들은 한 번씩 웃고 나갔다. 유리는 정신을 차리고 정원을 둘러보았다.

유리가 무심코 하늘을 보았다. 하늘은 잠잠했다. 유리는 문득, 자신이 무엇을 후회하는지 알게 되었다.

죽음을 준비할 시간이 너무 부족했다. 죽음에 대하여 무감각해졌을 것이라 생각했던 유리는, 생각보다 너무 여렸다. 유리는 김창욱 대장의 죽음을 온전히 받아들이지 못했다. 김창욱 대장의 죽음을 충분히 애도하고 슬퍼할 여유가 부족했다. 그것이, 유리가 후회하는 것이었다. 충분히 슬퍼할걸. 눈물을 감추지 말걸. 그것이 전부였다. 광복 이후에도 울걸, 한 번이라도 시원하게 슬퍼할걸.

유리가 진짜 후회하는 것은 과거 자신의 선택이 아닌 자신의 감정에 대한 과대평가였다.

유리는 어느샌가, 눈물을 그치고 용담 앞에 무릎을 꿇고 앉아 있었다.

"유리야, 다 왔어."

석이 유리를 부르는 소리였다. 유리가 많은 것을 경험하고 생각했을 동안, 식구들이 다 모였다. 덜그럭거리는 소리, 화영이 자신을 찾는 소리, 현중이 달려오는 소리, 정우가 정원으로 오는 소리까지 다 들렸다. 유리는 조금 붉어진 눈을 만졌다. 정우가 큰 목소리로 유리를 불렀다.

"유리야, 빨리 와!"

유리도 비례하지는 않지만 나름 큰 목소리로 말했다.

"갈게."

유리는 용담의 밑에 희미하게 그려진 태극기를 보고 한번 웃었다. 흙에 그려진 태극기는 희미하지만 정확한 모양을 나타내었다. 유리는 대답해 주지 않는 하늘을 보았다. 하늘은 무심하기 짝이 없었다. 하늘 위로 새들이 날고 있었다.

*

　이날, 정원에는 정체를 모를 붉은 꽃과 푸른 꽃이 피어났다. 어두운 흙이 묻은 흰 조약돌이 둘러싼 정원의 한구석에서 피어났다. 흡사, 태극기를 연상시켰다.
　유리의 정원에서는 태극기 닮은 꽃이 피어났고, 세 마리의 새들은 정원 위를 거쳐 서쪽 하늘로 자유롭게 날아갔다.

태극꽃
피는
정원

초판 1쇄 발행   2025. 4. 8.

지은이   이유빈
펴낸이   김병호
펴낸곳   주식회사 바른북스

편집진행   황금주
디자인   김효나

등록   2019년 4월 3일 제2019-000040호
주소   서울시 성동구 연무장5길 9-16, 301호 (성수동2가, 블루스톤타워)
대표전화   070-7857-9719 | **경영지원**   02-3409-9719 | **팩스**   070-7610-9820

•바른북스는 여러분의 다양한 아이디어와 원고 투고를 설레는 마음으로 기다리고 있습니다.

이메일   barunbooks21@naver.com | **원고투고**   barunbooks21@naver.com
홈페이지   www.barunbooks.com | **공식 블로그**   blog.naver.com/barunbooks7
공식 포스트   post.naver.com/barunbooks7 | **페이스북**   facebook.com/barunbooks7

ⓒ 이유빈, 2025
ISBN 979-11-7263-298-4 03810

•파본이나 잘못된 책은 구입하신 곳에서 교환해드립니다.
•이 책은 저작권법에 따라 보호를 받는 저작물이므로 무단전재 및 복제를 금지하며,
이 책 내용의 전부 및 일부를 이용하려면 반드시 저작권자와 도서출판 바른북스의 서면동의를 받아야 합니다.